西行・芭蕉の詩学

伊藤博之

大修館書店

目次

西行・芭蕉の詩学

第一部　西行の詩学

第一章　西行における彼岸

一　遁世の主題

漱石は大正三年十一月三日付岡田耕三宛書簡の中で「君は私と同じやうに死を人間の帰着する最も幸福な状態だと合点してゐるなら気の毒でもなく悲しくもない却つて喜ばしいのです。」と述べ、さらに「私は意識が生のすべてであると考えるが、同じ意識が私の全部とは思はない。死んでも自分（は）ある。しかも、本来の自分には死んで始めて還れるのだと考へてゐる。」というように、意識や想像としての生を超える無相の自己（本来の自分）に対する確信を述べている。

競争の原理を自他に強いることによって、優越感や劣等感にさいなまれて生きる差別の世界や、欲望に支配され身を苦しめて生きる修羅の現実を心からいとわしいものと感じてしまった者にとっては、有相差別の世界や修羅の現実から開放される〝死〟は、「人間の帰着する最も幸福な状態」に違いない。そしてさらに、生の根拠を無相平等の世界に見てとった者には、権威や財力や知識に依存した力関係の体系ともいうべき現実は、まさに観念に支えられた幻想そのものに見えるのであって、そうした虚仮な世間にかかずらわって生きる生の意識の虚妄さの彼方に、「本来の自分」がかすかに予感されるのである。漱石が「本来の自分には死んで始めて還れるのだ」と語った言葉は、まさに自他の差別を超越する無相の自己に対する予感に根ざしたものだと考える。

　西行の彼岸意識を考えるに当って、こうした漱石の感じ方考え方は、問題へのアプローチの糸口を与えると思う。二十三歳の若さをもって、生活上の不満もなく、（頼長は「家富み」と証言している。）人目には苦悩や悲歎とは無縁に見える境涯（同じく頼長は「心に愁ひ無けれども」とその日記『台記』に記している。）を送っていたにもかかわらず、「遂に以て遁世」（『台記』）した西行にも、漱石と同じように「死を人間の帰着する最も幸福な状態だ」と感じとる心や、「本来の自分には死んで始めて還れるのだ」という予感があったと思われるのである。

　　うらうらと死なむずるなと思ひ解けば心のやがてさぞと答ふる

この歌は『山家集』[1]巻末に付せられた百首歌中の「無常十首」のなかの一首であるが、この百首歌を出家後間もない頃の作と考えると

　　　世にあらじと思ひ立ちけるころ、東山にて人々、寄霞述懐と云ふ事をよめる

　　そらになる心は春のかすみにて世にあらじとも思ひ立つかな

の作歌時期とも重なり、出家前後の西行の遁世思想をうかがわせるに十分である。つまり、西行の遁世の主題は、こうした歌に表明されているように、「世にあらじと思ひ立つ」思想を行為化することであり、「うらうらと死なむずるなと思ひ解」く観行を行ずることだったのである。そして、前者の歌には、「本来の自分には死んで始めて還れるのだ」といった漱石の覚悟に通じる主題が読みとれ、後者の歌の「そらになる心」の背景に

は、「人間の帰着する最も幸福な状態」が予見されていたと思われるのである。人がそこへ帰り行くことを楽《ねが》う世界を〝故郷〟と呼ぶなら、西行にとっての〝故郷〟は「後生清浄土」の彼岸であった。

　後生もしくは後世とは、一般には、前生・現生・後生、または前世・現世・後世といった時間の流れを仮定した区分のように受けとられているが、西行の歌に即して理解する限りでは、〝後の世〟とは仏の知慧（彼岸の世界から現実世界に不断に働きかけている力）によって知らされる世界であって、死をもって区別される世界でもなければ、現世の次が後世というように現実世界と連続的につながる世界でもなかった。それは「世にあらじと思ひ立つ」現実否定の根拠に予感されている世界であり、また否定を介してはじめて見えそめる清浄な光明世界であった。当時仏道に心を寄せる人が、必読書のように閲読した源信の『観心略要集』の辞句をかりるなら、世にあるということは貴賤・貧富・賢愚・美醜の差別的有相にとらわれた生を送ることであり、「もし種姓高貴の家に生ずれば自在の威勢に誇りて恣に罪業を造り、もし貧窮下賤の身を受くれば官位福禄を求めてとこしなへに悪念を起」し、「たまたま麗容の一笑するを見ては深く愛欲の水に溺れ、わづかに毀謗の片言を聞いては専ら瞋恚の炎を熾に」し、「日夜に専ら名誉を四遠に飛ばさんことを憶ひ、朝暮にたゞ利養を一身に貪らんことを営む」（『天台宗聖典』に収められた書き下し文による）生死凡夫の境涯のことであった。しかるに、そうした生死流転の具縛人に濁悪なる闇の世界が自覚され、「後生清浄土」が願生されるということは、彼岸の世界からの働きかけが煩悩具縛の凡夫人に届くからにほかならない。「家富年若、心無レ愁、遂以遁世、人欺二美之一也」（『台記』）と書かれている西行の遁世は、そうした彼岸の世界からの誘《いざ》ないに身をまかせ、直接的な生の素朴性にたちかえる行為として実現したのである。

二　彼岸思想

西行は、彼岸の世界の超越性を最も深く認識した歌人であったと思う。現世の権威も名誉も権力も、煩悩具縛の凡夫の妄執が生み出した虚構の実在でしかないことを、西行は時代的な苦悩のなかから見抜いたのであった。古代的な身分秩序が崩れ去ろうとする過渡期の混乱のなかから、むき出しの権力欲や物欲が黒々と噴き出し、怨恨や憎悪や嫉妬に動機づけられた派閥抗争が、保元・平治の乱にまでエスカレートしようとしていた時代に、下北面の武士として出仕した西行は、官位の昇進や愛欲に心を奪われ、陰険な策謀を弄する野心家になりさがった貴族の姿に、〝世間虚仮〟の実感を深くしたと思われる。「世にあらじと思ひ立」ったのは、まず第一にそうした貴族社会の現実から身のあり場所を遠ざけることだった。

鳥羽上皇の寵妃藤原得子（美福門院）が保延五年五月十八日に第八皇子躰仁《なりひと》親王を生み、同年八月に、頼長派は早くも徳大寺家につながる待賢門院・崇徳天皇派の思惑を無視して躰仁親王を皇太子に冊立し、やがて崇徳天皇の譲位へと事が運ばれようとしていた保延六年に、西行は貴族社会から身を引いて出家したのである。その際、西行は次のような一首を詠んでいる。

鳥羽院に出家のいとま申し侍るとて詠める

惜しむとて惜しまれぬべきこの世かは身を捨ててこそ身をも助けめ

「重代の勇士たるを以て法皇に仕」え（『台記』）、「家富み年若く」その前途を周囲からも嘱望されていたであろう兵衛尉佐藤義清が、あえて「世」にある「身」を捨てたのは、「捨て」ることで本来の「身」を助けるためであると断固たる態度で院に向かって主張しているのである。自己をも含む現実の闇の深さ（流転の闇宅）を知ってしまった西行は、人間の盲目的な欲望を名分化するような所行に恋着することはできなくなってしまったと思われる。もしも、世を捨てないでそのまま北面の武士にとどまっていたとすれば、ちょうど同じ頃、同年令で兵衛佐として北面に在任していた平清盛がたどったような運命を経験したであろうことは、当時の宮廷内の権力抗争の一翼を荷わされた武士の職務から当然に想像されるのである。権力組織や官位秩序に執着する権力者達のほしいままな悪念の営みの場に身を置き、名利を逐ってせめぎ合う修羅場とかかわって生きることの非を悟ってしまった者に残された道は、闇の自覚を促す彼岸の世界の働きかけに身をゆだね、現実の闇を照らし出す自然の知慧を磨くより他に道はなかった。しかも西行にとっての彼岸の思想は、教派仏教のイデオロギー的たてまえのそれではなく、具体的な現実の闇を見つめる心の働きそのものに宿る宗教的生（菩提心）の自覚そのものであった。勿論そうした自覚に形を与えた契機は仏典であった。その代表的なものが『聞書集』に伝えられる十題十首の釈教歌である。

これらの歌群については、既に藤原正義氏や萩原昌好氏の研究が発表されており[2]、両氏ともに従来の定説を補う形で西行の出家当初の信仰のあり方を知る重要な資料と認めている。これらの歌群の特色は、経典名を示すことなく、長文の偈を直接示している点で一般の釈教歌と趣を異にし、西行自身の数多い釈教歌中でも、このような長文形式の題詞を持つものは他に例を見出せないばかりか、それらの偈文は藤原正義氏が綿密な考証によって結論づけた説のように、「経典本文からの直接の引用でなく、経文読誦や和讃等によって日ごろ目にし耳にし、おそらく不断に念頭にあり口誦もしていたものを文字にしたもの」と考えるべき要文であり、「当代浄土系出家・在家に共有され、西行自身の所有ともなっていたものから選び出」されたものと考えるべきものなのである。ただし、藤原氏は前半の五題をとくに浄土系と認め、後半の五題と区別して考察されているが、この点は萩原昌好氏が指摘しているように、後半の偈文も一つだけを除いて他はすべて源信の『観心略要集』に引用されている要文であるので、そうした区別を認める必要はないのである。また萩原氏は、出家得度式に必ず唱える偈文を除く他の九つの偈がすべて源信の著作に引かれていることから、「源信の著作物からの抄出」と考えてしまわれたが、この点は藤原氏の説のように、文献からの抄出ではなく、口誦の要文と見なす方が当を得ていると思う。

西行は南都・北嶺の学僧のようにこちたく経典を学び、知識として仏教を修得したのではなく、講式や法儀や説教の場で、誰しもがなじんでいる仏典の要文を介して仏道への関心を深めたのであって、西行に宗教的な生を自覚させた直接的な契機は、あくまでも時代苦を鋭く感受した詩人的な魂のあり方にあったのである。従って、西行は知識としての仏説を衒学的にひけらかす必要は全くなく、仏道に縁を持つ程の人なら誰しもが共有している一般的な偈文で十分だったと想像される。その十題十首の題詞は西行の信仰のあり場所を明瞭に語った資料と考えるので長くなるが全文引用することにする。

(1)　末法万年　余経悉滅　弥陀一教　利物偏増（出典—西方要決　引文—往生要集・宝物集・愚管抄）

末法万年には、余経は悉く滅し、弥陀の一教のみ、物を利すること偏に増さん

無漏を出でし誓の舟やとどまりてのりなきをりの人をわたさむ

(2)　一念弥陀仏　即滅無量罪　現受無比楽　後生清浄土（出典—伝往生本縁経　引文—決定往生縁起・六座念仏式他）

ひとたび弥陀を念ずれば、即ち無量の罪を滅しつつ、現に無比の楽を受け、後に清浄の土に生まる。

いろくづも網のひとめにかかりてぞ罪もなぎさへみちびかるべき

(3) 極重悪人　無他方便　唯称弥陀《(念仏)》　得生極楽（出典―観経の要旨　引文―往生要集　選択集　宝物集　発心集　教行信証他）

極重の悪人は他の方便なし。ただ弥陀を称して、極楽に生ずることを得。

波わけて寄する小舟しなかりせばいかりかなはぬなごろならまし

(4) 若有重業障　無生浄土因　乗弥陀願力　即往《(必生)》安楽界（出典―浄土論　引文―観心略要集　宝物集他）

もし重き業障ありて、浄土に生ずるの因なくとも、弥陀の願力に乗じて即ち（必ず）安楽界に生ぜん

重き罪にふかき底にぞしづまましわたす筏ののりなかりせば

(5) 此界一人念仏名　西方便有一蓮生　但《(使)》此一生成《(常)》不退　此華還到此間迎（出典―西方要決　引文―観心略要集　宝物集）

このくにに一人仏の名を念ずれば、西方に便ち一つの蓮生ずることあり。ただしこの一生不退を成ずれば（一般には、但し一生常にして不退ならしむれば、と読んでいる）此の花還ってこの間に到り迎ふ

西の池にこころの花をさきだててわすれず法のをしへをぞ待つ

(6) 三界唯一心　心外無別法、心仏及衆生　是三無差別（出典―華厳経　引文―観心略要集　宝物集　撰集抄他）

三界は唯一心なり、心の外に別法なし、心、仏及び衆生、この三差別なし

ひとつ根に心のたねの生ひいでて花さき実をばむすぶなりけり

(7) 若人欲了《(求)》知　三界《(世)》一切仏　応当如是観　心造諸如来（出典―華厳経　引文―往生要集　観心略要集他）

もし人、三界（世）一切の仏を知らんと欲求せば、まさにかくの如く観ずべし。心、もろもろの如来を造ると。

知られけり罪をこころのつくるにて思ひかへさばさとるべしとは

(8) 発心畢竟二無別　如是二心先《前》心難　自未得度先度他　是故我礼初発心（出典―涅槃経　引文―往生要集　観心略要集他）

発心と畢竟とは二にして別なし、かくの如き二心においては、先（前）の心難し　自らいまだ度することを得ざるに、まづ他を度せんとす、この故に我初発心を礼せん

入りそめて悟りひらくる折はまたおなじ門より出づるなりけり

(9) 流転三界中　恩愛不能断　棄恩入無為　真実報恩者（出典―清信士度人経　引文―平家物語　宝物集）

流転三界の中、恩愛は断つことあたはず、恩を棄てて無為に入るは真実の報恩なり

捨てがたき思ひなれども捨てていでむまことの道ぞまことなるべき

(10) 妻子珍宝及王位　臨命終時不随者　唯戒及施不放逸　今世後世為伴侶（出典―大集経　引文―観心略要集　宝物集　撰集抄他）

妻子珍宝及び王位も命終に臨まん時は随はざるなり、唯戒と及び施と不放逸とのみ、今世後世の伴侶《とも》となる

そのをりは宝の君もよしなきをたもつといひしことのはばかり

これらの偈を「日常不断に心に反覆」したであろう西行は、「末法の現実」を生きる「極重悪人」の自覚を新たにしつつ、弥陀の誓願力にはからわれて、清浄土の彼岸への転生を願ったのである。

西行の信仰のあり方の輪郭は、この十の偈文がほぼ語りつくしており、その基本はいうまでもなく厭離穢土欣求浄土の信仰であった。それは阿弥陀仏の本願力を増上縁として現実の厭相を如実につかむことであり、ま

た厭離の心を発条《ばね》にして、願生浄土の菩提心をみがくことであった。西行が王位も珍宝も妻子への恩愛も超越した無差別、無自性、平等寂滅の彼岸の世界の実在を仏法の教えによって知ったとき、

身を捨つる人はまことに捨つるかは捨てぬ人こそ捨つるなりけり　（『詞花集』）

の歌に表明しているように、現実逃避と呼んではならない遁世を実現したのである。「流転の闇宅」の裡に「官位福禄を求めてとこしなへに悪念」に縛られることは、まさに身を捨てる所行そのものであって、名聞利養の幻影を追う生き方こそが如実な生をごまかしている点で逃避と呼ぶべきなのである。西行が鳥羽院に向って「身を捨ててこそ身をも助けめ」と暗に出家をすすめ、「捨てぬ人こそ捨つるなりけり」というように、貴人に向って出家を主張し得たのは、生の超越的な根拠を弥陀の誓願の裡にしっかりと見てとったからなのである。

三　煩悩と妄念と業苦に蔽われた人間存在の自覚

忠実・忠通・頼長は父子兄弟の間柄でありながら氏長者と関白の地位をめぐって対立し、事あるごとに不信と憎悪をつのらせていたが、鳥羽院は、父忠実から義絶されていた忠通を信任し、忠実に愛されていた左大臣頼長を斥けて、頼長の不満を買った。また一方では、永治元年（一一四一）に崇徳天皇に譲位を迫って、美福門院所生の躰仁親王を皇位につけ、鳥羽院、崇徳上皇父子の間の反目を内訌させていたが、近衛天皇の夭死のあと、これまたわが子重仁親王の践祚を期待していた崇徳院の意向を無視し、上皇の弟を即位させ後白河天皇とすることで、崇徳院を失意の底につき落してしまった。地位をめぐるこうした父子兄弟の間の憎悪反目は、頼長が崇徳上皇と提携するに及び、現実的な行動として表面化するに至り、鳥羽の死を契機に、保元の乱の形

で暴発してしまった。乱がもたらしたものは、頼長の無残な戦死と上皇方に荷担した武士の処刑と崇徳の讃岐配流であった。西行はこうした現実の動きを身近かに体験するにつけ、煩悩と妄念と業苦に蔽われた人間存在の厭相に否応なしに立ち合わされてしまった。しかしそうした悲劇の立会人となりながらも、西行の目は、現実の闇を照らし出す月光の彼方に彼岸の光明の世界を見つめていたのであった。

世中に大事出で来て、新院あらぬ様にならせおはしまして、御髪下して、仁和寺の北院におはしましけるにまゐりて兼賢阿闍梨出で会ひたり。月明かくて詠みける

かかる世に影も変らず澄む月を見る我身さへ恨めしきかな

保元の乱を惹きおこし、運命の激変におののく崇徳上皇を見舞う歌として詠まれたにもかかわらず、院に対する同情の心を表明する発想をさけて「影も変らず澄む月」と自己との心のかかわりを主題に詠出しているのは、出家以来一貫して厭離穢土の立場をとり、有縁の人に心から出家を勧誘してきた西行の心のありかを語ったものと言わねばならない。

西行は崇徳上皇に対し、世俗の身分関係を超えた立場から、寂滅平等の彼岸の世界の実在に目を開いてもらうことを暗に切望していたのである。上皇が親子の恩愛の情に惹かれ、父の仕うちに怨恨をいだいて日夜快快として楽しまない日々をすごしていることを仄聞すればするほど、宮廷の修羅場にかかわって愛憎瞋恚の妄執に自らを閉じこめてゆく上皇の魂に憐愍を覚えないわけにはいかなかったと思われる。「澄む月を見る我身さへ恨めしきかな」の恨めしさは、一般には崇徳院の運命に対する悲しみの表現と解されているようであるが、皇位継承問題にあくまでもこだわり続ける崇徳上皇の救いのない魂の闇に、彼岸の光明がとどかなかったことに対する「恨めしさ」だろうと考える。西行が、自己の弱点や煩悩を発揮して生きながらも、貴顕をはばから

ずに生き得たのは、差別的有相の娑婆世界を超えた平等・無相・寂滅の彼岸世界に魂の基盤を見ていたからなのである。

保元の乱から平治にかけての数年間に、『山家集』の歌の詞書によって知られる範囲だけでも、中院右大臣雅定に出家を勧め、在俗時代の主家筋徳大寺家の若き当主公能に出家を勧誘し、さらに侍従大納言には出家を遂げさせるといったように、西行は現実超脱の生き方をもって現実と積極的にかかわっていたのである。こうした頃、讃岐に配流された崇徳院もかっての「御心引き替へて後の世の御勤め隙なくせさせおはしますと」伝え聞いて、

若人不瞋打　以何修忍辱（もし人いかりて打たずんば何をもって忍辱《にんにく》を修せん）

世の中を背く便りやなからまし憂き折節に君逢はずして

といった歌を贈っている。この歌は世俗人の立場から上皇の御心を慰めた表現と解することは明らかに誤りであって、西行は仏道の立場から、王侯貴族の権威を認めていないのであるから、上皇をお慰め申し上げるといったような発想をとるはずがないのである。西行はもっと積極的に、上皇が都を追放され、このような「憂き折節に」逢われたことを、上皇の魂のために喜んでいたのである。西行は、上皇が人のいかりにふれて打ちのめされたことを、現実の厭相に眼を開くよい契機の到来と考えて上皇の回心を心から期待していたのである。しかるに都に伝えられる崇徳院の日常は「只懐土の思ひ絶えずして望郷の鬼とぞならんずらん」（『保元物語』）といったような瞋恚の心を生きる日々であったらしい。指の血で五部大乗経を書き、鳥羽の八幡に納めたいという上皇の希望が信西に咒詛の行為と疑われて拒否されるや「我生きても無益なり」と覚悟し、その後は髪もそらず、爪も切らず、生きながら天狗になって、世を呪い人を恨んで死んでいったという崇徳院の怨霊伝承の

もとになるような噂を耳にしたかもしれない西行は、上皇の死後四年を経た仁安三年に、院の亡魂を弔うべく白峰の稜に参詣し、次のような歌を『山家集』に残している。

讃岐に詣でて、松山の津と申す所に、院おはしましけん御跡尋ねけれど、形も無かりければ

松山の波に流れて来し舟のやがて空しくなりにけるかな　（『山家心中集』「宮河歌合」）

松山の波の景色は変らじを形無く君はなりましにけり

白峯と申しける所に御墓の侍りけるにまゐりて

よしや君昔の玉の床とてもかゝらん後は何にかはせん　（『山家心中集』）

これらの歌は久保田淳氏が既に指摘しているように、(4) これらの歌が詠出される契機には、崇徳院自らが主宰した『久安百首』における自身の歌が想いおこされていたと考えられる。『久安百首』は、西行が徳大寺公能から、百首に応じるための詠草を見せられていたことなどから、深い関心を寄せていたと考えられ、そのなかで崇徳院が

心経　色即是空　空即是色

をしなべてむなしと説ける法なくは色に心やそみはてなまし

羇旅

松がねの枕もなにかあだならん玉の床とてつねの床かは

という歌を詠んでいたことを心に留めていたと想像してもあながち無理とは言えない。

院も知識としては「をしなべてむなしと説ける法」を理解し、色に染む心が迷妄であることを仏説に照らし

て知っていたのである。西行はそうした仏縁をたよりに院の成仏を確認して歌を詠んでいるのである。そう言えば平安貴族の誰しもが、言葉としては心経の「色即是空」の空観や、法華経に見える「一切諸法　皆悉空寂無生無滅」（信解品。一切の諸法は皆悉く空寂にして、生無く滅無し）という仏教思想は知っていたに違いない。そして、たてまえ化した観念を口にするだけのことなら、大方の歌人が釈教歌として詠出しているので、何も崇徳院の釈教歌や羇旅の歌だけを取り立てて評価する必要はないのであるが、無理やりに譲位を迫られた挙句、院政を布く権利も奪われるという悲運のなかで、わが子重仁親王に希望を託すことで辛うじて心の安らぎを保ち、諦念のうちに仏道に関心を寄せていた崇徳院の久安六年頃の心を想いやった西行が、結局は世の中を捨て去り得なかったばかりに皇嗣問題を契機に保元の乱をひき起してしまった院の行為を院自身の言葉によって照らし返すために、院の言葉をよみがえらせたと思われる。

西行は主家筋の俗縁から崇徳院の境涯に身近かに立ち合う機会を得たばかりに、仏説にある三界の獄縛の苦相をつぶさに見聞し、ますます彼岸の世界の働きかけに心を開いていったと思われる。寂滅平等の空の彼岸の光りに照らし返される時、天皇・摂関の貴顕と言えども煩悩具縛の凡夫人、もしくは、極重悪人でしかなく、衆生の一人として弥陀の願力に摂取されるより他に救いの道はないのである。西行は「一念弥陀仏　即滅無量罪」の信仰と「極重悪人　無他方便」の自覚の裡に「乗弥陀願力　即往安楽界」の安心を得て実現の業苦を見つめていたので、崇徳院の霊に対しても回心を念願しないではいられなかったのである。「よしや君昔の玉の床とてもかゝらん後は何にかはせん」というように十善帝王の地位をも否定し去る西行は、崇徳院に対して精神的な優位者として臨んだわけでは決してなく、否定を介して院の回心をたしかめていたのだと考える。

四　死と往生

時代の様相は保元の乱後、平治の乱、そして福原遷都、治承寿永の乱と悪世の様相を深め、旧秩序に抑圧されていた在地土豪の自立を求める動きが至るところに噴出した。無名な田舎武者にすぎなかった源義仲がこうした乱世に乗じて、地方の土着豪族の力を背景に一挙に平家軍をうち破り都を占拠した事件は、時の人の心に新しい勢力の躍動を思い知らせるに十分であった。都に乱入した木曾の武者達は、当然に都人の軽蔑を買い、総大将義仲も「立居の振舞の無骨さ、物言ふ詞つづきの頑なる事限りなし」(猫間)と『平家物語』に書きとどめられる程であった。しかし、この都の慣習を熟知しない木曾人たちは、それだけにまた都の権威者や貴族に対するフィクショナルな幻想をいだくことがなかった。猫間中納言を猫殿と呼び、木曾の田舎者の流儀で中納言をもてなして悪びれず、自己流儀で牛車に乗って嘲笑を買っても臆することのない義仲像を『平家物語』は伝えているが、義仲の自信に満ちた行為の前には、結果的に貴族の権威も都ぶりの洗練もその精彩を喪い、かえって野人義仲の確固とした輪郭が引き立つように描かれている。

義仲はやがて、皇嗣問題から後白河院と対立し、ついに院に裏切られるに及び、激怒の余り院御所を攻撃し、院の催した軍勢を完膚なきまでにたたきのめしてしまった。天台座主明雲大僧正や後白河法皇の皇子円恵法親王といった「貴種高僧」も木曾の武者の矢に射落されて首を切り取られた。『愚管抄』によれば、打ちとった武者が「山座主ガ頸ヲトリテ木曾ニカウ〳〵ト」手柄に報告したところ、義仲は「ナンデウサル者(そんな者が何だ)」と言って手柄を認めないので、首を西洞院川に捨ててしまったというのである。慈円には「十善帝王に向ひ参らせて」合戦をいどんだ法住寺合戦は「天狗ノシワザウタガイナキ事也」としか考えようがな

かった。さらに『玉葉』の筆者兼実は、寿永二年（一一八三）十一月十九日の条に

申の刻に及び、官軍悉く敗績、法皇を取り奉る。義仲士卒等、歓喜限りなし。即ち法皇を五条東洞院摂政亭に渡し奉る。武士の外、公卿侍臣の中、矢にあたる死傷の者十余人云々。夢か夢に非るか、魂魄退散し、万事不覚、凡そ漢家本朝の天下の乱逆、その数ありと雖も、未だこのたびの如きの乱あらず。義仲はこれ天下の不徳の君を誡むる使なり。

と記録している。

さらに『平家物語』は法住寺合戦に勝利を収めた後の義仲に

そも〳〵義仲、一天の君に向ひ奉りて軍には勝ちぬ。主上にやならまし。法皇にやならまし。主上にならふと思へども、童にならむも然るべからず。法皇にならうど思へども、法師にならんもをかしかるべし。よし〳〵さらば関白にならう。（法住寺合戦）

というような言葉をはかせて、義仲の無知無作法ぶりを強調しようとしているのであるが、その義仲の発言には、日本人のたてまえと化した天皇神格の幻想をものの見事に打ちくだき、権威を頂点にいただく地上のフィクショナルな秩序空間を武力をもってふきとばした快男子義仲の闊達な人間像が、たくまずして造型されているのである。

西行はそうした伝承に彩られた義仲の戦死を、翌元暦元年（一一八四）の正月に伊勢で伝え聞いた。そして源平合戦の経過に想いをいたし、頼政挙兵以後の一連の戦さの噂さをもとに次のような歌を詠み残している。

世の中に武者おこりて、西東《ひんがし》北南いくさならぬところなし。うちつづき人の死ぬる数きくおびただし。まことも覚えぬ程なり。こは何事のあらそひぞや。あはれなることのさまかなと覚えて

死出の山越ゆるたえまはあらじかしなくなる人のかずつづきつつ

武者のかぎり群れて死出の山こゆらむ。山だちと申すおそれあらじかしと、この世ならば頼もしくもや。宇治のいくさかとよ、うまいかだとかやにてわたりたりけりと聞こえしこと思ひいでられて

しづむなる死出の山がはみなぎりて馬筏もやかなはざるらむ

木曾と申す武者、死に侍りけりな

木曾人は海のいかりをしづめかねて死出の山にも入りにけるかな

「重代の勇士」の家に生まれた西行が、もしも北面の武士を勤め続けたとしたら、当然に争いにまきこまれていたわけである。西行は戦争の実情を見聞するにつけ、無残な屍をさらして死んでゆく武者の「あはれ」を切実に感じとった。そして武者が死を覚悟して生きねばならない運命に、死を見つめるが故に遁世した自身の運命を重ね合わせ、殺し殺される死と、六十七歳の老令を迎えて死を目前にして生きる自己の生の意味を問い続けたと思われる。「武者のかぎり群れて死出の山こゆらむ。山だちと申すおそれあらじかしと、この世ならば頼もしくもや。」というように地獄絵的な想像力で死者の行方を見つめる目は、武者に対する軽蔑や揶揄によるものではなく、死に急ぐ武者の霊に語りかける鎮魂の心に根ざすものと考える。

西行は仏者として当然に、むざむざと生命を奪い合う武者の所行を肯定するはずはなかった。恩賞を求めて首を奪い合う狂気の行為を武功の名誉と思い、そうした殺し合いを敵味方の観念で正当化する世俗の論理は、「死出の山」の向うに通用するはずはなかった。それなのに、「うちつづき人の死ぬる数きくおびただし」という戦乱の現実が現出し、この世の名利を争って死に急ぐ武者がつきないということは、西行にとって最もきび

しい現実の厭相をつきつけられたことになったわけである。しかもそうした乱世に乗じて、木曾の山中で兵をおこし、田舎武者を引きつれて平家が守護する都を攻め落し、さらに法皇に戦いをいどんで王法の中心と仏法の権威を武力で踏みにじった義仲のような人間が現出したことは、厭相以上に驚異であったと想像される。西行のように観念的に否定するのでなく、現実的行為によって「貴種高僧」の幻想をはぎとり、川に投げ捨てられた生首の形で高僧の裸形を白日にさらし出したわけである。法皇を下賤な田舎武者がひっくくって歓喜の声をあげるといったアナーキーな状況を現出させた木曾武者達の烈しい生命力の暴発（いかり）を耳にし、そこに「海のいかり」を感じとる西行の心は、〃閑居気味〃に閉じこもる遁世者のそれとは明らかにあり場所を異にすると言わねばならない。勢威を恣にする法皇の義仲に対する身勝手な振舞いから惹き起こされた戦争で、自然な「怒り」をぶつけて戦った義仲ではあるが、やがて同族の武士団によって滅されてしまった運命の悲劇を西行が思いやった時、西行は現実社会の冷酷無残な力関係の場に投げこまれた三十一歳の武者の魂の軌跡のうちに、暴にむくいるに暴をもってする修羅の世界の様相を見てとったのである。前に引いた釈教歌のなかに

波わけて寄する小舟しなかりせばいかりかなはぬなごろならまし

という歌があったが、西行の心には力関係の場を抜け出すことができないままに、我慢・憎悪・反感・瞋恚の心をいだき「ともに不急の事を諍う。この劇悪極苦の世の中」（『大無量寿経』）を「いかりかなはぬなごろ」（碇をおろすこともできない荒海）と見る目を出家以来一貫して持っていたのである。

義仲の死の報らせを耳にして、「尊卑、上下、貧富、貴賤、世事に勤苦・悤務して（つとめ働いて）おのおの殺毒（人を殺さんと思う心）を懐く。悪気窈冥（くらく人目にはっきりしないさま）として、ために妄りに事を興さんとす。天地に違逆し、人心に従わざれば、自然の悲運、まず随いてこれに与し、恣に所を聴して、その罪

の極まるを待つ。その寿《いのち》のいまだ尽きざるに、すなわちたちまちにこれを奪い、悪道におとし入れて累世に勤苦せしむ。」（『大無量寿経』岩波文庫）と仏が説いた娑婆の実相をしたたかに見つめた西行は、こうした「いかりかなはぬなごろ」に翻弄され「海のいかりをしづめかねて死出の山に」入り急いだ三十一歳の若武者の魂の冥福を心から祈らないではいられなかったのである。それは義仲の行為を肯定する立場では決してなかった。しかし、西行が二十三歳の時に見捨て去った崩壊期の貴族社会の腐敗しきった現実を、義仲が武力をもってたたきのめしてしまったことを見聞した時、歴史の底流を貫く「いかり」のエネルギーの行方に深い関心をもってこうした歌を詠んだと思われる。

人として生きる一回限りの生を、煩悩に具縛され、愛欲に癡惑され、瞋恚に迷没したまま終ってしまうことが、西行の最も深い悲しみであった。

述懐の心を

いつなげきいつ思ふべきことなれば後の世しらで人のすぐらむ

（『西行上人集』、『新古今集』）

野に立てる枝なき木にも劣りけり後の世しらぬ人の心は

（『山家集』、『西行物語』、『夫木抄』）

西行の「野に立てる枝なき木にも劣りけり」といった烈しい批判的な口吻は、当然に後白河院を始めとする野心家貴族達や、戦さに明けくれる武家に向けられていた。西行が権力者に向って絶えず出家を説いてやまなかったのは、力を持つ人間の罪業の深さを見てとったからなのである。五濁悪世流転の闇宅を生きる西行自身も「朽ちはてて枝もなき木」の仲間であることを当然に認識していた。「地獄絵を見て」の一連の歌をここに引用するのはさけるが、西行は自己の内奥の無底の闇を見つめれば見つめるほど、彼岸の光明をもまた見つめていたのである。出家後まもない頃の作と推定される百首歌中の釈教十首の中で、

花までは身に似ざるべし朽ちはてて枝もなき木の根をな枯らしそ

という歌を詠んでいるが、「朽ちはてて枝もなき木」の地中の根に水分や養分を届かせる彼岸の世界の働きかけを、自らの心にきざす願生浄土の想いに見てとっていたことを知るのである。

五　心の開け

西行は、浄土教の論理を真理の命題の形で追求した親鸞のような宗教家ではなかったが、「即得往生」の思想を論理化して提出した親鸞とごく近い距離に立っていた歌人だったのである。西行が真言宗の浄土教ともなじめ得たのは、「即得往生」の信仰を持っていたからである。しかし、「即得往生」思想と真言宗の「即身成仏」思想とは根本的に次元を異にする思想なので、西行を真言僧か天台僧かといった教団仏教のイデオロギーで截断することは全く意味をなさない問題である。西行は高野に止住し、仁和寺と深いかかわりを持ったということは、真言宗の宗派イデオロギーを受け入れたことを意味してはいなかった。西行は、生涯浄土教の思想によって彼岸を見つめ続けて生きた歌人だったのである。

西行の出家遁世は、単に社会を見捨てたことでなかったことは前述した通りである。西行は出離によって一層積極的に現実とかかわったのである。天皇とかかわり、征夷大将軍とかかわり、貴族、武家、遊女、乞食ともかかわって生きたことは、歌の詞書や『吾妻鏡』等の記事が証明している。しかし西行の現実へのかかわりは、自他平等の清浄土の実在を歌の言葉にたぐり寄せ、彼岸思想を自己を含む衆生と共有することであり、詠歌行為を通して人とかかわることであった。西行が終生歌を詠み続けなければならなかったのは、現実世界が言葉を介して否定的に転ぜられる時、彼岸が最も予感されたからだろうと思う。西行二十五歳の時の詠歌と推定される前述の「法華経廿八品歌」の中で

信解品　是時窮子　聞父此言　即大歓喜　得未曾有

吉野山うれしかりけるしるべかなさらでは奥の花を見ましや

安楽行品　深入禅定　見十方仏

深き山に心の月し澄みぬればかがみに四方のさとりをぞ見る

という歌を詠んでいるが、西行の彼岸はまさに具体的な「花」や「月」の彼方に予感された「奥の花」や「心の月」だったのである。そして生涯にわたって西行は「花」や「月」や「恋」の歌をくり返し詠み続けているが、その理由は花や月や人に惹かれる心の働きの裡に「寂滅平等究竟真実之智」(『菩提心論』)を観入していたからなのである。そして心をこらして歌を詠むことは、西行にとって観心の行法でもあったのである。

『西行上人談抄』に「昔上人云、和歌は常に心すむ故に悪念なくて、後世を思ふもその心をすゝむなりといはれし」という西行の言葉が伝えられているが、西行は詠歌の行為を介して、言葉の彼方に「後世」という虚の空間を見つめ、確かめていたわけである。現世内の現実空間に魂のよるべを幻想する甘美な〝ふるさと〟観とは始めから無縁であった西行は、彼岸を見つめる(後世を思ふ)ことで「劇悪極苦の世の中」(『大無量寿経』)を正面から見つめ、「凡そ三界の獄縛は一つも楽しむ可き事なし」(『六道講式』)の覚悟をもって、現実のきしみに耐えぬいたのである。

古畑の岨《そば》の立つ木にゐる鳩の友呼ぶ声のすごき夕暮

耕し手をなくして荒れるにまかされた山畑、狭小な畑にくずれかかるようにのしかかる断崖、そしてその崖の上に危く立つ一本の裸木が、初冬の燃えつきるような夕空の残光のなかに鮮やかな影を浮き立たせ、世の終末を想わせるような暮景に向って、命のかなしさを訴えて鳴く一羽の山鳩のイメージは、そのまま西行の心象風景のタブローであった。西行の魂のよるべは、現世を空無化する終末的成就の彼岸の働きかけであったのであり、自己否定によって彼方の世界に心を開いて生きたことが、「生得の歌人」西行の誕生だったのである。もし西行の魂の故里をあえてあげつらうなら、『華厳経』の要文「菩薩清涼の月、畢竟空に遊ぶ」の世界だったと考える。

注（1）西行の巻末百首については、山本幸一氏によって定説化した西行若年の作といった考えを否定する説も出されたが、（「山家集巻尾『百首』考」『国語国文研究』第三十八号）、山本氏があげたように、聞書集との類同表現ということを一つの根拠にするなら、聞書集に収められた法華経廿八品歌や十題十首歌と用語や発想を共通する歌も見られる点から、西行二十五歳前後の作と見るのが妥当と考える。山本氏が有力な根拠にあげた「晩年」の意識による統一性といった問題は、その論拠とした心境表現の語について、その全部を逐一否定することも可能で、にわかに従いがたい。

（2）藤原正義「西行論―法華経廿八品歌の考察」（『北九州大学文学部紀要』第九号）萩原昌好「西行の出家」（『国文学言語と文芸』第七十八号）

（3）前掲藤原氏論文

（4）久保田淳「西行の研究」（『新古今歌人の研究』東京大学出版会　昭和四十八年）

第二章　道心者の抒情——西行の発想の一側面——

一　写実的な歌風を生み出す心

『山家集』にはないが西行の名歌の一首に次のような作がある。

よられつる野もせの草のかげろひて涼しく曇る夕立の空

定家の偽書とされている『愚見抄』では、この歌と「津の国の難波の春は夢なれや芦の枯葉に風わたるなり」の歌を挙げて「是等は凡慮のすこしも立ちよりがたき風骨なり(1)」と評している。西行の歌の非凡さについては、『後鳥羽院御口伝』に「西行はおもしろくして、しかも心も殊に深く、ありがたく出来がたきかたも共に相かねて見ゆ。生得の歌人と覚ゆ。おぼろけの人まねびなどすべき歌にあらず。不可説言語の上手なり(2)」と評されてから、この言葉が現代でも西行を批評する場合に拠り所とされることが多い。同時代人と言える俊成も口を極めて西行の歌を〝心深き〟歌と評しているが(3)、西行を評するほとんど総ての人が〝心の深さ〟を口にするのは何故だったのだろうか。

西行の歌に「凡慮のすこしも立ちよりがたき風骨」を見るのは、俊成が「御裳濯河《みもすそがわ》歌合」の評語のなかで、

「さりとて深き道に入らざらん輩は、かく詠まんとせば叶はざることなり」[4]と語る西行観に共通するものがある。そこには真実の仏道修行者円位上人の道心を歌の背後に見ている態度がうかがえるのである。「ただ見るまま、心にうかぶままを言ひあらわし」（『辨要抄』）た歌、「ただ詞をかざらずして、ふつふつといひたる」（『八雲御抄』）歌が、なぜか読む者の心をとらえないではおかない深みの感覚を表現し得ていることになるのだろうか。こうした問題を、先に引いた歌によって具体的に考えてみたい。

　久保田淳氏の『新古今和歌集全評釈』によれば、前記の歌について「すべての注釈書が、その写実的な対象把握のし方を賞讃している」[5]という。しかしながら、「よられつる野もせの草」に目をとどめたこと自体のなかに単なる写実的精神では説き明かせない心の働きが読みとれるのである。「よられつる」という句は、普通なら「惜しと思ふ心は糸によられなむ」（『古今集』一一四）というように、糸との連想で思いつく言葉のように考えられるが、『建礼門院右京大夫集』に「夏ふかき比、つねに居たるかたの遣り戸は、谷のかたにて、見をろしたれば、竹の葉はつよき日によられたるやうにて」[6]とある用例を考えあわせると、暑い夏の日ざしに照りつけられて、草葉がしぼむようによじれることを表わす言葉としても一般に用いられたと考えられる。西行が涼気をともなってやって来る夕方のけはいを、夏の暑い日ざしに耐えきれないままにねじれ萎れてしまった野づらの草の位相に心をとめて見つめる目の働きは、この世に生きてあることの苦悩を「野もせの草」と共有しようとする心に支えられてはじめて可能だったのではなかろうか。西行の詩精神が「非器の輩の叶ふまじき」（『愚秘抄』）深みに根ざしていることをすべての人が承認するのは、単に説話的な西行上人像が前提になっているからではないと考える。

　この歌の魅力の中心は、いうまでもなく「かげろひて」（日がかげること）という微妙な外光の変化を捉えた句とウ母韻の連続がなだらかな語感を与える「涼しく曇る」の歌句の好ましさにある。しかしそうした言葉づかいの清新さ以上に、対象把握の姿勢そのものが宿している「凡慮のすこしも立ちよりがたき風骨」にまず魅せられるところにある。その風骨とは、「心なき身にもあはれは知られけり」という時の〝あはれ〟、つまり、実存の様相としての〝あはれ〟を知る心の開けとも根を同じくするものと言える。干天続きの炎暑のなかで、草木の葉があえぐようによじれている様を心の痛みとして感じ続けてきた心の関わりを抜きにしては「野もせの草のかげろひて」の把握はあり得なかったと考える。

西行のこの歌の主題は、夏の日ざしのもとであえぐように葉がよれてしまっている野づらの草に、運命に耐える生の相貌を見る心の祈りにも似た喜びの表出にあったのである。下の句の伸びやかなリズムには、夕立のけはいに生色をとりもどした草葉の様子に安らぎと喜びをおぼえる共生の感性があふれている。西行の歌の根底に流れているものは、一言でいうならこの共生の感性であり、それを支えた仏者的な自覚にあったと言えるのではなかろうか。「夕立の空」を美意識にもとづく構図におさめとるべく工夫するわけでもなければ、夏の夕立の趣を奇抜な思いつきで再構成しようとするのでもなく、夕立のけはいに生色を取りもどした「野もせの草」の位相に心をとどめ、草と共に日照りに耐え、草の色の「かげろひ」に喜びを感じとろうとする心の開けを歌語のリズムにのせて実現したのは、歌を詠む行為の裡にはらまれる〝あはれ〟を愛したからである。

二　平懐体の歌の底にあるもの

『新古今集』には、前記の歌の前にも西行歌を配している。謡曲「遊行柳」で有名な

道のべの清水流るる柳陰しばしとてこそ立ちどまりつれ

の一首である。『新古今集』の伝本には、初句を「道のべに」とあるものや、結句を「立ちどまりけれ」とするテキストもあるが、通行に従っておく。西行をこの上なく慕った歌僧釈固浄は、その著『増補山家集抄』において、「上句そのままやすらかにいひ下し、しばしとてこそといふに天然の妙こもり凡慮及びがたし」と評している。固浄もまた西行の歌に「凡慮及びがた」いものを見出し、その魅力のとりこになった一人であった。「そのままやすらかにいひ下し」た、一見平凡に見える歌のどこに人を魅きつけないではおかないものがあるのだろうか。固浄の評は「しばしとてこそといふに天然の妙こもり凡慮及びがたし」とふれるだけであるが、私もまたこの一首の抒情の魅力は「しばしとてこそ」の表現にあると考える。

「しばし」という言葉は、西行歌に於ては、

くれはつる秋のかたみにしばし見むもみぢ散らすなこがらしの風
月のためひるると思ふがかひなきにしばしくもりて夜をしらせよ
慕はるる心やゆくと山の端にしばしな入りそ秋の夜の月
いかでかは散らでであれとも思ふべきしばしと慕ふ嘆き知れ花

というように、諦めなくてはならないと知りながら、思い捨て難い心のままに不可能事を希求する心を言い表わす場合に用いられている。それはまた「しばし」という一瞬の固有時を生きる心の最も充溢した表現でもあった。

夏の日盛りを炎暑に耐えながら草いきれする野を横ぎってきた旅で、やっと清水が湧き流れている清涼な柳の木陰を得て、ほっとひと休みしているうちに、思わぬ時を過してしまった体験を想い起して歌を詠んだのであろうが、このつぶやくような独白体の歌は、たんにそうした体験をなつかしんで詠んだだけで終っているの

だろうか。

「道のべの清水流るる柳陰」とは、見捨てられたようなひそやかな小空間である。そのような取り立てて意味を持たない場所に、ひとときの〝生命の充足感〟を見出して愛惜する心の働きは、単なる旅の体験の詠出とは言えない。炎暑の夏野を旅行く苦しさは、西行の心の裡で〝火宅の世〟に耐えて生きる想念と重なっていた。その時、ほっとしたやすらぎをもたらす木陰の納涼は、自然な命が求める〝離苦得楽〟の願いを自覚させる場であった。修辞の技巧をこらした歌でもなければ、新しい美の空間を創出した歌でもない西行歌が愛唱され続けてきたのは、そのような素朴にして本源的な生命感をよびさます場所に読者を立ちあわせるからであったと考える。「上句そのままやすらかにいひ下し」は、表現技法の問題というよりは、抒情精神のあり方の「やすらか」さが重要な問題だったのである。

西行には歌のために歌を詠作するといった姿勢がみられない。したがって用語や表現様式のために工夫を加え心を労することはなかった。しかし、平懐体とよばれた西行歌の内容を単に平凡とみてしまうことは間違いだと考える。たしかにこの歌なども、現実体験を「そのままやすらかに」表現した歌としか思えないのであるが、「道のべの清水流るる柳陰」に心を留める精神は見かけほど平凡ではないのである。この歌の非凡さは固浄も「しばしとてこそといふに天然の妙こもり凡慮及びがたし」と認めているように「しばしとて」の言葉が訴えかけるところに負っている。柳の木陰を単なる観念の構図に終らせないで、「しばしとてこそ」といった生の希求の対象に据えたところが「凡慮及びがた」いところだったのである。つまり、ここには、名聞利養を求める心を捨て去り、世俗の制度が保証する権威に服属することもない世捨人の境涯に身を置いて〝存命の喜び〟を生きようとする〝無依の道者〟の抒情の見事な結晶化がみられるのである。無常の世界を無常な存在者として生きることを引きうけた「心なき身」にとっては、「しばし」といった固有時における生の希求だけが、疑いようもない現実であった。「しばしとてこそ立ちどまりつれ」といった自己認識の表出は、柳陰の涼を〝存命の喜び〟とする精神のあり方を自らにたしかめる行為であったと考える。

三　求道としての認識と抒情

西行の歌には「知る」という動詞の用いられた歌が目に立つ。日本古典全書『山家集』には、「知る」の動詞を含む歌が百首収められている。さらに「思ひ知る」の語を含む歌を二十首数えることができるので、あわせて百二十首の歌にこの語が用いられていることになる。(7) その中で最も親しまれている歌は、『新古今集』三夕歌中の一首

心なき身にもあはれは知られけり鴫立つ沢の秋の夕暮

の歌である。この歌に関しては、浅沼圭司氏のすぐれた分析があり、国文学者の目に触れにくい書物に収められた文章なので参考までに関係する部分の全文を引用することにする。(8)

西行歌第一句の「心なき」は、言うまでもなく「情趣を解さない」という単純な意味においてではなく、何らかの諦念的態度のむしろ自発的な選択の結果を意味するものと捉えられるべきだろう。そのような態度をとる主体と、下二句によって叙せられているような自然の情景（景気）との間に成立するある特別の感情（気分）体験が、「あはれ」の内包を形成していると考えられる。「心ある身」によって体験されていた「あはれ」とはまったく次元を異にする、いわば深化された「あはれ」が、そのような「心」の抛

擲によって「知られ」たことに対する一種の新鮮な感動（驚き）、そしてこのような体験によってその世界を拡大され深められた自我が行うかつての自己への回顧と反省、それらの混り合った深い詠嘆が「けり」の一語にこめられているのではないだろうか。上三句と下二句とは、まさにこのような意味で、密接に、有機的に関り合っているのである。

このすぐれた分析のなかで特に注目させられたことは「このような体験によってその世界を拡大され深められた自我が行うかつての自己への回顧と反省、それらの混り合った深い詠嘆が「けり」の一語にこめられている」といった指摘である。この指摘は求道者西行の抒情精神のあり方を的確に分析したものと言える。

西行に於ては、歌を詠むこと自体が隠遁そのものの実現であり、「隠遁者たらんとする修行の内的過程[9]」であったと言える。それは隠遁の思想を歌にしたからではなく、歌言葉による自己確認の行為そのものが隠遁の中心課題であったからである。例えば、「心なき身」と自己確認する行為一つをとりあげてみても、そこには「心あらん人に見せばやつの国の難波わたりの春のけしきを」（後拾遺）といった能因の「心あらん人」への呼びかけに応じた発想であり、そこには「心あらん」とすることさえも捨て果てた「諦念的態度のむしろ自発的な選択」を自らに課そうとする姿勢が読みとれるのである。「心ある」ことが文化秩序を前提にした一種の身構えになろうとしている時代にあって、能因の呼びかけに真に応ずるためには「心なき身」に降り立つ必要があったのである。西行は文化的な身構えとしての「心あり」を捨て果てることによって「心なき身」の在り場所を確認したのである。この西行歌の初句は「捨てはててきと思ふ我身[10]」の位相を「心なき身」と表現したものであると同時に、そうした言葉を口にすることによって「諦念的態度」を自らに確かめたのではなかろうか。「心あらん人に」という呼びかけに「心なき身にも」と応える気味には、能因に寄せる共感を媒介とした

「深化された『あはれ』」が予感されていたのである。

西行にとっての世捨ては、「よき人」の誇りを支える「心」さえも捨てることであった。「数奇の遁世」者能因の跡をつぎながらも、西行の場合、「心あらん人に見せばや」といった心おごり、現代流にいうなら文化人の特権意識を支えとした隠遁は否定されなくてはならなかった。「心なき身にも」と能因に挨拶をかえしたことは、能因にむかって謙遜したのではなく、新しい遁世の自覚を語ってみせたのである。西行にとっての道心とは、結局のところ「捨家棄欲」の出家行の実践に尽きていたのであり、文化人の身構えと化した数奇心も二次的な世俗と言えるとすれば「心ある身」もまた否定されなければならなかった。しかし、西行が「捨家棄欲」の実践によって無私の心に至り着こうとすればするほど、無私なる心に入りこみ、心をとらえないではおかないものがあることを自覚しないわけにはいかなかった。それが「花にそむ心」の「あはれ」であり、「月すむ空にあくがるる心」の「あはれ」であった。西行が上三句で自らに確かめたことは、先入観を否定しても残ってしまう存在とのかかわりを「あはれ」と認めるほかない心の実相であった。この歌があたかも西行の自讃歌中の代表作であったかのように言い伝えられるのは、この上三句が歌人西行の基本的な立場を表明したものと受けとられたからだと考える。西行歌の主題はすべて「心なき身」に「知られ」た「あはれ」であったとさえ言えるものであった。したがって「あはれ」が知られた感動の契機は何も「鴫立つ沢の秋の夕暮」に限られることはなかったわけであるが、能因歌の「春のけしき」に対し「秋の夕暮」を、難波の海辺に対し沢辺を背景にとりこみ、葦のつのぐむ薄みどりの明るい眺めに対し、夕暮の空に鴫が一羽飛び立つ姿に命あるものの〝かなしみ〟を対したのではなかろうか。いずれにせよ「鴫立つ沢の秋の夕暮」の面影は「心なき身にもあはれは知られけり」といった観想と関連づけられることにより、一種の思想を担わされたイメージとなり得ているのである。

四　西行のなみだと〝あはれ〟

万物が人間の心に〝あはれ〟として現前することは、紛れもない事実である。西行が秋の夕暮のせまる山あいで水辺を飛び立つ鴫の羽音に驚かされ、命のいとなみの〝あはれ〟を覚えさせられた時、そうした驚きや感動が何処からやってきたものかを知るすべはなかった。しかし、世俗への関心を離れ、数奇に誇る心をも捨てた時、心は一層〝もののあはれ〟に感じ易くなるものであった。西行はそうした事実を自らの心に於て確認するだけであった。西行が〝なみだ〟を歌に詠むことが多い(11)のは、感傷過多によるのではなく、人の心の本来が存在の悲しみを受け容れてしまう事実に新たな感動を覚えたからである。

「心なき」の歌は、西行の自歌合「御裳濯河歌合」で十八番右に番えられ、左の「大かたのつゆにはなにのなりぬらん袂に置くはなみだなりけり」とくらべ、俊成の判で負とされた。この歌合には主題に共通性のある歌が番えられているので、この十八番は〝あはれ〟を知る心が主題であったと考えられる。その場合のなみだは〝あはれ〟を知る心が析出する現象として理解されていたのである。「袂に置く」つゆが、〝あはれ〟知る心が析出するなみだであるとするなら、草葉に置くつゆは、どういう心が析出したなみだなのだろうかといった、きわめて思弁的な内容を表現した歌なのである。

この歌に関しては、芭蕉も関心を示したらしく、『三冊子』に

師のいはく「『大方の露には何のなりぬらんたもとにおくはなみだなりけり』、此うたは『鴫たつ沢』に勝つ歌也。面白し」と也。

といった芭蕉のことばが伝えられている。この「面白し」の解釈をめぐってはいろいろな意見があるようであるが、[12] いずれにせよ芭蕉が「大方の」の歌に関心を寄せていた事実は読みとれるのである。西行が自讃歌としたと伝えられ、人口に最も膾炙している「鴫立つ沢」の歌に対し、俊成が「但、左のうたハなにのといへる、詞あさきに似て心殊にふかし。かちと申べし」と判じたことを「面白し」と感じる心には、世人の評価とは異なる判断をした俊成への共感がこめられているのではなかろうか。俊成の判詞は、「なにの」といった卑俗なことば（「詞あさき」）を歌にとりこむことによって表現しうる真実によせる感動を語っているが、芭蕉は〝西行のなみだ〟[13] に関心を寄せていたと考えられる。

いうまでもなく、芭蕉が〝西行のなみだ〟の跡をしたうのは、『異本山家集』に伝えられる

何事のおはしますをば知らねどもかたじけなさに涙こぼるる

の西行歌によるのであるが、『百人一首』で知られる

なげけとて月やは物をおもはするかこちがほなるわがなみだかな

の歌をはじめとして、六十数首の歌に直接よみこまれた〝なみだ〟のことばが脳裡にあったと考えられる。ではなぜ西行はこれほどまで〝なみだ〟を口にするのだろうか。つぎの二首を手がかりに西行の〝なみだ〟について考えてみよう。

よしさらば涙の池に身をなして心のままに月を宿さむ
わび人の涙に似たる桜かな風身にしめばまづこぼれつつ

前者の歌に見える〝涙の池〟の語は、いかにも誇張した感傷の表現に思える。もし涙を哀情の表現としてのみとらえるなら、「涙の池に身をなして」の句はあまりに身ぶりの大げさな言い方といわねばならない。しかし、〝涙の池に身をなす〟ことが遁世の理想の表明であるとするなら、その観念的な詠みぶりがかえって鮮明な意味を訴えかけてくるのである。

西行の遁世は〝心のままに月を宿す〟ために「涙の池に身をなして」みたいという念願そのものであったと言える。この歌は『山家集』では、恋の部立中〝月〟と題された一連の歌群中の作なので、主題は〝月に寄する恋〟（松屋本『山家集』）である。しかし、この主題は、「容易に逢えない恋人を天上の月に譬え」たのではなく、闇を照らす光として月、そうした「月の光の情景」がよびさます自己没却としての愛にあったのである。〝月を宿す〟とは、「月の光の情景」に見入ることによって得られる清浄心、もっとわかり易くいうなら愛に導かれた心の開けを念願することであった。西行は、そうした清浄心を宿す「池」に身をなすべく泣きに泣いて涙をあふれさせようというのである。

おそらくこの歌は自らに言いきかせる独詠歌として詠まれたにちがいない。一つの体験を想い出の形でなぞったのではなく、こうした歌を口ずさむことで自らの遁世を現実化したのである。その場合の〝なみだ〟は、くだかれた心の悲しみの表現であり、挫折の歎きの表現であった。佐藤正英氏は「西行において、隠遁することとは、その多情多恨をきわだたせることであった。いいかえれば、多情多恨たることとの単純な否定ではなく、むしろ多情多恨たることに殉じ、その中により一層のめりこんでいく在りようを、西行にもたらすことであった」（『隠遁の思想』）と指摘している。西行の遁世は、序列社会の価値意識から身をふりほどき、制度化された文化観念から心を開放することによって世界との直接的な関係をとりもどすことであった。したがって、遁世の結果が「多情多恨たることに殉じ、その中により一層のめりこんでいく在りよう」をもたらすことは当然であった。西行が花・月・恋といった主題によって、花や月や恋人の魅力に心を開き〝多情〟に殉じようとする心と、個我意識を捨て得ない人間にとってついに花・月・恋人はへだてられた他者でしかありえないことを歎き恨む心を繰り返し歌に詠んだのは、世界との直接的な関係をとりもどす遁世心をあらたにするためであった。

「たもとにおくなみだ」に月が宿り、「大方の露」に光が宿る情景には、身構えを捨てた多情多恨なありのままな心に映る〝ものの見えたるひかり〟が意味されていたのである。制度を抜きにしては生きられない人間にとって、序列秩序が強いる大義名分の観念や習慣化した価値観念を通して物を見る態度は避けがたい宿命ともいえる。しかし、社会制度や価値観が大きく変革しようとする時代にあって、人間の根拠を根底的に問いなおす気運が知識人貴族の間にひろまった時、〝道心〟の自覚が深まった。遁世心とはこの〝道心〟のうながしであったのである。制度によって強いられた競争心や序列的価値観によってゆがめられた物の見方にとらわれた身構えを捨てさった地平に降り立って世界とのかかわりをとらえ直す時、そこに浮上する心の世界は必然的に〝多情多恨〟なものとならざるを得ない。西行の〝なみだ〟は、世界との感得的なかかわりから、おのずと現成する心の様態そのものを意味することばと解すべきではなかろうか。

西行の歌のなかには、「たもと」もしくは〝たもとにおくつゆ〟によって〝なみだ〟を意味することも多い。その場合、なみだに濡れた袂は、月をはじめとしたものの光を映しているのである。西行のそうした観念化された詠風は、写実的な歌をよしとする基準から見ると、いかにも平板な歌に見えるのであるが、そこには意識化された精神の営みをぬきにしては、世界との素朴で自然な関係を回復し得ない人間の悲しみが見据えられていたのである。西行の〝なみだ〟は、単なる感傷の表現ではなく、極度に意識化された思弁の帰結であったのである。伊勢大神宮の御祭日によんだ歌の〝なみだ〟にしても、「何事のおはしますをば知らねども」とことわらねばいられなかったり、また『百人一首』にとられた歌の場合も「なげけとて月やは物をおもはする」と一たん疑問を呈した後に「かこちがほなるわがなみだ」を確認するのは、意識化すること自体が遁世心のいとなみであったからである。

「わび人の涙」の歌にいたっては、落花によせて〝なみだ〟そのものを客観視し、〝なみだ〟によせて落花を有情化する発想をとっており、涙も落花もともに観念の構図としてながめられる。常識の目で見るなら、桜は風に吹かれて散るにすぎないのであるが、西行は、〝風身にしむ〟という歌語を媒介とすることによって、風と花との関係もわが身との関係もともに相互に〝あはれ〟を共有する生きたかかわりとしてとらえるのであった。世俗的世界からはみ出てしまった「わび人」の心に、世界とのかかわりがことさらに〝あはれ〟として感得される事実を、花と風との関係に見こむことは、情景を観念化することである。というよりは、佐藤正英氏が指摘するように「歌は、西行に、観念化された情景、あるいは観念としての情景とでもいうべきものをもたらし」[14]たというべきかもしれない。しかし、西行は落花の情景を擬人的に観念化したのではなく、落花において〝わび人〟の心と涙とのかかわりの真実を観入したのであって、落花の情景そのものを美の構図として言語化しようとしたのではなかった。風にふきさらされれば必ずはらはらと散ってゆく花を見つめる時、「わび人」の心が愛惜の情にみたされていく事実、そして愛惜の情において存在の無常を受けいれるほかないかなしみを歌に封じこめようとした所に西行の歌は成立したのである。

西行の〝なみだ〟は、たしかに〝多情多恨〟の心のあらわれといえるのであるが、西行自身はその〝多情多恨〟を歌に封じこめることで自己超脱を実現しているのである。西行の歌がつねに〝心深し〟と評されるのは、そうした自己超脱の精神に支えられて、世界との感得的なかかわりそのものとしての抒情がとらえられていたからではなかろうか。

注

(1) 佐佐木信綱編『日本歌学大系』第四巻（風間書房　昭和三十一年）所収本による。

(2) 同右、第三巻所収本による。

(3) 「御裳濯河歌合」の評語に〃心深し〃の語は、三番、七番、十九番、二十番、二十八番、三十番に見える。

(4) 日本古典全書『歌合集』（朝日新聞社　昭和三十八年）所収本による。

(5) 久保田淳著『新古今和歌集全評釈』第二巻（講談社　昭和五十一年）一六三頁。

(6) 日本古典文学大系『平安鎌倉私家集』（岩波書店　昭和三十九年）所収本による。一二三〇番詞書。

(7) 臼田昭吾編『西行法師全歌集総索引』（笠間書院　昭和五十三年）による。

(8) 浅沼圭司著『映ろひと戯れ——定家を読む——』（小沢書店　昭和五十三年）。

(9) 佐藤正英著『隠遁の思想　西行をめぐって』（東京大学出版会　昭和五十二年）。

(10) 「花のうたあまたよみけるに」とある連作中の一首「花にそむ心のいかで残りけむ捨てはててきと思ふ我身に」。

(11) 臼田昭吾編『西行法師全歌集総索引』によると『山家集』だけで六五首を数える。

(12) 復本一郎氏は、その著『芭蕉の美意識』のなかで（四六頁）「〈鴫たつ沢〉自讃のエピソードとの関係により生まれた意外な勝敗に対する『面白し』ではないかと思われる。必ずしも俊成判詞に賛意を表し〈大かたの〉の一首を〈心なき〉の一首よりも勝るとするものではあるまい」と述べている。

(13) 『真蹟懐紙』に「西行のなみだ、増賀の名利、みなこれ、まことのいたる処なりけらし。なにの木の花とハしらずにほひ哉。はだかにはまだきさらぎのあらしかな」とあり、支考編の『笈日記』には「西行のなみだをしたひ、増賀の信《まこと》をかなしむ」とある。

(14) 前掲、佐藤氏論文。

第三章　西行における詩心と道心

一

『三冊子』に、

師のいはく「『大方の露には何のなりぬらんたもとにおくはなみだなりけり』、此うたは『鴫たつ沢』に勝つ歌也。面白し」と也。

という西行歌への芭蕉の関心が語られている。「『鴫たつ沢』に勝つ歌也」というのは、「御裳濯河歌合」十八番に、

左

大かたの露にはなにのなるならん袂におくは涙なりけり

右

心なき身にもあはれは知られけり鴫立つ沢の秋の夕暮

鴫立つ沢のといへる、心幽玄に、姿及び難し。但左の歌は、なにのといへる詞、あさきに似て心殊に深し。かちと申すべし。

と、俊成が判じたことを指して言っているのである。芭蕉はたった一言「面白し」と言っているだけなので、西行の歌のどういう点に心をひかれたのか知るすべもないが、俊成によれば「なにの」という言葉を用いて表出した心のあり方そのものに新しい詩心の核を見てとったことがわかる。芭蕉もこの俊成の評価を引きついで「大かたの」の歌に、それこそ大方の評価の高い「心なき」の歌にまさる興味を覚えていたと思われる。このようなことを人に語らずにはいられなかった芭蕉の考え方は何だったのだろうか。

芭蕉は、一般に「柴門の辞」と呼ばれている「許六離別の詞」のなかで「たゞ釈阿・西行のことばのみ、かりそめに云ちらされしあだなるたはぶれごとも、あはれなる所多し。後鳥羽上皇のかゝせ玉ひしものにも、これらは歌に実《まこと》ありて、しかも悲しびをそふるとのたまひ侍りしとかや。されば、このみことばを力として、其細き一筋をたどりうしなふる事なかれ」というように、「実《まこと》ありて、しかも悲しびをそふる」「あはれなる所」を「其細き一筋」と呼び、その一筋を風雅の核心としたのであった。芭蕉が問題の歌によみとったものも、まさにこの「実《まこと》ありて、しかも悲しびをそふる」「あはれなる所」そのものに目を開こうとした西行の詩心のありかだったと考える。

問題の歌は、『山家集』には秋の部に「秋の歌に露をよむとて」と題して収められ、『西行上人集』でも秋の部にただ「露」と題されて収められている。それが『山家心中集』では、「秋の歌どもよみ侍りしに」と題する歌群のなかで、

山里は秋のくれにぞ思ひ知るかなしかりけり木枯の風

と対になるような形で配列されるのである。露の歌題で詠まれる歌の大部分は、秋の草葉をちぢに染める白露の美をとり上げるか、萩吹く風にこぼれる露の哀れをよむか、袂にかかる秋の夕露に身のかなしさを抒情するといった型を持っており、露の玉と光る美観が主題とされた。言うまでもなく西行も、

草の花みちをさへぎると云事を
ゆふ露を払へば袖に玉《(ちり)上人集》きえてみちわけかぬる《(わぶ)上人集》小野の萩はら　（『山家集』『山家心中集』）

というように「袖に玉」ちる秋の野辺の情景を詠んだり、

女郎花帯露（心中集「をみなへしつゆおびたりといふことを」）
花が枝《(の)宮河歌合》に露の白玉ぬきかけて折る袖ぬらす女郎花かな　（『山家集』『山家心中集』「宮河歌合」十七番右）

のように題詠的な四季歌においては、女郎花―折る―露―袖ぬらすといった伝統的な修辞法に従って作歌しているのである。しかし、露がたとえ〝露の白玉〟であったり〝露の命〟であったとしても、露において観入されているものは、自己と他者との交わりにおいて実現する「実《まこと》」の世界であり、「しかも悲しびをそふる」その「実《まこと》」は、「心なき」空の立場から観ぜられているのである。そうした観心の発想が、秋の萩原の露をうたって、

行路草花（心中集「ゆくみちのくさのはな」）
折らで行く袖にも露ぞしをれける《(はかかりけり)上人集》萩の葉しげき野べの《(ち)上人集心中集》ほそみち

といった理屈めいた詠みぶりをとらせたと考えられる。

払えば消えてしまう露の光ゆえに、「道分けわぶる」心のたゆたいを見つめる心や、「露の白玉をぬきかけて」人の心を惑わす女郎花ゆえに袖をぬらさないではいられない煩悩を見つめる心を詠歌によって確かめることが西行にとっての観心の修行でもあった。「法華経廿八品歌」で法師品の心を詠んで、

一念随喜者　我皆与授記　当得阿耨多羅三藐三菩提（一念も随喜する者には、われは皆記を与え授く『当に阿耨多羅三藐三菩提を得べし』と）

夏ぐさの一葉にすがる白露も花の上にはたまらざりけり　（『聞書集』）

この釈教歌は、これまでの釈教歌と趣を全く異にする歌である。そもそも「法師品」をとりあげる時は、法華七喩を中心にした比喩をとりあげる型に従って「高原鑿水の譬」を詠むのが通例であるのに、西行はそうした観念を観念的な歌に詠みかえる方法を斥け、どこまでも具体的体験的な事象に即して歌を詠んでいるのである。夏の草葉の葉末に結ぶ露は、ま昼の旺盛な蒸散作用の働きの余力が夜の涼気にあって露と化するのであって、空気中の水蒸気が結露するわけのものではないので、葉脈の集まる葉の先端にそれこそ落ちこぼれんばかりにやどるものである。夕暮の夏の草花が、葉末は白露をやどしながらも、葉脈のない花だけは露をためないでくっきりした花の輪郭のままに咲き定まっているのはそのためである。西行はそうした事実に啓示を感得したのであった。

露を帯びることなく咲いている花の姿は、重業に障《さ》えられ、煩悩に覆蔽されて輪廻する衆生を超えた菩提心の様相を如実に示すものであり、「葉にすがる」〝露〟は、衆生の危うい存在の様相そのものとして観ぜられていたのである。草葉の営みが宿してしまう罪業の報いが露であるにもかかわらず、水の表面張力がからくも支

えている水滴が、遍満する光を宿して輝く様相は、あたかも彼岸の光明に摂取された衆生のあり方を予感させるものとして西行の目に観ぜられていたのである。

「行路草花」の歌で「露の置いた萩を折りながら行けば、その露がこぼれかかって袖が濡れるのも当然だが、折らずに行く袖にも露がこぼれかかることだ。萩の葉の茂っている細い野路を行けば。」（渡部保『山家集全注解』）といった理屈めかした露のとらえ方をするのも、露をそうした（仏）法の顕現と見る目が働いたからだと考える。「折らで行く袖にも」露がかかるということは、法の世界の信号がこちらから求めなくても自ずから心に届く消息を語っているのであって、西行は秋の野路をたどった時の体験的な事象に即しながら〝露〟に心を観じたまでのことだと思う。

芭蕉が「面白し」と評した露の歌は、露に涙を見立て、涙を露と見る歌の詠法をふまえながらも、慈円の「堀河院題百首」の中の〝露〟の歌「草木まで秋のあはれを偲《しの》べばや野にも山にも露こぼるらん」（『千載和歌集』）の歌や藤原季経の「夕まぐれ荻吹く風の音聞けば袂よりこそ露はこぼるれ」（『千載和歌集』）の歌にみるような抒情の方法をとっていないのである。例えば慈円の歌は、「秋のあはれを偲」んで心をぬらす抒情を心なき「草木まで」おし及ぼした見立ての発想による歌であり、季経の場合は「荻吹く風の音」に「秋のあはれ」を感じいる型通りのモチーフを「袂よりこそ露はこぼるれ」と修辞的にまとめあげた点が手柄の歌であるのに対し、西行の歌は露をめぐる思考と認識を和歌のリズムにのせて確かめた作品であって、その発想は基本的に異質なものである。俊成が「なにのといへる詞、あさきに似て心殊に深し」と言った時、いかにも歌にふさわしい思わせぶりの言葉を操って作歌することを良しとする歌壇の風潮をはみ出してしまった西行の詩心の特異さに目をみはったに違いない。〝露〟を主題にした西行の思念は、露をめぐる既存のコンテキストの方向に働こうとはしないで、「大かたの露にはなにのなるならん」といった言葉に聞きいることによって、露のイメージの背後に拡がる非対象的な領域に踏みいろうとする思索を試みることであり、「なにの」といった見えないものを見ようとする想像力を働かすことであった。不可視の背後から滲み出し、草葉の末にたまゆらの形を宿す露が、無辺際の空の光をかすかに映して夜の闇にしずまるイメージは、西行にとって美意識の対象としてではなく、無自性の空を縁起する詩心（菩提心）の萌しと観ぜられた。「風雅の誠」を求め、「造化にしたがひ造化に帰」ることを理想とし、「私意を離れ」ることに詩心の核を見た芭蕉が、西行の露の歌に深い同感を寄せたのは、二人の詩人の資質もさることながら、問題の歌に本質的な表現理念が実現し得ている点を芭蕉が鋭く見ぬいたからだと考える。

本質的な表現理念というのは、言葉によって自己を語るのでなく、言葉において自己を超脱し、言葉の背後から聞えてくる声に聞き入るために言葉を用いることである。西行が歌を一首詠むことは仏像を一体刻み出すことだと語ったという伝説には、詠歌を、精神の深みから語りかけられる声に聞き入るための最勝の道と考えた西行の立場が端的に語られている。「なにのといへる詞」を「心殊に深し」とよみとった俊成の評言は、詩心の根源に想いをひそめ、露が語りかけてくる無言の声に聞き入る心のあり方を三十一文字のリズム形式に封じこめた西行歌の魅力を私達に教えてくれるのである。

では下句の「袂におくは涙なりけり」の表現は、何を語りかけているのだろうか。

二

「なみだ」を詠みこんだ西行の歌には、

はらはらとおつるなみだぞあはれなるたまらずもののかなしかるべし

わび人のなみだに似たる桜かな風身にしめばまづこぼれつつ

といったように、「涙の安売をした」かのような印象を与えかねない一面があるのは事実である。この「なみだ」を常識的な泣く涙と解するなら、そして涙を流して泣く「わび人」を西行その人のこととし、その理由を「彼の孤独な生活の悲しみ」に求めて満足するなら、そこから導き出される西行像が、人の悲しみに敏感な、そしていつも心が感傷にぬれている弱々しい心情の持主のように解されても当然である。しかし、そうした理解は誤解という他ない。

西行の歌は、既に小林秀雄氏が鋭く見抜いたように「皆思想詩であって、心理詩ではない」のであって、そこに抒情だけをよみとるのは当を得ないのである。しかも「歌の骨組は意志で出来てゐる」（『無常といふ事』所収「西行」）ことに着目すべきであって、「袂におくは涙なりけり」の表現をとってみても、そこに言い表わされている主題は、「袂におくは涙なり」といった認識命題なのである。それを涙をよむことの多かった西行の歌をとらえて、悲哀と寂寥の抒情を「細い楽器の音に鳴りひび」かせたように説くことは間違いだと思う。そうした命題のような言い方が可能となった根拠は、悲哀の心に即しながらも悲哀の情を超脱した悲心の立場から自らの凡夫性を照らしかえす発想にあったのである。「袂」とは、凡夫としての自己が対象化されてながめられている場所なのであって、そこに「おく」涙は差別社会の憂苦に結縛され、我執と驕慢と貪愛の煩悩に覆蔽された一切衆生の存在苦を分ちあう同悲の涙であった。

こうした詩心のあり方は「月に寄する恋」の歌群中の次のような一連の歌に最もよく見てとれる。

白妙の衣かさぬる月かげのさゆる真袖にかかる白露

忍びねの涙たたふる袖のうらになづまずやどる秋の夜の月
物おもふ袖にも月は宿りけり濁らですめる水ならねども
恋しさをもよほす月の影なればこぼれかかりてかこつ涙か
よしさらば涙の池に袖ふれて心のままに月をやどさん
うちたえてなげく涙にわが袖の朽ちなばなにに月をやどさん
世世経《ふ》とも忘れがたみの思ひ出は袂に月のやどるばかりぞ
涙ゆゑくまなき月ぞくもりぬる天のはらはらとのみ泣かれて

月光と恋心の涙と袖を共通の素材にして縦横によみこなしたこれらの歌群の構想には、恋の思いに心を悩ます煩悩が、煩悩のままに菩提心に転じられてゆく機微を言葉によってとらえようとする執拗な意志が感じとれる。有情の有情たる所以とも言える愛着の悲しみの根源に、魂の渇望をいやす寂滅の光を予感した詩人にとって、恋慕渇仰の念は、仏の光明世界を求める想いそのものに観じられたに違いない。恋の悲しみの涙（袖にかかる白露）に月の光が冴え、恋の忍び泣きの涙（忍びねの涙）に「秋の夜の月」がやどり、「もの思ふ」涙にぬれた袖に月が宿るのは、愛恋の心の萌しの背後に、仏の大悲心が観入されていたからである。

西行の恋歌の対象が現世ではかなえられない恋であり、添いとげることが不可能な高貴な女性であったのは、美しい異性によせる渇望の心に身をまかせながら、そうした恋慕の情を魂の本質に送りかえし、その根源において自己をも超えたものとして観想されたことによると考える。心の渇きをいやし、生の憂苦をわかちあうことが出来る異性を求める心は、その心の深みにおいて人が仏を渇仰する心に重なるのである。高貴な魂をもったやさしく美しい女性に魅了される魂の息づかいに想いをひそめた時、西行はそこに本源的な命の呼び声をまぎれもなく聞きとったに違いない。西行にとっての仏道はそうした具体的で体験的な真実と一体となった場所で成り立っていたのである。そのことは、西行の釈教歌の構想をみる時、はっきりと見てとれる事実である。恋の対象が異性から月光そのものに転じてゆく構成をもつ上記の歌群の意味するところは、恋の根拠を魂の渇仰に求め、さらにその渇仰において個をも超えた生命の実在に心を開く観法の行持にあったと見るべきではなかろうか。

無垢な魂を思わせる「白妙の衣」を重ねて一人寝をかこつ袖の上に、かなわぬ恋の涙があふれて、折からさゆる月光に白玉のように輝くといった初め（一連の歌としては途中であるが）に引用した歌は、恋の悲しみに沈んで、まだ「月かげのさゆる」世界に気づかない心のあり方をたしかめた歌であり、それが次の歌になると、その恋の「忍び泣《ね》の涙」に、向う側から、こちら側の悲哀にかかわりなく月光が「なづまず」やどってしまう情況のあり方の認識へと変化するのである。「月かげのさゆる」世界のなかでいたずらに「衣かさ」ねて自己に閉じこもっている情況から、やがて目ざめを外からうながすかのように「秋の夜の月」が「なづまず」に照らし続けるなかで、ついに倦むことなく我を照らす光に気づき「物おもふ袖にも月は宿りけり」という目ざめに至りつくのが三首目の主題である。そこでは、煩悩（物おもふ袖）としての恋心のうちにきざす仏心が「月」のイメージでとらえられる。そして、恋慕の情は、「恋しさをもよほす月の影」にはたらきかけられて、煩悩のままに転じられていくのである。そうした魂の転位を可能にする場が信仰心なのであって、西行はそうした信心の場に身をおく修行として詠歌の道を選びとったわけであるから、言葉において信心をたしかめることが第一義となるのは当然である。

「心懐恋慕　渇仰於仏」の信心が、異性に寄せる恋慕のうちに感得される時、愛憐の心は月にむけられ「よしさらば涙の池に袖ふれて心のままに月をやどさん」といった希求に高まり、その至りつくことの不可能性の前に「うち絶えてなげく」心を一層深くせざるを得ない。しかし、そうした悲しみに耐えることが、魂の目ざめをうながす道であることを知った時「わが袖の朽ちなばなにに月をやどさん」といった現実肯定の心にたちかえることが可能となる。かくして信心に目ざめた魂は、回心の体験に立ちかえりつつ憂苦にみちた現世をさすらい続けることになる。そうした信心の自覚を歌語のリズムにのせてたしかめる時「たとえ、いく世を経ても、忘れがたい思い出の種となるものは、涙にぬれた袂に月の宿ることだけである」(渡部保『山家集全注解』)といった一種の認識を表明した歌が出来たと思われる。

そして一連の歌は、「涙ゆゐくまなき月ぞくもりぬる天のはらはらとのみ泣かれて」の歌を契機として以下「心のやみにまよふ」恋の迷いや嘆きの歌になってゆくのである。重い業障をひき受け、煩悩具縛の身を生きる生の現実を信心の知恵をもって見つめ続けた西行が、つねに人間の涙に執しぬいたことは、

みたけより笙のいはやへまゐりけるに「もらぬ岩屋も」とありけむ折思ひ出でられて

露もらぬ岩屋も袖はぬれけりと聞かずばいかがあやしからまし

小笹の泊と申所にて露の繁かりければ

わけ来つる小笹の露にそぼちつつ干しぞわづらふ墨染の袖

といった聖地巡拝の旅にあっても涙にぬれる心を主題に歌を詠んでいることからも立言出来ると思う。「心なき身」の西行が「墨染の袖」をつねに「露にそぼちつつ干し」わずらわずには居られなかったのは、凡夫の煩悩や罪業をイデオロギーの立場から切り捨ててしまうような観念的な出家を自らに許さなかったことによるのである。西行の歌による限り、西行の信仰の立場はそうした煩悩や罪業を否定し去り、克己的な難行苦行のはてに即身成仏を現じようとする自力の信心ではなく、無明煩悩の身を具したまま、その煩悩を信心の知恵によ

って菩提心に転じてゆく浄土教的な他力信仰であったと見るべきだと考える。

　　はらはらとおつるなみだぞあはれなるたまらずもののかなしかるべし

の歌は、恋と月と袖と涙を素材として詠んだ歌群中の「涙ゆゑくまなき月ぞくもりぬる天のはらはらとのみ泣かれて」の歌と近い位置にある歌と言わねばならない。

　この歌は、『山家集』（陽明文庫本『私家集大成』中世Ⅰ）によれば、無題で雑下の終りの方に、

一〇三一　しぐるれば山めぐりする心かないつまでとのみうちしほれつつ
一〇三二　はらはらとおつるなみだぞあはれなるたまらずもののかなしかるべし
一〇三三　なにとなくせりときくこそあはれなれつみけむ人の心しられて
一〇三四　やま人よ吉野のおくのしるべせよ花もたづねんまた思ひあり
一〇三五　わび人のなみだににたるさくらかなかぜみにしめばまづこぼれつつ

とあり、『西行上人集』（『私家集大成』中世Ⅰ）によると、「述懐の心を」と題して集められた七十二首の歌群のなかに、

五六二　たのもしなよひあかつきの鐘の音に物おもふつみはぐしてつくらん
五六三　なにとなく芹と聞くこそあはれなれつみけん人の心知られて
五六四　はらはらとおつる涙も哀なりたまらば物のかなしかるべし
五六五　わび人の涙ににたる桜かな風身にしめばまづこぼれつつ
五六六　つくづくと物をおもふに打そへており哀なる鐘のおとかな

の順で収められ、さらに『山家心中集』(宮本家本・複刻日本古典文学館)では、雑上無題五十首の歌群の冒頭部分に、

何となく芹と聞くこそあはれなれ摘みけん人の心知られて
はらはらと落つる涙ぞあはれなるたまらず物のかなしかるべし
わび人の涙ににたるさくらかな風身にしめばまづこぼれつつ
よしの山やがていでじと思ふ身を花ちりなばと人や待つらむ

の順で配列されている。連作歌の形態のもとで読まれることを前提にすると、一首の歌の意味が連歌の付合いのように変化するように配置されているのである。こうした連作歌のような構成を試みることによって、主題を展開することは、普通の意味での抒情の方法ではない。私は、結論から先に言うならば、これらの歌の構想と連作的な構成のなかに「観法」もしくは「観心」の実践を見ないわけにはいかないのである。その時、「なみだ」とは、まさに観ぜられた詩心の萌しそのものを意味しているのである。そうした観心を可能とする根拠が菩提心だったのである。

「はらはらとおつるなみだ」は、『山家集』の構成に従えば、「山めぐりする」時雨の雫であり、しぐれに「うちしほれつつ」俗世の生に耐える孤独者の魂の苦悩のあらわれとしてよみとることが出来る。『西行上人集』によれば、理由もなく提出されているこの〝なみだ〟は「物おもふ」心の苦悩に耐えながらも、人を恋うる心を一途につらぬいて死んでいった「芹つみし昔の人」の恋の苦しみの涙として内容が与えられるのである。何れの場合も、悲しみや苦しみの涙ではあるが、しかしその涙は「たまらずもののかなしかるべし」というように対象化して観ぜられているのであって、直接に自己の心情を表明するものではない。だからといっ

て、教説の理念を歌にしたような釈教歌的な発想は全く見られず、まさに人が目からこぼす涙が、涙そのものとしてとりあげられるだけなのである。それにもかかわらず、何故西行の歌は観法であり観心であると言えるのだろうか。

西行が涙をよみこんだ歌は『山家集』だけで五十九首を数え、とくに恋の歌の中で目立つ言葉の一つである。この場合でも『西行上人集』もしくは『山家心中集』のような配列構成のもとで理解するなら「はらはらとおつる涙」は、伝承上の人物「芹摘みの男」のついにかなわぬ恋の涙とされ、その押しとどめようとしてとどめることの不可能な涙に、否定することも肯定することも出来ない恋情の哀切さを「たまらずもののかなしかるべし」と観入する作者西行の心のあり方が表明されるのである。西行は仏道を、恋愛や愛欲を否定するイデオロギーとして受け容れたのではなく、恋愛の哀切さと愛欲のとらわれを見据える智恵の眼《まなこ》として受け容れたことは、こうした歌の発想や構成からも了解できるのである。

西行における観心や観法の目は、人の心を惑乱してやまない魅惑の世界に対しても見開かれていたのであって、高貴な女性《にょしょう》に魅せられた男の悲恋に心をとめるのはそうした心の働かせ方によるのである。「何となく芹と聞くこそあはれなれ」ということは『俊頼髄脳』によるのと『奥義抄』によるのとでは話の内容に若干の相違があるが、その「物語に人の申す」話の概要は『俊頼髄脳』によると、次のようなものである。

九重のうちに朝ぎよめする者の庭はきたてる折に、俄に風の御簾を吹きあげたりけるに、后の物めしけるに、芹と見ゆる物をめしけるを見て、人しれず物思ひになりて、いかで今一度見奉らむと思ひけれど、すべきやうもなかりければ、めしし芹を思ひいでて芹をつみて、御簾の風に吹きあげられたりし御簾のあたりにおきけり。年を経れどもさせるしるしもなかりければ、つひに病になりて失せなむとしける程に、めにもあきらめで死なむがいぶせきに、「此病はさるべきにてつきたる病にあらず、しかじかありし事によりて物思ひになりて失せぬるなり、我をいとほしとも思はば芹をつみて功徳につくれ」と息の下に言ひて失せはてにけり。

（『日本歌学大系』第一巻）

西行は、そうした伝承の人物の切ない恋心に想いをたくすことによって、人間の迷いの心に罪業《つみ》を観じているのである。この歌は、『西行上人集』の配列に従ってよむと、前の歌の「つみ」の語と「つみけん人の」の「つみ」の語が音の上で重なり、そうした配列は、言葉がよびさます連想を歌の構想の基本的な方法とした西行にいかにもふさわしいものと思えるのである。その時、「はらはらとおつる涙」の歌には、恋の苦しみにうちひしがれて命をうしなおうとする男の悲涙といった内容が付与され、「物のかなしかるべし」の言葉には、煩悩に身を焼く一切衆生の悲しみに信心の慰安を与えようとする祈りにも似た心がとらえられていることに気づかされる。

西行の歌における涙の主題は、そのすべてが涙についての観想であり、思弁の表明であった。『西行上人集』と『山家心中集』における歌の配列構成が、「はらはらと落つる涙」と〃はらはらと散る桜花〃の付合いで並べられたのは、後からの再構成であって、本来は『山家集』のように、吉野山の桜を詠んだ歌群のなかに位置づけられるべき歌なのである。それを「風身にしめばまづこぼれつつ」の下句を中心とすると、落花の歌が落涙の歌にも転じるので「山人よ吉野のおくのしるべせよ花もたづねんまた思ひあり」の歌を省き、さらに『西行上人集』の配列構成をふまえた上で『山家心中集』の雑上の冒頭部分の構成が導かれたと考えるのが自然な筋道のようである。『西行上人集』や『山家心中集』の構成が、涙の主体を「物語に人の申す」伝承の人物に仮構させるように読ませ、その結果人物の外側に立って「はらはらと落つる涙」に「たまらず物のかなしかるべし」と思弁を展開し、さらにはらはらと散る落花に「わび人の涙」を見立てることによって「風身にしめばまづこぼれつつ」と涙の因由を確認する構想は、抒情の方法と全く異質な原理に立つ詩心のあり方を物語っている。

三

西行が自作の歌を再構成して連作歌のような歌群を作り上げたり、『山家心中集』のような構成的な歌集を編んだり、「御裳濯河」「宮河」両歌合の配列構成を試みた基本的なモチーフは観心の実修にあったと思う。歌を詠むことと仏道修行が矛盾なく両立し得たのは、西行にとって詠歌が最上の観法だったからであった。「宮河歌合」九番

左　勝

世の中を思へばなべて散る花のわが身をさてもいづちかもせむ

右

花さへに世をうき草になりにけり散るを惜しめばさそふ山水

右歌、心詞あらはれて姿もいとをかしく見え侍れば、山水の花の色こころもさそはれ侍れど、左歌、世の中を思へばなべてといへるより終の句の末まで、句ごとに思ひ入りて、作者の心深くなやませる所侍れば、いかにも勝侍らん。（岩波文庫『歌合集』による）

という定家の判詞の草稿を閲読した西行が「この御判の中にとりて、九番の左の、わが身をさてもといふ歌の

判の御詞に、作者の心深くなやませる所侍ればとかかれ候。かへすがへすおもしろく候ものかな。なやませると申す御詞によろづ皆こもりてめでたくおぼえ候」(「贈定家卿文」)と述べたことは、すでに多くの人に知られたことであるが、この定家の判詞とそれに対する西行の反応が、西行の詩心の本領を最も鮮明に言いあてたと見るべきである。

そもそも「御裳濯河歌合」と「宮河歌合」の判詞の傾向には、「心深し」という評語が最も多く用いられ、美意識のあり方を評価する「をかし」「優なり」「艶なり」「さびたり」「うるはし」等の語がほとんど用いられなかったという特異性が目立つのであるが、それにしても「作者の心深くなやませる所侍れば、いかにも勝侍らん」といった定家の判詞は異例と言わねばならない。この評価基準は、通例の歌合には全く通用しないものであって、それを「なやませると申す御詞によろづ皆こもりてめでたく候」と西行が喜んだのは、小林秀雄氏が評したような「語るに落ちた西行の自讃」(『無常といふ事』所収「西行」)では決してなかったのである。

讃岐に配流された崇徳院に、

若人不瞋打　以何修忍辱　(もし人いかりて打たずんば、何をもって忍辱を修せん)

世の中を背《そむ》く便りやなからまし憂き折節に君逢はずして

といった歌を贈らずにはいられなかった西行は、「心深く悩ませる」現実の相にしっかりと目を開くことをすべての人に望んでいたのである。

述懐の心を

いつなげきいつ思ふべきことなれば後の世しらで人のすぐらむ

(『西行上人集』『新古今集』)

郵便はがき

料金受取人払

神田局承認

1439

差出有効期限
平成14年5月
14日まで

101-8791

013

東京都千代田区神田錦町3-24

大修館書店

読者サービス係 行

■お名前

(フリガナ)	
(姓)	(名)

■生年

(西暦) 年
(明・大・昭・平) 年

■性別

01 男
02 女

■ご住所

(フリガナ)

〒 都道府県

電話 ( )　Fax ( )

E-mailアドレス▶

職業一覧(数字に○を付けて下さい)

10 会社員　11 会社役員　12 自由業　13 自営業　14 公務員　15 研究職　16 書店　17 図書館　18 僧職　19 神職　20 聖職　21 医師　22 書家　23 主婦　24 無職

■教員　30 小学校教員　31 中学校教員　32 高校教員　33 養護教員　34 大学・短大教員　35 高専教員　36 各種学校教員　37 私塾教員　38 生涯教育教員

■学生　50 小学生　51 中学生　52 高校生　53 大学生　54 大学院生　55 専門学校生

60 その他の職業 ( )

22153 西行・芭蕉の詩学(0009)

注文書

書　名	本体価格	申込数

購入方法 どちらかに☑を入れてください	□ 書店経由希望	□ 直送希望 （送料1回につき380円・着払い）

平成　　年　　月　　日

▼書店経由の場合（ご記入後必ず最寄りの書店へお渡しください）

書店様記入覧

貴店名	帖合

通信欄

煩悩流転の絆に縛せられながら、それと認識しないで、世俗の功業や名誉・地位・利得に心を奪われて世をすぐす人に対し、西行は心から後の世を知ってもらうことを希求していたのである。歌壇の権門でもあり、有縁の人でもあった俊成・定家父子に自歌合の判を依頼したのは、あえていうならば、歌壇にむかっての西行の希求の表明であったとも考えられる。その結果、若い定家までが「わが身をさても」の歌の無常観に同感を示したことは、歌に托した希求の実現でもあったわけである。しかも歌は西行にとって他人に示すために詠まれたのではなく、まず何よりも自らが歌の言葉に聞き入るためのものであった。定家が「句ごとに思ひ入りて、作者の心深くなやませる所侍れば」と評したのは、作歌上の苦心をさして言ったのではなく、歌の表現の一句一句に作者の単なる自意識を超えた深みからの語りかけに聞き入っている（思ひ入りて）西行自身の真摯な態度（作者の心深くなやませる所）を読みとったからだと思う。

西行自身はこの歌の眼目を「わが身をさても」の言葉に見てとっているが、この自照の心のあり方が西行の詩心の位相を語っている。その位相というのは、例の「心なき身にもあはれは知られけり」といった時の詩心のありかとも重なりあうもので、それは自意識としての自己、もしくは我執の主体としての自己を限りなく超脱する時に可能となる心の開けであった。「後の世を知る」ということは、仏教的な観法の目的であるだけでなく、西行にとっては詩心の根源に心を開く方法であったのである。「世の中を思へば」という言葉は、「見渡せば」という言葉と同じように、結果について述べた言葉ではなく、言葉を心にとりこむことによって心の励起をうながす言葉なのである。「世の中」を捨てたはずの西行が終世「世の中を思」いつづけたらしいことは、歌人として源平の争いを詠んだ唯一人の男性歌人であったことからも知られるが、歌に表現しない場合でも西行の詩心の核には、この「世の中を思へば」の立場がつらぬかれていた。ただし、それは世俗の人として、世の中を思う立場とは全く次元を異にするものであった。歌人が「見渡せば」と視野を意識化する時は、既に花・紅葉といった美の対象が予感されていたように、遁世者が「世の中を思へば」という時には、「後の世」が世の中の背後に見据えられているのである。見えているものの背後に空無の世界を見、自他の差別や高下の比較において成り立つ社会（此岸）の根底に寂滅平等の彼岸を見ることが、仏教の観法の基本であるが、西行の詩心が見つめた世界も「菩薩清凉の月　畢竟空に遊ぶ」（『華厳経』）遊心の世界であった。そこでは、美醜を差別する美への身構えも捨て去られ、「心なき身」の自在さにおいてすべてがながめられることによって物事が新しい相貌を帯びてたちあらわれる世界であった。西行が「なにとなく」という言葉を愛用し、「知られけり」といったように自発の表現をよく用いたのは、そうした「空《くう》に遊ぶ」心に感じとられた事物の相貌に本来的なものを見ていたからだと思う。西行の遁世は、現実生活者としてのとらわれから離脱してそうした「空に遊ぶ」詩心に身をまかせることであった。そのためには、「事にふれて執心なかれ」という「仏の教へ給ふおもむき」（『方丈記』）を実践する必要があった。その具体的な拠り所が『菩提心論』にもとづく「三摩《さんま》地《ぢ》の法」であった。この『金剛頂瑜《こんごうちやうゆ》伽中阿《がちゆうあ》耨多《のくた》羅《ら》三藐三《さんみやくさん》菩《ぼ》提心論《だいしんろん》』と西行とのかかわりについてはその問題だけを別の機会に論じる予定でいるが、この『菩提心論』が説いている精神が、仏者西行の立場を大きく支えていたことは、『山家集』の詞書で明らかである。

「三摩地の法」とは、「修行者をして、内心の中に於て、日月輪を観ぜしむ。此の観を作すに由って、本心を照見するに、湛然《たんねん》として清浄なること、猶し満月の光の、虚空に遍じて、分別する所無きが如し」（『国訳大蔵経』）という月輪《ぐわちりん》観の観法のことである。西行の発菩提心のよるべとされたこの『論』は三つの実践目標を説いている。その第一に「行願」の心である。

初《はじめ》に行願とは、為《い》はく修習の人、常に是の如くの心を懐《いだ》くべし。我れ當《まさ》に、無餘の有情界（一切の衆生）

を利益し、安楽すべしと。十万の含識（情を持つ者）を観ること、猶己身の如し。言ふ所の利益とは、為《い》はく一切有情を歓発して、悉く無上菩提に安住せしむ。

と説いている。この行願は、歌人西行の表現行為の支えであり、西行と他者とのかかわりを律する原則であった。西行が歌の贈答を介して出家を人に勧誘しているのは、その実践の結果でもあった。その第二は勝義心である。

二に勝義とは、一切の法は自性なしと観ず。云何《いか》んが自性無き。謂《いは》く、凡夫は、名聞、利養、資生《ししやう》の具（生活のための道具）に執着して、務《いとな》むに安身を以てし、恣《ほしいまま》に三毒（むさぼり・いかり・おろかさ）、五欲（色・声・香・味・触にかかわる欲望）を行ず。真言行人、誠に厭患《おんけん》すべし。誠に棄捨すべし。

この「一切の法は自性なしと観ず」る観法が「真言行人」の厭離穢土の方法であり、「満月圓明の体」に清浄土を観ずることが欣求浄土の念にあたるため、西行は真言の信仰も浄土信仰も教理の表面で区別することなく受け容れ、そのことによってひたすら詩心をみがいたのであった。

「世の中を思へば」の思念が、「なべて散る花の」のイメージを導いた直接の契機は、単に落花の美と愛惜の心にあったのではないのである。このことは落葉を観ずる次のような歌のモチーフを考える時、はっきりしてくる。

神無月木の葉の落つるたびごとに心うかるるみ山べの里

秋、遠く修行し侍りけるに、ほどへける所より、侍従大納言成通の許へ申送りける

あらし吹く峯の木の葉にともなひて（さそはれて）上人集いづちうかるる心なるらむ

いうまでもなく、秋の落葉を観る心にも、紅葉のはかない一瞬の美への愛惜の念はこもっていたと思うが、落花や落葉を見つめる心は、そうした愛惜の抒情にぬれてだけいたのではなかった。そこで観ぜられていた主題は、歌に即する限り「わが身をさてもいづちかもせむ」といった、無常観の一語をもってしては蔽いつくせない観想であった。それは「散る花の」様相に「なべて」の有情（存在）の実相を観じた時、単なる無常観からはみ出して、まさに「今」「ここに」生きてある「わが身」の実在感を「さても」とたしかめずにはおられない心の動きそのものが語りかける問題である。「名聞、利養、資生の具に執着して、務《いとな》むに安身を以てし、恣に三毒・五欲を行ず」る凡夫も、ついに死をもって隔てられた彼岸の清浄土に帰してゆく不思議のまえに佇立する心は、人生を達観し、俗世を超脱したかのように見せかける職業的な僧侶のなま悟りとは無縁なものである。経典の説く所に従って「一切の法は自性なしと観」ずれば観じるほど、そして仏から与えられた智恵の眼を開けば開くほど、否定しようもなく実在する「わが身」と「心」の様相が「まぎるる方なく」（『徒然草』）映ってきてしまう「ものぐるほし」さを、ごまかさないで見つめることが出来たという事が、単なる仏者と詩人西行とを鋭くわかつ基本であったのである。

歌の「いづちかもせむ」という深いよるべなき魂の漂泊感のつぶやきは、有相の原理に虚妄を見てしまった者の孤独に耐える営みであったと思う。「あらし吹く峯の木の葉にともなひていづちうかるる心なるらむ」の歌の方が「いづちかもせむ」のリズムより沈静したもののように響くが、そこに西行の人生の成熟を見るような議論をたてることは実証的には出来ない。しかし、二十歳代の西行が、

世をのがれて伊勢のかたへまかりけるに鈴鹿山にて

鈴鹿山うき世をよそに振りすてていかになりゆくわが身なるらむ

といった歌を詠み、六十代の終りに、

東の方へ修行し侍りけるに富士の山をよめる

風になびく富士のけぶりの空に消えて行方もしらぬわが思ひかな

といった歌を詠んでいることは、「鳴りゆく」鈴音、「空に消えて行」く煙、「散る花」、「あらし吹く峯の木の葉」といった一連の主題に共通する漂泊感が西行の生涯を貫く詩心の基調音の一つであったことを語っている。

そうした漂泊感を単に西行の生得の浪漫的な心情からのみ説明するのが一般であるが、私は、その背景に二つの大きな要因をみるのである。その一つは言うまでもなく、遁世思想の社会的な成熟を見るに至った思想史的な要因であり、もう一つは、西行の友人に、同じく武門の出身者西住（俗名を鎌倉二郎源次兵衛季正と伝えられる）がいたことからも知られるように、財力を背景にした武士層の自立と自由を求める精神史的な動向があったことである。そう考えると西行は院政期文化がはらんでいた可能性を最も深い次元で実現し得た歌人であったことがはっきりしてくるのである。歌の上で俊頼の影響を受け、人間性の自然に対する自覚が深まり、生命感を重んじる新しい文化の動向に触発されて歌を詠みはじめたと思われる西行が、詠歌の行為のなかで個的な魂の自然な息づかいに目ざめ、その結果遁世を決意するに至ったとするなら、西行の道心の核には、その始めから詩心が強く働きかけていたと言わねばならない。しかも漂泊の詩心は、生得に与えられたものではなく、道心のうながしによる遁世修行のなかで見出した別離の覚悟だったとするなら、そうした覚悟を自らに確かめるために、言葉を表出せざるを得なかったに違いない。その時、詠歌の行為は道心にもとづく修行そのものと言わねばならない。中世の歌人には、経信の言葉として「和歌は隠遁の源、菩提をすすむる直路なり」

（『ささめごと』）という考え方が広く受けいれられたようであるが、西行にとっては文字通り和歌は「菩提をすすむる直路」であった。感覚的な欲望に具縛された地平を超え、地位や業績に己れを安んじるとらわれから離別して、世界との自然で本来的なかかわりを回復するためには、「空《くう》に遊ぶ」遊心に降り立つ必要があった。西行が言葉を拠り所として日常心を「うかるる心」へと転じたのは、そうした意識的な心の営みであったに違いない。それを単なる抒情として鑑賞することは、西行の歌が宿した魂の声に結果的に耳をとざすことになってしまうのである。私達が西行の歌から汲みとるべきものは、漂泊の詩心ではなく、現実心の「安身」から離脱して「一切有情を歓発して、悉く無上菩提に安住せし」めんとした「発㆓菩提心㆒修㆓菩提行㆒」としての表現行為そのものの内実であると考える。

第四章　西行の恋の歌

一　面影人への恋

『山家集』[1]の中巻は、恋の部立に始まる。この恋の部の歌には、一般の恋の部に見るような「…とて、よみて遣はしける」「返し」といった詞書がつく贈答歌が全く見られない。それのみか、自分の恋心を相手の女性に伝えるために詠んだ対詠歌も見られず、その大部分は恋するものの心が「動的なままに言語化されている」[2]独詠歌である。その第一歌群は「名ヲ聞キテ尋ヌル恋（聞名尋恋）」、「門ヨリ帰ル恋（自門帰恋）」、「涙ニ顕《あらは》ル恋（涙顕恋）」、「夢ニ会フ恋（夢会恋）」などの恋の題詠歌によって構成され、第二歌群は「月によする恋」の歌、第三歌群は、単に「恋」と題して、命に宿る恋の「情念のゆれ動く定めがたい姿を、いかにして歌の形に定着させるか」[3]を試みた歌で構成されている。

「面影」の語を含む歌は、恋の部の第一部に一首、第二部に二首、第三部に一首見え、この語は西行の恋の対象を端的に表明したものと言うことができる。

花ニ寄スル恋（寄花恋）

六五二　花を見る心はよそに隔たりて身につきたるは君が面影
六四　面影の忘らるまじき別れかな名残《なご》りを人の月にとどめて
七〇二　面影に君が姿を見つるよりにはかに月の曇りぬるかな
七一七　うちむかふそのあらましの面影をまことになして見るよしもがな

「面影」は、過去に出会った女人との恋の体験に由来するものであろうが、それはつねに「今」「ここ」における「我」の心が現前化しているものである。「面影」とは、単なる観念ではない。それは回想のなかでたどられ、想い描かれる人ではあるが、回想行為のただ中では、まさにそこに立ち現れ、見られている人である。こうした「面影」人を憧憬し恋慕する心は、「命」そのものの不思議な営みとしか言いようがない。西行がもの心がついてからの全生涯にわたって恋の歌を詠むのは、そうした本来的な命の欲求や願望に生きたからである。しかも「恋するひととして歌うこと自体が、西行においては、恋をしているに等しい意味を持つ(4)」とすれば、歌によって恋をし、「面影」人に寄せる恋慕の情をかきたてることが、命をして命たらしめることであった。

この「面影」人の核となった女人に待賢門院璋子の存在を想定する説は、『源平盛衰記』の記述や歴史的な事情からみて否定し得ないが、多感な西行の心を魅了した女人は、宮廷の女房たちのなかに複数以上存在したと想定することも可能であって、特定の一女性に限定しなくてもよいのではなかろうか。「面影」人としての女人像は、仏像や仏画から想い描くことも可能であって、西行が渇仰した女人像は、浄土の至福を垣間見させる天女であったに違いない。魂の渇きを癒し、すべてを許し、あるがままの命の姿をおさめ取る抱擁力を持った理想の女人像は、心のなかに「面影」人として宿すことしかできない。現実の生身の女人が、そうした「面影」をなぞることを可能にした時、男性はその女人に「魂切れらるる恋もする」[5]ことになる。西行は、たとえ「寄花恋」もしくは「寄月恋」という題によって歌を詠む場合でも、言葉を観念的に操作して題に見合った意味構造を作り上げたような歌は作らなかった。西行が歌を詠出する過程で「花を見る心」という言葉を口にする時は、現実に花を見た折の体験を想起し、花の美に魅了された心の在り方を切実になぞり返しているのである。また「恋」を考える時は、「面影」人としての「君」への恋慕の情念を励起させてしまうので、西行の心は「花を見る心」と「君が面影」を渇仰する心とに引き裂かれ、二つの心はせめぎあってしまう。そうした内面の葛藤を、超越的な知（仏心）の立場から眺め返す時、あるがままの心の動きは「花を見る心はよそに隔りて身につきたるは君が面影」という動勢をはらんだ姿として把握され、和歌形式にのせて対象化されるのである。したがって、「ここにうち出された言葉は、生命が行動するという姿をとって」[6]さし出されるので、その言葉を「読むものは、情念に引きずられている心のその現場に立ち会」[7]わされてしまうことになる。

このような構造は「寄月恋」の題詠歌にも同じように見られる。夜の闇を照らす清澄な月光は、惑乱と迷情に覆われた心の闇を照らす智慧（般若）の光でもある。しかし、このような智慧の光の遍満する場所に身を置きながらも、生命そのものの願望は、「面影」人への恋慕の情念を燃えたたせてしまう。「面影の忘らるまじき別れかな」の歌句は、一般的には、「後朝《きぬぎぬ》の別れ」の余情を表す表現と解されているが「忘らるまじき」の表現は特異である。普通なら「忘られがたき」と表現するところを、他に用例を見ない「忘らるまじき」という語法を西行が選びとったのは、「忘らる」という状態を願う心と「面影」が心に焼きついて離れない煩悩との葛藤を意識化していたからである。「まじ」という打消の意志を表す助動詞を選びとったのは、忘れようとしても忘れられない恋心のすべなさを知る「心」の立場からの表明である。この恋の「別れ」は、後朝の別れではなく、「ただ一度の逢瀬のあと、二度とは不可能である出会いを思いえがいての、ついの『別れ』[8]」を意味している。あえて言うなら、不可能な恋の情念と諦念との葛藤を上三句の言葉に封じこめ、「人」の「面影」と「月」とが重なって見えてしまうイメージを対象化した歌ということができる。この歌は『新古今集』巻十三に収められているが、そこでは後朝の恋を主題とした歌群中の一首として配されている。しかし『山家集』では

六八三　弓張の月にはづれて見し影のやさしかりしはいつか忘れん

の歌の次に配されている。この歌は、「弓張の月」を夜更けに出る上弦の月と解した時に、あるいは、過去における逢瀬の後の体験と解することも可能であるかも知れないが「後朝ノ恋」の歌として読むことには無理がある。しかも『山家心中集』では、「恋」三十六首の最初に配されていることを考えあわせるなら、この歌は初恋体験の回想を主題とした歌と見るべきであろう。この歌に用いられている「影」の語は「面影」と同義であって、六八四番歌の「面影」は、この六八三番歌の「影」を受けた語であった。西行の恋の対象となった「面影」人は、高貴な女性であったには違いないが、一度の逢瀬を許された女人と考える必要はないのではなかろうか。理想の女人の面影を、弦月の淡い光のもとで、物陰からほのかに見た時の「やさしかりし」姿を心に刻み込んでしまった西行は、その印象を、作歌行為のなかで幾度となく反復した。その結果、現実に月を見ていなくても、作歌という言語行為のただ中で、月を見ることを想像しただけで、西行は、月のイメージの背後に、恋の原体験となった女人の「面影」が浮上することをとどめ得なかったと考えられる。

恋情の本質は、生命の活力そのものであって、それを無視し隠蔽することは、偽善の倫理のとらわれ人でしかない。西行の道念は、そうしたあるがままの命の様相を正面から見つめることは許したが身を焦がす恋の情念や男女関係を地獄の様相につき落してしまう愛欲に身をまかせることは許さなかった。『山家集』中巻恋の

部立の第三歌群中には、西行の自撰歌集『山家心中集』や自撰歌合にも自ら取り上げたこともなければ、勅撰集はいうに及ばず、あらゆる私撰集にも撰ばれることがなかった、次のような歌がある。

七五九　いつとなくおもひに燃ゆるわが身かな浅間の煙しめる世もなく

浅間山の噴煙がつねに立ちのぼっている様に托して「しめる世も」ない「わが身」のあり様を詠んだ歌である。凡作としか評しようのない歌なのであろうが、いつということもなく、常に女人への恋慕の情に燃えるわが身の様を「火」「燃ゆ」「煙」の縁語仕立ての表現で対象化して見せた歌は、正直な心の表白とみることができる。「世」の語にはいうまでもなく男女関係を意味する「よ」が掛けられている。浅間山の噴煙が鎮静化する世がないように、命を生きる「わが身」もまた、いつも恋の思いの火に燃えていることよと、西行は自らの恋心の様相を自己に確認するように歌に詠んでいる。

七〇二番の歌も『山家集』以外の自撰、勅撰、他撰の歌集に収められることがなかった歌である。[9] 歌としては平凡な作と評価されたのであるが、西行の恋の対象が面影に見る「君が姿」であることを端的に表明した歌と見ることができる。歌意は、「月をながめているうちに、澄んだ月の光に誘われるように、優美だった君の姿をありありと想い出してしまうと、悲しみの涙が目にあふれてきてにわかに月は曇ってしまったことよ」というような意である。このような「月」と「君がすがた」との関係は「宿す」もしくは「宿る」といった用語に注目すると、問題をより明確に把握することが出来る。

二　月を宿す心

「面影の忘らるまじき別れかな名残りを人の月にとどめて」の直前の歌については既にふれたが「月によする恋」の歌は、次のような歌の順序で構成されている。

六七九　月待つといひなされつるよひの間の心の色を袖に見えぬる
六八〇　知らざりき雲居のよそに見し月のかげを袂に宿すべしとは
六八一　あはれとも見る人あらば思はなん月のおもてに宿す心を
六八二　月見ればいでやと世のみ思ほえて持たりにくくもなる心かな
六八三　弓張の月にはづれて見し影のやさしかりしはいつか忘れん
六八四　面影の忘らるまじき別れかな名残りを人の月にとどめて

これらの歌群は、はじめから連作歌として詠まれたものか、『山家心中集』のように自作の歌から秀歌を選んで構成配列した歌群であるかは決め難い。しかし、順不同に並べた歌でないことだけは確かである。

恋の歌群が、まず待つ心を主題とする歌に始まることは当然のことであろう。しかし、恋人を待つ本心を「月待つ」という言葉で言いつくろうことが可能であった宵の間が過ぎ、やがて夜が更けて月が出ると、恋慕の情を隠し通せなくなってしまうという心内のドラマを主題化したことは、いかにも西行的な歌ということができる。「袖に見えぬる」の「袖」は、涙に濡れた袖に月が宿ることを意味しており、恋のもの思いと袖の涙、涙に濡れた袖にやどる月といったイメージは、『古今集』以来の恋の歌に用いふるされた修辞ではあるが、西行は、そうした修辞に依存した発想で歌を詠むことはしなかった。そうした西行歌の特色を明瞭な形で語っている歌が、六八〇番の「知らざりき雲居のよそに見し月のかげを袂に宿すべしとは」の歌である。

この歌は『山家心中集』の恋三十六首[10]にも取られ、その配列は、次の通りである。

七三　弓張の月にはづれて見し影のやさしかりしはいつか忘れん
七四　知らざりき雲居のよそに見し月のかげを袂に宿すべしとは
七五　月待つといひなされつるよひのまの心の色を袖に見えぬる
七六　あはれとも見る人あらば思はなん月のおもてに宿す心を
七七　なげけとて月やはものを思はするかこち顔なる我が涙かな

『山家心中集』は、糸賀きみ江氏の考察によれば[11]「西行最晩年の御裳濯河、宮河両自歌合につながるものがある彼自身による一つの試み」と考えられるので、その構成を論じるなら後者によるべきであろう。いずれにせよ、初めから五首目までは、歌の順序を問わなければ四首が共通歌で占められている。このうち七十四番の「知らざりき」の歌と七十七番の「なげけとて」の歌は、ともに『千載集』に撰入された歌で「御裳濯河歌合」[12]二十八番の左右に番えられている。その俊成の評は「左右両首、ともに心すがた、優なり。よき持とすべし」とある。

西行がこのように構成に留意して恋の歌群をつくるということは、歌言葉の世界で繰り返し体験し得る想像力としての恋を大切にしたからではなかろうか。いうまでもなく西行の恋の歌の中核には、恋の原体験があったに違いない。しかし、歌言葉の世界に写し取られた恋は、言葉を介して万人に開かれた恋である。あらゆる意味での身構えを捨てて、限りなく無垢な状態に心を保つ時、人は誰しも色好みになるに違いない。兼好が

『徒然草』第三段に「万にいみじくとも、色好まざらん男は、いとさうざうしく、玉の卮《さかづき》の当《そこ》なきここちぞすべき」と述べているのは、恋が自らなる命のはたらきそのものであることを自覚していたからである。西行が世捨人となったのは、命のはたらきを世俗社会の枷《かせ》から解き放つためであった。生涯にわたって恋の歌を詠み続けたのは、色好みの心のあり方を自らに確かめるための行為であったと考えられる。

「知らざりき」の歌と同じ形式の歌には、

『金葉集』の恋部の巻頭歌に

五月五日、はじめたる女のもとにつかはしける　　小一条院

三六二　知らざりつ袖のみぬれて菖蒲草《あやめぐさ》かかるこひぢに生ひんものとは

という歌があり、「はじめたる恋」の歌である。『山家集』や『山家心中集』の恋部は、月に寄せた初恋の歌二首をその部立の始めに配した構成をとっている。『古今集』の恋歌一（巻十一）の巻頭歌は「ほととぎす鳴くやさ月のあやめ草あやめも知らぬ恋もするかな」の歌で始まっているので、『金葉集』の場合も「あやめ草」を詠んだ歌を配したのであろうか。恋の部の歌は、恋の進行にあわせて配列するのが常識なので、『山家心中集』や『山家集』の恋部の歌が、初恋の歌で始まることそれ自体は問題とならないが、片恋の苦しさを訴える発想をとらないところは注目すべきであろう。

恋は初恋であろうとなかろうと、理性や意志の制御をはみ出した不条理な情念の発動であって、「あやめも知らぬ恋」の切なさや悲しさを訴えることが恋歌の本意であった。『金葉集』の歌も「こひぢ」の語に「恋路」と「泥《こひぢ》」の意を掛け、泥にはまり込んでどうにもならなくなってしまった状態に恋の不条理さを、そして袖の涙（「袖のみぬれて」）に片恋の悲嘆の情を表現したものである。「知らざりつ」の語は「はじめたる恋」の主

題を強調し、恋路に落ちてしまった心の苦しさを相手の女に訴えた歌である。それに対し、西行の「知らざりき雲居のよそに見し月のかげを袂に宿すべしとは」の歌には、相手に自分の心を伝える発想は全く見られない。「知らざりき……とは」の表現には、自己の内面の葛藤が語られているだけである。無縁な人と思っていた人の面影が、ふとした機縁から忘れられない存在となってしまったことの苦しみを、恋を知らなかった頃の心からながめ返した歌であって、自己の自己に対する関係を「知」の立場から「知らざりき」と表現した歌である。

恋しい人の面影を月によそえる想像力は、きわめて自然な人間的性情に根ざすものと言うべきであろう。しかし、恋に思い悩む悲しみを、涙で濡れた袖に映る月影のイメージで詠むことは、恐らく『古今集』の「あひにあひて物思ふころのわが袖に宿る月さへぬるる顔なる」(伊勢)の歌にはじまるのではなかろうか。西行は、この「袖に宿る月」のイメージを用いて恋の歌を多く詠んでいる。「雲居のよそに見し月」に喩えられる女人の高貴な美質に、西行は恐らく如来の仏性を感得し、恋心を機縁として「もののあはれ」の世界に心を開いたと思われる。『山家集』の「月によする恋」の歌群に、袖に宿る月影を主題とした歌が、次のように配列されている。

六九三　白妙の衣かさぬる月かげのさゆる真袖にかかる白露
六九四　忍び音の涙たたふる袖のうらになづまず宿る秋の夜の月
六九五　もの思ふ袖にも月は宿りけり濁らで澄める水ならねども
六九六　恋しさをもよほす月のかげなればこぼれかかりてかこつ涙か
六九七　よしさらば涙の池に袖ふれて心のままに月を宿さん

六九八　うち絶えてなげく涙にわが袖の朽ちなば何に月を宿さん
六九九　世々経《ふ》とも忘れがたみの思ひ出は袂に月の宿るばかりぞ

六九六番歌には「袖」の語は見えないが、「かこつ涙」が〈袖〉に「こぼれかかりて」という発想の中に、「袖」の語が隠されている。これらの歌に見る「月かげ」は、そのまま「如来」に置き換えることができる。これらの歌は、六九七番歌だけが『西行上人集』と『夫木和歌抄』にも採られているが、他の歌は『山家集』以外の歌集に採られることがなかった。このことは、作品としてそれほど評価されなかった歌であったことを物語っているのであろう。六九三番歌は、一首の歌の中に「白妙」「白露」と「白」の語が重ねて用いられているが、修辞上の配慮より「白」のイメージを際立たせたい思いが優先した結果であろう。澄みきった月光を受けて、白妙の衣の袖の露が白く光るイメージには、「あやめも知らぬ」恋の惑乱を連想させる要素は全くない。もの思いの涙にぬぐわれた「袖の裏」(袖の浦)に、「秋の夜の月かげ」が、雲に障えられることもなく皓皓と映っているといった次の歌のイメージも同様である。三首目の六九五番歌に至って、自らの心の位相を「濁らで澄める水ならねども」とことわってはいるものの、「もの思ふ袖」に宿る月の光は、あくまでも澄明である。六九六番歌は、百人一首にも選ばれた「なげけとて」の歌と想を同じくする歌で、月はあるがままに澄明な光を遍照させているに過ぎないが、それを眺める人の心は恋慕の情にとらわれてしまう事実を詠んでいる。六九七番歌は、六家集本の板本では、第三句は「身をなして」となっている。「袖にかかる白露」→「忍び音の涙たたふる袖」→「もの思ふ袖」→「『かこつ涙』が『こぼれかか』る袖」というように、わが身を「袖」に譬えて恋心の高まりを詠んできた歌の構成からは、「袖」の譬喩を捨てた「身をなして」の方が、流れの頂点にふさわしい。わが身を池となして、その池水に、思う存分月を宿そうという歌意である。「涙の池に袖ふれて」の形であっても、「涙の池」の語のイメージが、恋慕の哀切さの極まった心の状態を強く表現している。

西行の恋の本領は、「心のままに月を宿さん」という所にあった。現実での男女関係を断念した上での恋である。「よしさらば」の句は、叶はぬ恋であることを十二分に自覚した上での決意であることを表明している。このようにして、言葉をなぞることで心を励起し、生命の本質に宿る恋慕の情念をかき立てるのは何故であろうか。西行の視線は、人の心の闇を払うかのように照る月の光や、人に恋慕の情をかき立てる高貴な女人の面影の彼方にそそがれていたのである。それは、生の充足をもたらす「彼岸の原郷世界[13]」と呼ぶべき世界であった。西行が「恋する人として」歌を詠まずに居られなかったのは、歌言葉と向き合う「今」の生の充足を求めるが故である。「心のままに月を宿さん」という希求は、至りつくことが不可能な彼岸の面影を心に確かめようとする意志でもあった。

六九八番歌と六九九番歌は、「月を宿す心」の頂点から平常心へと下降する心の回路を用意した歌である。月影を宿してきたわが袖が、仲が絶えたことを嘆く涙で朽ちてしまったならば、何によって月を宿すことができようかと思惟する心の在り方は、極めて知的な主題というべきであろう。このような歌の発想は「和歌はうるはしく詠むなり。古今集の風躰を本として詠むべし。」(『蓮阿記[14]』)と常々人に語っていたという西行にいかにもふさわしい。魂が宿している瑞瑞《みずみず》しい感性を涸渇させてしまうことを「袖の朽」つ事態に譬え、女人が備えている天上的な美質を「月」に置き換えて、高貴な女人の面影を心によみがえらせる想像力の営みが西行の恋であった。そうした営みを繰り返すのは、六九九番歌に表明しているように、忘れることのできない恋の思い出があるからである。「袂に月の宿るばかりぞ」の句末の助詞「ぞ」は、陽明文庫本の『山家集』では「か」となっていて若干の違いが見られるが、「袂に月の宿るばかり」という主題に影響を及ぼすことはない。人や社会への身構えを捨て、頑なに心を閉ざすことさえしなければ、異性間の親和力（恋愛）は、あるがまま（如来）の心の息づかいそのものである。心の窓を開き、自我へのこだわりを捨てた「袂」に「月」の影が宿ってしまうという事実が、そもそも恋の発端である。高貴な女人の面影が、「袖」に宿ることによって、「原郷世界」の片鱗を垣間見た体験は、「原郷世界」を人格化した「仏」への恋慕渇仰の念とそのまま重なるはずである。女人の中に「仏」を見出したことが、西行の恋の原型だったのである。

三　心懐恋慕　渇仰於仏

西行の歌友であった寂然の「法門百首」[15]の「恋」の部に、『法華経』巻六、「如来寿量品第十六」に見える「心懐恋慕　渇仰於仏」の句を題にした、次のような釈教歌と注が見える。

七〇　別れにしその面影の恋しきに夢にも見えよ山の端の月

もとの雫となりぬる人の、あかぬ別れを思ふに、情けありし言の葉、心に留まりて、いよいよ袂の露を添へ、鮮やかなりし姿は眼に浮かびて、寝覚の友とならずやはある。まして如来在世の昔を思ひやれば、三十二相の姿、見る者いとふ事なく、四弁八音のみのり、聞くとも飽くべからず。しかるに、機縁たきぎ尽きて、双林の煙りとのぼらせ給ひにしかば、誰の人か恋慕渇仰の思ひに沈まざらん。今、末法に流れを受けて、遠く妙道に潤ふともがらなりとも、慈悲の姿に心をかけて、寝られぬ睡《い》をも嘆かば、生死の夢のうちに、などか満月の尊容を見たてまつらざらん。かるが故に、文に曰く、一見欲見仏、不自惜身命、時我乃衆僧、倶出霊鷲山といへるは、ひとへに中天雲居のみにあらじ。機感とき至りなば、我が心中道の山にも現れたまひなん。

寂然は、別れてしまった恋人の面影を髣髴させる月を眺めて、釈尊の面影をも恋慕せずには居られない心の動きを「山の端の月」に託して歌を詠んでいる。

恋慕の情は、如来「三十二相の姿」に心惹かれる時も、「やさしかりし」女人の面影を偲ぶ時も同じである。特に半眼微笑の阿弥陀如来像や観音像を介して、命をはぐくみ育てた慈父・悲母の面影に想いをいたすなら、「心に恋慕を懐《いだ》き、仏を渇仰《かつごう》」する心性そのものが、命の営みの深みに根ざしたものであることが分かるであろう。西行は、恋の歌を詠む時、相手の女性の心をとらえ動かすための美辞麗句は全く考えなかった。自己の内面に兆す恋慕の心の行方を、自ら確認するかのように定型歌の枠取りの中に対象化する。西行が恋の歌を詠むのは、生命の本源ともいうべき親和力としての恋心のあり方を自ら確かめ、言葉を契機に恋心を生きる生命体としての自己を回復する営為であったと考えられる。『聞書集』と『夫木和歌抄』に収められている歌に、次のような一首がある。

法師功徳品　唯独自明了　余人所不見(16)

ましてましてさとる思ひは他ならじ我が嘆きをばわれ知るなれば

西行は、世捨て人として生きようとすればするほど、「花に染む心」(『山家集』上)や、「君に染む心」(『山家集』下)の「色の深さ」に染まって行く自己の内面の姿を見出さざるを得なかった。そうした染心《ぜん》を煩悩と呼ぶならば、煩悩をあるがままの姿で見つめる心は、菩提心というべきであろう。西行が、自らの恋心のあり方や恋の嘆きや苦悩の様を、自ら確かめ、対象化するように歌を詠むのは、自ずと兆す恋慕の情に生きながらも、それを超えようとする求道者の実践行であったからである。「我が嘆きをばわれ知る」ことを「さとり」と見る西行は、菩提心を磨くことを志した上人の一人であった。仏教の理念を語る説法者の姿を選ぶことを全くしなかったが、西行は上人として歌を詠んだのである。

西行の恋歌が「我が嘆きをばわれ知る」智慧に裏付けられていることは、次のような歌を一読しただけでも分かることである。

六八七　もの思ふ心のたけぞ知られぬる夜な夜な月をながめ明かして

六九一　嘆けとて月やはものを思はするかこち顔なるわが涙かな

両首はともに「月に寄する恋」の歌群の中の作である。六八七番歌は毎夜月を眺め明かすことによって、恋の物思いの心の深さを思い知ったことよという意味の作で「心を知る心」の立場から、みずからの恋情の深さを改めて思い知らされたという自己確認を主題としたものである。六九一番歌は、『山家心中集』や「御裳濯河歌合」二十八番歌に自撰している歌で『千載集』恋歌五にも採られ、『小倉百人一首』にも入っている作である。「やは」という疑問・反語の意を表す係助詞を用いて、「月」と「わが涙」との関係を、知の立場から否定しながらも、月の前に面影人への恋情に涙せずにはいられない自らの心の姿を肯定するという極めて内省的な心の動きを表現している。こうした「知」の立場からする自照性に仏者西行の歌の特質があったのである。

注（1）　伊藤嘉夫校註『日本古典全書　山家集』（朝日新聞社　昭和二十二年）に拠り、表記を改める。
（2）　饗庭孝男著『西行』（小沢書店　平成五年）一八一頁。
（3）　前に同じ。

（4）佐藤正英著『隠遁の思想―西行をめぐって』（東京大学出版会　昭和五十二年）二二七頁。
（5）『山家集』下恋百十首中の一四一一番歌「いとほしやさらに心のをさなびて魂切れらるる恋もするかな」。
（6）吉本隆明著『西行論』（講談社文芸文庫　平成二年）一四七頁。
（7）（2）と同じ。
（8）高橋英夫著『西行』（岩波新書　平成五年）四七頁。
（9）犬井善壽編著『西行和歌歌番号対照表』（私家版　昭和六十三年）による。
（10）近藤潤一校註「山家心中集」による。新日本古典文学大系『中世和歌集鎌倉篇』（岩波書店　平成三年）所収。
（11）糸賀きみ江著『中世抒情の系譜』（笠間叢所　平成七年）一六四頁。
（12）久保田淳編『西行全集』（日本古典文学会　昭和五十七年）による。
（13）（4）と同じ。七一頁。
（14）（12）と同じ。
（15）『新編国歌大観』第十巻　歌集編（角川書店　平成四年）による。一二八頁。
（16）この題詞となった句は、岩波文庫『法華経下』（坂本幸男・岩本裕訳注）一二〇頁にあり、「唯独《ただひとり》、自ら明了にして、余人の見ざる所ならん。」と読み下している。

第五章　西　行

一　捨て聖の系譜

芭蕉は、西行上人の像に、

捨てはてて身はなきものとおもへども
　雪の降る日は寒くこそあれ
花の降る日はうかれこそすれ

という讃を記している。この讃は、伝西行歌「捨て果てて身はなきものと思へども雪のふる日は寒くこそあれ」の歌（『醒睡笑』巻四にも西行作の歌として「普光院殿（注・足利義教の法号）の御影」に書かれていたと伝える）に、「花の降る日はうかれこそすれ」の句を芭蕉が付け加えただけの作である。芭蕉が西行像と対座した時、西行のつぶやきを耳にした思いで、唱和した言葉が上記の讃であったと考えられる。芭蕉が西行に親しんだのは、「捨てはてて身はなきものと」思う世捨て人の心のあり方を西行歌の言葉の枠取りのなかに見ていたからである。「嵯峨日記」の次のような一文は、そうした芭蕉の心のありかを物語っている。

廿二日、朝の間雨降る。けふは人もなくさびしき儘にむだ書きしてあそぶ。其のことば、
「喪に居る者は悲しみをあるじとし、酒を飲むものは楽しみをあるじとす。」「さびしさなくは憂からまし」と西上人のよみ侍るは、さびしさをあるじなるべし。又よめる、

山里にこは又誰をよぶこ鳥 独《ひとり》すまむとおもひしものを

独住《ひとりすむ》ほどおもしろきはなし。

芭蕉は流布本『山家集』に見える「とふ人も思ひ絶えたる山里のさびしさなくは住み憂からまし」の歌と「山里にたれを又こはよぶこ鳥ひとりのみこそすまんと思ふに」の歌を想起しながら「独住」のおもしろさを確かめていたのである。芭蕉「柴門の辞」（許六離別の詞）に「予が風雅は夏爐冬扇のごとし。衆にさかひて用ゐる所なし。たゞ釈阿・西行のことばのみ、かりそめに云ひちらされしあだなるたはぶれごとも、あはれなる所多し。」と述べているように、芭蕉は俊成（釈阿）や西行の歌ことばに、世俗を超脱した心の世界を垣間見せる力がそなわっていることを感じとっていたのである。

西行の詩情の本質は、「捨てはてて身はなきものと」思う断念に於て可能となる「造化随順」の心にあった。このことを鋭く見抜いたのも芭蕉であった。このことは、『笈の小文』の冒頭の文中に「西行の和歌における」と書き出した一文を「造化にしたがひ、造化にかへれとなり」と結んでいることからも明らかである。西行の「山家」もしくは「山里」の世界は、客観的な対象として存在する空間ではなく、第一義的には、歌ことばを枠取りとして浮上する想念であった。そうした想念の世界に身を浸す時、社会的約束事の拘束から解き放たれた「山家」の世界が、心の眼に見えてくるのである。芭蕉が、元禄四年（一六九一）四月十八日に「嵯峨にあそびて去来が落柿舎に到」り、五月四日までの閑日月を過した日々を日記の体裁に記した作品が「嵯峨日記」

である。しかし、この日記の面白さは、芭蕉の生活や心境をうかがわせるところにあるのではなく、例えば、先に引いた「廿二日」の条のように、読者に独住清閑の世界を、作品の言葉の枠取りのなかに垣間見させるところにある。西行の歌は、そうした言葉の中核をなすものであった。

西行の「とふ人も思ひ絶えたる山里のさびしさなくは住み憂からまし」の歌は、『山家集』中巻に「題しらず」として一括された歌群のなかに見える歌で、この歌の前後には、「山里のさびしさ」の内実を伝える歌が配列されている。しかし、この歌一首だけでも「山里」の世界の本質に読者の心を誘うに十分な言葉の力がそなわっている。「とふ人も思ひ絶えたる山里」とは、「訪れる人もないと断念した山里」ということだけでなく、「問ふ」人も絶えたの意が読み取れるのである。言うまでもなく問う人のなかには、「世にある」自己自身も含まれている。西行歌には、自問自答の歌も数多く見られる。「世」にかかわる歌としては、次のような一群の歌が目をひく。(2)

一四一六　捨てたれど隠れて住まぬ人になればなほ世にあるに似たるなりけり
一四一七　世の中を捨てて捨て得ぬ心地して都離れぬわが身なりけり
一四一八　捨てしをりの心をさらに改めて見る世の人に別れ果てなん
一四一九　思へ心人のあらばや世にも恥ぢんさりとてやはと勇むばかりぞ

これらの歌は、西行の三十歳代の頃に詠まれた作と考えられ、晩年の作と推定される前記の歌と直接関連づけることには問題が残るであろうが、「世の人」に伍して生きる限り、老年の西行といえども「世の人」とのかかわりを無視して生きることは困難であったと思われる。山里の世界の本質は、世人の注目、もしくは、人の見る目を意識するという意味での「人目」から自身を解き放つところにある。西行が出家遁世の理想とした境地が「見る世の人に別れ果」てることであったとするなら、「とふ人も思ひ絶えたる山里」とは、世の人の視線から隔離された場所、もしくは「見る世の人に別れ果て」た境位を意味した言葉と解すべきであろう。

西行は出家遁世に際し、自らに言い聞かせるように次のような歌を詠んでいる。(3)

　　鳥羽院に出家のいとま申し侍るとてよめる

　惜しむとて惜しまれぬべきこの世かは身を捨ててこそ身をも助けめ

また、西行の歌で、勅撰集にとられた最初の歌は『詞花集』（一一五一年奏覧、西行三十四歳）に見える歌で、その歌もまた「身を捨つる」ことを主題にしている。

　身を捨つる人はまことに捨つるかは捨てぬ人こそ捨つるなりけれ

芭蕉が西行歌と信じていた「捨てはてて」の歌は、『実隆公記』によれば、紀伊由良の興国寺開山上人で、法灯禅師の諡号《しごう》を賜った心地覚心の弟子の歌であった由を伝えている。この話を三条西実隆に伝えたのは、相国寺の長老横川景三《おうせんけいさん》で、その時の法談の内容を日記（長享二年五月十四日）に次のように記している。（書き下し文に改む）

　由良開山の弟子五人、高野山に住す。その内の一人歌を詠じて云く
　　捨てはてて身はなきものと思へども雪の降る日は寒くこそあれ
　この歌を詠ずる時、由良開山許可す云々。まことに興あり。

しかし、この歌とまぎらわしい「捨てはてて身はなきものと思ひしに寒さ来ぬれば風ぞ身にしむ(4)」という歌

が、法灯禅師のもとに参禅した折の一遍の歌とする伝承も行われていたらしい。

「捨てはてて身はなきものと思へども」の歌が西行歌と信じられたのは、西行自身が、出家に際し「身を捨ててこそ身をも助けめ」の歌や「身を捨つる人はまことに捨つるかは」などの歌をのこしていたからであろうが、西行を捨て聖空也の系譜に立つ人という認識を持っていた一遍の影響によるものと思われる。このことは『一遍上人語録』に収められている「興願僧都、念仏の安心を尋ね申されけるに、書きてしめしたまふ御返事」の次の言葉で明らかである。(5)

むかし、空也上人へ、ある人、念仏はいかが申すべきやと問ひければ、「捨ててこそ」とばかりにて、なにとも仰せられずと、西行法師の撰集抄に載せられたり。これ誠に金言なり。

この文章は『撰集抄』には見当らないが、鴨長明の『発心集』には、空也上人が千観内供に「後世助かる」要諦を尋ねた時に、「身を捨ててこそ」と答えたという伝承が録されている。しかし、『撰集抄』の巻頭には、増賀聖人が伊勢に参詣し道心を祈った時に「道心を発《おこ》さんと思はば、此身を身とな思ひそと、示現を蒙」り、着ていた衣類をみな乞食に与え、赤はだかの姿で伊勢の地を去っていったという説話が掲載されている。

寺院の制度や僧の位階組織の外に居て、仏道を求めた聖たちのなかには、道心（菩提心）を磨くことを以て仏道修行のすべてとする人達が現れた。その道心を磨くためには、身を捨てることが不可欠の条件だったのである。

二　身と心

身を捨つという言葉から、当時の人は何を考えたであろうか。『撰集抄』の増賀の説話では、「身を身となしひそ」という神の示現の意味を、増賀は名利を捨てることと解している。つまり「身」とは、歴史的・社会的な状況に拘束された生の様相を意味する言葉であった。そうした生の様相を『撰集抄』では、武勇の家に生を受けた者が、勝利を争って殺戮の場に命を懸けるのも名と利の為であり、公家に生まれた者が、衣冠を飾って威儀を正して見せるのも、名誉を願う故の見せかけであり、墨染の袂に身をやつし念珠を繰る出家者の殊勝な姿も、人の尊敬を買って世を過すためのはかりごとに過ぎないと例示し、社会という舞台での役割を生きる姿を「身」と規定している。つまり「身」の語の意味するところは「身の上」「身分」と同義ということが出来る。人は社会関係に組み込まれて生きる限り、政治（権力による秩序）、経済（財力による秩序）、文化（価値規範による秩序）の諸制度に拘束され、貴賤・高下・貧富・賢愚・優劣の差異による位置づけを受け入れざるを得ない。出家遁世とは、そうした「世間の一切の境界」（『大乗起信論』）から遠ざかり離れることであった。

西行は「身を捨ててこそ身をも助けめ」という歌のことばを口ずさむことによって何を考えたのであろうか。捨て去る「身」が、「世間の一切の境界」の相に染められた身体であるとするなら、助けようとする「身」とは何であろうか。西行の一連の歌群によれば捨てる対象は「世にある」身であり、さらに限定するなら「都離れぬ」身ということになる。

仏教の出家思想は、在家の身を牢獄につながれた状態に喩え、出家者のそれを虚空に喩えて説く（『涅槃経』）。出家者を「虚空」に喩えるのは、出家者が「一切の境界の相」を離れた自在の境位に身を処しているからである。「境界の相」を離れる方法が、さまざまな観法、例えば、天台止観の基本である空・仮・中の三観や、日想観・月《がち》輪観・九想観などの観想、己心《こしん》を対象とする観心などであり、禅や念仏の三昧行であった。ところが西行は、「行住座臥に心を歌になす」（『西行上人談抄』）ことを以て境界を離れる方法としたのである。「心を歌になす」ということは、歌の言葉を繰り返し口ずさむうちに、歌によって枠どられた境界に身も心も包み取られゆくことであろう。

歌の魅力は言葉の力にあって、歌人の自己表現にあるのではない。非日常的な音律を伴う歌の言葉は、韻律の次元で既に日常語を超えて出ている。説明や記述の言葉は、制度によって分節化された日常と対応するが、韻律を伴う言葉は、情感の動きを伴った象を心の世界に結ぶように働く。しかし、大方の場合、その心象の世界は美的規範に従って統御されているので、美的秩序を一つの「境界の相」とするなら、歌を詠むことそれ自体を以て境界を離れる方法ということはできない。『古今集』のみやびや『新古今集』の有心美の世界は、功利的な日常意識からみれば、唯美的な観念世界への超脱ということができるであろう。しかし、表現規範を共有する美的共同体を前提にした歌人を目指すとすれば、それも一つの境界へのとらわれ人ということになる。西行は、歌の規範にとらわれることなく、心の本源に迫るために、歌の形式と言葉を選びとった歌人であった。西行は歌のために遁世したわけではないが、歌によって遁世を果たそうとしたことは、西行と歌との出会いの機縁がしからしめたところとみるほかない。

出家遁世を思い立った頃の西行に次のような歌がある。

世にあらじと思ひ立ちける頃、東山にて、人々、寄スルレ霞ニ述懐といふことを詠める

七三　そらになる心は春のかすみにて世にあらじとも思ひ立つかな

この歌は「春霞立てるやいづこ」（『古今集』）「春霞立てるを見れば」（『拾遺集』）「霞立つ長き春日を」（『万葉集』）といったような、「春」「霞」「立つ」といった語構成を枠取りに用いながらも、主題は「そらになる心」や「世にあらじとも思ひ立つ」という遁世を願う心のきざしを確認するところにあった。西行は、自身の現在の心境を言葉に託して歌を詠むというよりは、「かすみ」の語が呼び覚ます「そら」の語をたよりに「猶如虚空」の心に思いを馳せ「そらになる心」の語を口ずさむ。西行が親しんでいた仏典である『大日経』や『大日経疏』には「虚空相是菩提（虚空の相、これ菩提なり）」「如虚空遠離戯論分別（虚空の如く遠く戯論、分別を離る）」の句を見出すことができる。さらに付け加えるなら、平安時代に入って仏徒の間で盛んに愛読された基本的な論書『大乗起信論』(6)には「離念の相は虚空界に等しくして、偏せざる所無ければ、法界一相なり、即ち是れ如来の平等法身なり。」という句が見え、事物に執着する心や自己中心の考えから離れ、「無礙《むげ》自在」な仏性をみがく道が説かれている。西行における詠歌行為は、言葉を縁として自らの心が宿す仏性の働きに身を托そうとする修行そのものだったということができる。天も地も一つに包んでうらうらと霞む「春霞」のイメージの彼方に「空になる心」という「無相菩提心」（『大日経』）の片影を見てとり、「世にあらじとも思ひ立つ」心の動きを歌の形式によって確認する。「思ひ立つ」心の動きを「霞立つ」自然現象と重ね合わせ、「かな」と詠嘆するのは、そうした心のうながしを、自己を超えた菩提心の発現と自覚していたからではなかろうか。「世にあらじ」という現世否定の意志の表明は、仏性のうながしを受けとめた心の自覚を言葉で枠どった句ということになる。無限の反復を可能にする歌の韻律は、言葉の縁をかりて意《こころ》を励起し、心を一境にとどめることにきわめて有益である。西行は、自ら納得したこのような言葉を心のうちに反復し、ある時は口ずさむなどして、ともすれば世人が期待する舞台に身を置き、人々の称讃を買うことに得意になる心を捨て去ろうとしていたと思われる。

言葉と心とのかかわりについて、西行は次のような歌を詠んでいる。

三河の入道、人すすむとて書かれたる所に、たとひ心にいらずとも、をして信じならふべし。この道理を思ひ出でて

知れよ心思はれねばと思ふべきことばことにてあるべきものを[7]

三河の入道とは「三河の聖」と呼ばれた大江定基のことで、出家名を寂照という。定基が愛人の死に遭遇したことを契機に出家した発心説話と、渡宋して杭州で没したその臨終の様を語った往生説話は『続本朝往生伝』『発心集』『撰集抄』『宇治拾遺物語』『閑居友』『宝物集』などの諸書に語り伝えられている。三河の入道の「たとひ心に　いらずとも　をして信じ　ならふべし。」の言葉は、和歌ではないが、七五の韻律に合わせて朗唱できる句である。西行は、この三河入道の言葉を心に刻み、ともすれば世俗の縁に惹かれて散乱動揺する心の相を仏典の言葉に照らして見つめようとしていたのである。「をして信じならふべし」の「をし」は「おし」と表記すべき言葉である。仏典の言葉は、現実社会の約束ごととしての言語の相を離れているので、便宜的な仮の表現にこだわると理解し難いものに映る。「たとひ心に入らずとも」の句意は、そうした制度化された知の立場（仮名《けみよう》の世界）を離れ得ない凡夫の理性を反省する言葉であった。「おして」は、そうした常識的理解を括弧にくくってしまうことを意味している。西行は三河の入道の「おして信じならふべし」の言葉に励まされて「知れよ心」と、仏の立場からの他動詞形の発想によって自心に呼びかけている。呼びかけの内容は「思はれねばと思ふべき」ということである。この言葉は「おして信じ　ならふべし」という三河の入道の語りかけに応えて発せられたもので、七五の律語の形で応答したことが歌を詠む結果をもたらしたのである。律語の形にしたのは、その方が自分自身で反復できるからである。「おして信じ　ならふべし」という仏の立

場から語られた啓示の言葉を受け止め、律語で「思はれねばと　思ふべき」と応えたのは、西行個人の心の表明と見るべきではない。それはともすれば「思はれね（ず）」という凡夫の立場からする判断にとどまりがちな自らの心を、力のある言葉によって開くためであったのである。西行の表現行為は自らを人に語るためのものではなく、言葉によって自らの心を確かめ、現実と称する約束ごとに囚われた状態から、仏典の言葉を力として超え出ようとする行動そのものであった。仏典の言葉を「こと（異・別・殊）」とし、「ことば殊にてあるべきものを」と仏典の言葉を賛嘆するのは、仏典の言葉が自己愛と無明の煩悩につきまとわれて生きる人間の業相を映す鏡の働きを示すことの不思議に感動したからである。

西行の作歌行為には、文化的な知の制度であった古今集和歌の表現方法の枠組みに従わざるを得なかった面が目につくが、表現活動の内面的要因は、貴族歌人と別次元にあった。それを仏典の言葉によって規定するなら、歌語と定型歌の枠取りの中に「無相菩提心（道心）」の働きを喚びさまし、命を与えられて生かされてあることの不思議と至福を確かめる行為そのものと言うことができる。臼田昭吾氏の労作『西行法師全歌集総索引』に拠ると、西行は「心」の語を含む歌を全歌数約二千百五十首中二百五十三首詠んでいる。また「身」の語を用いた歌は、百九首、「身」と「心」を同一歌に詠みこむ歌は二十二首あり、それらの歌をすべて分析するゆとりはないので、代表的な歌二首を例に引いて問題の所在を考えてみたい。

六六　吉野山こずゑの花を見し日より心は身にもそはずなりにき

六七　あくがるる心はさてもやまざくら散りなんのちや身にかへるべき

これらの歌を読む時は、「心」を霊魂に「身」を肉体と解釈し、魂が身体から遊離した恍惚状態を表現した歌と解することも可能である。しかし、西行歌の「心」や「身」の語を常識的な語義で解釈してすませてしまうと、歌語と和歌形式を拠り所として隠遁の内実を実現した思想歌人の面目は見失われてしまうのである。「身」は、例えば「身を捨つる」の表現が「世を捨つる」の言い方と容易に入れ替わることからも明らかなように、「この世」の因縁に拘束された心身の現実的な様相を表現する語である。

七六二　今宵こそ思ひ知らるれ浅からぬ君に契りのある身なりけり

この歌には長い詞書があり、そこには西行がたまたま高野より都に帰っていた折に、鳥羽法皇の葬送に巡りあったことの因縁が語られている。この「契りのある身」の「身」は、明らかに前世の因縁をも含めて世縁につながれてある現存在のあり方そのものを意味している。また

六七一　もの思へどもかからぬ人もあるものをあはれなりける身の契りかな

の歌のように、恋情に悩まされる現身《うつしみ》のあるがままの姿を「身の契り」と表現している。しかし、「身の契り」としての恋情に苦しむ自らの心のあり方を「あはれなりける」と見つめる「心」の立場から、「身」が宿してしまう恋の「もの思ひ」を受けとめ、和歌表現の枠組みに「身」の情念を封じこめることが、西行の詠歌行為の意味そのものであった。「あはれなりける　身の契りかな」の歌句は、西行の「心」のあり方の表明といった問題を超えて、この歌句それ自体と縁を結ぶことによって、人に固有の「身のちぎり」を顧み、「あはれなりける」と超越的な「心」の立場から懺悔する心が喚びさまされるのである。西行歌における「身」や「心」の語義の内容が、凡夫身・仏身、もしくは、凡夫心・仏心にわたる領域でもちいられているので一概には解釈できないが、「花に染む心」「月をやどす」心のあり方には、仏者西行の詩心の特質を鮮明に見ることができる。

三　花に染む心

前に引いた『山家集』六六番・六七番歌の後に次のような歌がある。

七六　花に染む心のいかで残りけん捨て果ててきと思ふわが身に

七七　願はくは花のしたにて春死なんそのきさらぎの望月の頃

これらの歌は、西行自身の手になる撰歌集『山家心中集』においては、前引の歌と並べて、八番から十一番まであたかも連作歌のように再構成されている。この『山家心中集』の歌の構成は、それ自体が西行の詩意識の特質を雄弁に物語っているが、ここでは個々の歌についての考察にとどめることにする。[8]

西行の花についての歌は、花を待つ心、花に「あくがるる心」、散る花を惜しむ心といった花を見る心の動きを主題にすることが多く、花をめぐる美意識を表現した歌はきわめて少ない。西行が花において観想した世界は至福の浄土であったと考えられる。吉野山はいうまでもなく古代以来の聖地である。吉野の「こずゑの花」に仏の華座を観じ、花の清浄な美しさに浄土の片影を見ることは、仏及び仏国土の観想を修行とする仏徒にとっては自然な物の見方ということができる。

西行が花に心を惹かれ、女人に魅せられて渇仰の情を覚えるのは、凡夫のあるがままの心の動きと同じである。しかし、その渇仰の情には花の美しさや女人の澄んだ目差しの背後に、浄土の仏身・仏土の面影を人に垣間見させる力がこもっている。西行の目と心は「こずゑの花」という具象的な個物に集中しながらも、心が宿す花の面影に、ともすれば自己中心に閉じようとする心（身）を開いて、光明世界に包まれてあることの喜びを感受しているのである。「心は身にも　そはずなりにき」ということは「遊離魂の態」を表現した句というよりは、凡夫（身）に欣求浄土の念（心）を喚びさます不思議に目を開かせる言葉と受け止めるべきではなかろうか。「あくがるる心」の語義を辞書的に解するなら、からだから抜け出てゆく心ということになるであろうが、花に誘われ、花に惹かれる心の様態を表現した語とするなら、「花に染む心」と意味内容は同一ということになる。西行は「染む」を恋の歌にも次のように用いている。

一三四三　君に染む心の色の深さには匂ひもさらに見えぬなりけり

西行が花や女人のこの世ならぬ美しさに深く心を魅せられていたことは『山家集』に収められた花や恋の歌から十分にうかがうことができる。前記の歌は『山家集』下に収められた「恋百十首」中の一首であるが、「花に染む心」や「君に染む」心が、世俗の事物への執着心を捨てることを覚悟した身（捨て果ててきと思ふわが身）にも残ってしまうことを詠んだ歌である。

特に高貴な女人の面影は、万人をして激しくあこがれ慕う心をいだかせずにはおかない。この世に豊かな色彩と霊妙な形の美しさを感得させる花や「手足はだへなどの、きよらに肥えあぶらづきた」肉体そのものの美しさ（『徒然草』）で人の心を魅了する女人がこの世に存在し、人はそれを受け止める感性や想像力を与えられて生まれあわせた以上は、捨てようとしても捨て得ないものとして女人恋慕の情は身に残らざるを得ない。『山家集』下に収められている「恋百十首」は、花に「あくがるる心」と同質の「身」を超え出てゆこうとする本来的な恋の「心」の様相を歌によって確かめたものということができる。

西行にとって「身」や「世」を捨てることは、捨てようとしても捨て得ない本来的な命の欲求や願望に生きることであった。それは自分自身にも予め了解できるようなことではなかった。それぞれの職務や組織に身を置く者は、その場を規制する共通のルールに拘束され、当面の責務や「世間の名利と恭敬（世人の尊敬を買い体面を保つ心）」（『大乗起信論』）にこだわって、命にとっては非本来的な功業をあせり求めて生きてしまう。そのために、ともすれば人や事物との関係を一面化してとらえがちである。「身」や「世」を捨てることは、「生活（生計のためにあくせくと働くこと）・人事《にんじ》（世間的な人づきあい）・伎能（技術芸能）・学問の諸縁を止め」る（『徒然草』第七十五段に引用されている『摩訶止観』の言葉）ことであり、さらにつけ加えるなら、「地獄をおそる心をも捨て、極楽を願ふ心をも捨て、また諸宗の悟りをも捨て」（『一遍上人語録』）ることであった。社会から規制される義務や共同観念から解放された「心」とは、少年の無垢な魂の状態に再生することであり、身構えや装いを捨てた虚空のような心（そらになる心）には、あらゆる物が影を落とし、もの思いの波紋が立ちさわぐのが常である。西行はそうした恋慕渇仰の心の兆しのなかに「この世」を超えた仏と浄土の面影を見ていたのではなかろうか。

一三〇　いとほしやさらに心のをさなびて魂切れらるる恋もするかな
一三一　君慕ふ心のうちはちごめきて涙もろくもなるわが身かな

西行が花の歌を詠む時に主題とした、「花」を愛してやまぬ心や落花に寄せる愛惜の念は、そのまま「魂切れらるる（魂がちぎれる）」恋情や叶わぬ恋の嘆きと重なるのである。しかし、西行の歌には、自らの熱い心の動きを「いとほしや」とか「わが身かな」の歌句を介して、自らの心の内部に、自らの心を対象化する超越者の視点が用意されているところに特色をみることができる。その超越者の視点とは、「心を知る心」の働きによるもので、仏典にいう「仏心」「仏性」「一心」「菩提心」「如来蔵心」「自性清浄心」「大慈悲心」「道心」「道念」などの語で呼ばれる自意識を超えた「心」の働きをいうのである。

西行の花や月や恋の歌には、言葉が枠どる共通観念によって明解な像を読み手の心に結ぶことを許さないような歌が多い。それは、西行が語り得ない「心」を、言葉の枠どりを否定的に媒介することによって見つめようとしたからである。単なる沈黙や無意識は、真に語り得ない「深き心」とは無縁な状態というほかない。花に「あくがるる心」や「君慕ふ心のうち」、「君に染む心の色」について語ることは、そうした心の極限を語ることによって、語り得ない心の深み（涅槃寂静）を暗示することになる。それは、「ただ今」に永遠を見る心であり、「ここ」の一点に無限を見る心の働きでもある。そして、自己存在そのものをも、自己をしてこのように在らしめたもの、自己意識の深い次元に宿された宇宙的生命の脈動を感じとる心でもあった。「願はくは花のしたにて春死なんそのきさらぎの望月の頃」の「願はくは……死なん」の歌句は、「あくがるる心」「花に染む心」の行きつく果てを暗示している。自己へのこだわりを捨て去り、自己意識の消滅（死）に於て、花や女人との全き交わりを望むエロス的願望は、無垢（清浄）な魂のあるがままの姿ということができる。この歌の主題語は「花」と「月」と「死（寂滅）」であるが、それらを統一しているものは、釈尊の入滅（涅槃）である。この世に釈尊のような仏陀を現わし示し、「花」や「月」とともに「仏陀」を恋慕する「心」を人に惹き起こすものは、自我を超えた「仏性」のうながしによるものである。西行の詠歌行為は、和歌表現の言葉の枠取りを介して、自他の差異を超え、仏教教学の知識や観念の定義をも超えた場所で、「仏性」の呼び声に聞き入ろうとした試みと見ることができる。西行の歌に於ては「仏」を渇仰し、恋慕する無垢な魂のあり方が、そのまま高貴な女人の面影を仰慕する心と重ね合わせて発想されている。しかし、「花に染む心」・「君に染む心」・「月にうかるる心」を歌によって対象化する「心」は、人間の有限性と無力さを自覚する醒めた知性と共存するものであった。

四　心を知る心

西行は、武門の家に生れ育ち、家門の援助で十八歳の時に兵衛尉に任官し、二十歳頃には鳥羽院北面に清盛と共に仕える身分を得ながらも、二十三歳の折に、家も地位も捨てて出家した。その出家は、頼長の証言[9]によれば、「そもそも西行は、本《もと》兵衛尉義清なり。重代の勇士を以て法皇に仕え、俗時より心を仏道に入る。家富み、年若く、心に愁無きに、遂に以て遁世す。人これを嘆美するなり」というものであった。その出家後間もなくの頃詠んだ歌に次のような作がある。

世を遁れて、伊勢の方へまかりけるに、鈴鹿山にて

七二八　鈴鹿山うき世をよそにふり捨てていかになりゆくわが身なるらん

いうまでもなく、この歌は「鈴」の縁語でまとめられた歌で、「鈴」「振り」「鳴り（成り）」という言葉の連想が、読者の共有し得る意味作用の根拠である。「身」を「鈴」に喩え、その「鈴」が奏でる音色に不安を伴った期待を「いかに鳴り（成り）ゆくわが身」の掛詞の表現に托した上で、そうした「わが身」の将来を「らん」という推量の助動詞によって予測不能のこととして対象化する思惟構造を示している。

西行が自己自身の心の動きを超越的な目差しで見ることができたのは、第一に自己の内面を歌語に托して対象化する詠歌体験を重ねるなかで養った心的態度によるものであり、第二には、仏典の言葉を受け容れ、仏陀（覚者）の立場（「心の月」）に照らして自己の「心を知る心」を磨いたことによるものと考える。出家後の西行は、鞍馬などの京都周辺に居住していたが、二十六・七歳ごろ修行のために陸奥歌枕探訪の旅に赴いた。三十

二歳ごろ高野山に草庵を結んで住むようになってからは月輪観の真言観法[10]を修するようになった西行は、心月輪を宿すことによって「うき世の闇にまがふ[11]」心を観想し、次のような歌を残している。

心に思ひけることを

九〇三　濁りたる心の水のすくなきになにかは月の影宿るべき
九〇四　いかでわれ清く曇らぬ身になりて心の月の影を磨かん
九〇六　愚かなる心にのみやまかすべき師となることもあるなるものを

「濁りたる心」「愚かなる心」にも、仏典（大日経・法華経・浄土三部経・菩提心論など）の言葉を介して、心の闇を照らす「月の影（仏陀の知慧）」が射し込む不思議を、西行は和歌によってたしかめている。「心の水」が映す「月の影」とは、釈尊の教えが、現に生きている人の心を捕え、今の我が心に釈尊の悟りの内景が「心の月」として感受されることを意味している。『法華経』第十六品の「如来寿量品」には、釈尊が久遠仏《くおんぶつ》であることが説かれ、「柔和質直」の心で仏を念ずる者の前にはいつでも姿を示すことが説かれている。『山家集』雑部に収められている『法華経』を詠んだ歌の中に「寿量品」と題して次のような歌が見える。

八八八　鷲の山月を入りぬと見る人は暗きに迷ふ心なりけり
八八九　悟り得し心の月のあらはれて鷲の高嶺にすむにぞありける

「鷲の山」は、釈尊が説法を行った霊鷲山《りようじゆせん》のことを言う。「月を入りぬ」とは、釈尊を月に喩え、その入滅を意味している。両首ともに、釈尊の教えが迷妄の闇に閉ざされた人の心に、仏性（心の月）の自覚をうながすという体験的事実に即して、人と釈尊との関係を歌語の枠取りによって対象化した歌ということができる。

西行は、保元、平治とうち続いた都での内乱を、党派的な利害と無縁な地平から人の世の悲劇として眺めて過したが、保元の乱の敗者として讃岐《さぬき》（香川県）に配流された崇徳院が激しい怨恨と瞋恚《しんい》（いかり憎むこと）の心を残して崩じたことを知り、五十一歳の折、その霊を慰めるために讃岐国白峰に赴き、その後、弘法大師の遺徳を偲んで善通寺に草庵を結んで住んだりした。以仁王・頼朝の挙兵に始まる治承・寿永の内乱期は、伊勢国に赴き、二見浦の草庵に過したが乱が収まって後、この戦乱のなかで焼亡した東大寺再建の勧進に協力するため、六十九歳の老軀を励まして陸奥国平泉への旅に立った。その折の歌に西行の代表作（自讃歌）の一首である次のような歌がある。

あづまのかたへ修行し侍りけるに、富士の山をよめる

風になびく富士のけぶりの空に消えてゆくへもしらぬわが思ひかな　（『新古今集』雑歌中一六一三）

西行の出家は、二十三歳の保延六年（一一四〇）十月十五日のことと『百錬抄』は伝えているので、「世にあらじと思ひ立ちける頃」東山で人々と「寄霞述懐」の題で詠んだ歌は、その年の春の作と考えられる。その時も西行の目は虚空の彼方を見つめ「そらになる心（戯論・分別を離れること）」に想いをいたしていた。その後も西行の目は、人の心を魅了する花、心の闇を払うかのように天の高みから清澄な光を投げかける月、また恋慕の情をかき立てる高貴な女人の面影の彼方にそそがれていた。西行は花に誘われる心、月光を宿す心、女人を渇仰する心に深く動かされる「わが思ひ」のさまを歌語に托して対象化するために歌を詠み続けてきた。西行にとって歌を詠むことは、「心を知る心」を養うことであり、解脱への道を歩むことであったと思われる。西行が「富士のけぶり」に見ていたものは、そうした様々な「思ひ（火）」の行方であった。『山家集』恋の部には、「浅間の煙」に托して詠んだ次のような歌がある。

六六　いつとなくおもひに燃ゆるわが身かな浅間の煙しめる世もなく

浅間山の噴煙が静まることなく立ちのぼるように、いつということなく、女人への恋慕の情に燃えるわが身であるよと「わが身」のあり様を見つめた歌である。命とは、浅間の煙のように噴きあげ、燃え出る勢いを秘めて現出する現象そのものと言うことができる。人としての命を与えられて生きることに意味を見出した西行は、仏教の戒律へのこだわりを捨て、理非善悪の分別を離れた恋の情熱をも正面から見据えた。西行の数多い恋歌を、歌人として恋歌の分野を試みただけの作と考えることはまず不可能であろう。煙の内部から煙をつき破るようにして湧き立つ活火山「浅間の煙」は、恋の情熱に「燃ゆる」身を喩えるのにいかにもふさわしい。西行は、身を焦がす恋のもの思いを純一な心で見つめながらも、恋の煩悩に身をまかすことはしなかった。倫理にもとる男女関係は、必ず自他の心を深く傷つけ、心の安らぎも奪うものである。西行は、心に萌す恋慕の情に身を苦しめることがあったとしても、欲望に身をまかせることの過ちに気付かせる「菩提心」に立ちかえり、煩悩を和歌のリズムに托して昇華させる。『山家集』の巻末に収められている百首歌中の釈教十首に「無量義経三首」と題して、恋の煩悩を主題とした作がある。

一五三八　身につきて燃ゆる思ひの消えましや涼しき風のあふがざりせば

「風になびく富士のけぶり」が、澄み透った秋空に跡形もなく消滅していくイメージには、上記の歌の「燃ゆる」火を消す「涼しき風」と重なるものがある。

鎌倉末期の僧無住は、西行歌について「しづかに詠ずる時は、万縁ことごとく忘れ、一心やうやく静まるもの」であり、「寂滅涅槃」を感得させるものであると述べている。(12)欲望にとらわれることの空しさを教えた仏陀の言葉に立ち帰って「ゆくへも知らぬわが思ひ」をながめ返す時、西行は迷ひの心のままに、我執を超えた仏陀の側からの目差しによって「まどひ来て　悟り得べくもなかりつる」[13]自分の心の本性を見つめなおし、歌の世界に昇華させてしまうのであった。「風になびく富士のけぶり」が虚空に消えてゆく様を見つめる目差しは、「心を知る心」という仏陀の悟りによってもたらされたものである。

西行は歌を詠むことに於て、遁世をたしかめ、歌によって「如実に自心を知る」仏心を練ったのである。『栂尾明恵上人伝』には、「西行上人常に来りて物語し」たことの一つに「この歌即ちこれ如来の真の形躰なり。されば一首詠み出でては一躰の尊像を造る思ひをなす、一句を思ひ続けては秘密の真言を唱ふに同じ」と語ったとある。「如来」とはサンスクリット語タタ・アガタの漢訳語で、そのように来た、または真実から現れ出たの意と解されている。西行は過去の和歌表現から歌語の韻律の美しさを学びとったり、ある時は表現法をそのまま真似て取り込んだりしたとしても、新しい修辞法に心をこらし、名歌を詠出することに心をくだくことがなかった。このことは『八雲御抄』に西行の歌を評して「ただ詞を飾らずして、ふつふつと言ひたるが聞きよきなり。」と述べていることとも通じる。読者は、西行の歌に虚心な態度で接するなら、必ずやそこに「如来の真の形躰」を感得するに違いない。

七十二歳の西行は、都を去って葛城山の西麓にある弘川寺に赴き、近くの山中に草庵を結んで住んだが、その翌年の二月十六日に入滅した。西行を知るほどの人は「願はくは花の下にて春死なん」と詠み置いた歌のように、花のさかりに満月の光につつまれて往生の素懐を遂げたことに、感動を新たにしたのであった。

注(1)「西行像讃」は、『芭蕉庵小文庫』(元禄九年刊、史邦編)に見え、その翻刻は『校本芭蕉全集　第六巻』(角川書店　昭和三十七年)に収められている。

（2）『山家集』の歌は、後藤重郎校注『山家集』（新潮日本古典集成　昭和五十七年）により、歌番号も付記する。
（3）『玉葉和歌集』雑五には、第三句が「この世には」とある。『西行上人集』所収。
（4）古典文学大系『仮名法語集』の注に、下句が「棄てはてて身はなきものと思ひしに寒さ来ぬれば風ぞ身にしむ」の形で、一遍の歌として『法灯国師年譜』に伝えられている由の記述がある。
（5）宮坂宥勝校注『仮名法語集』（日本古典文学大系）による。
（6）宇井伯寿・高崎直道訳注『大乗起信論』（岩波文庫）による。
（7）久保田淳編『西行全集』所収の『聞書集』により、表記を改める。
（8）伊藤博之「『山家集』の世界」（『隠遁の文学―妄念と覚醒―』笠間選書　昭和五十年）で構成の問題を論じている。
（9）『台記』康治元年三月十五日の記事により書き下す。
（10）山田昭全著『西行の和歌と仏教』（明治書院　昭和六十二年）。
（11）『山家集』八七九番歌。
（12）『沙石集』巻五末「哀傷の歌の事」。
（13）『山家集』八七五番歌。

第六章　心の自覚の深化と中世文学――西行歌を中心として――

『山家集』中巻雑の部に次のような一首がある。

疏の文に悟心証心々

八七五　まどひきてさとりうべくもなかりつる心をしるは心なりけり

「疏の文に悟心証心々」とある詞書については、萩原昌好氏[1]や山田昭全氏[2]がすでに『大日経疏』巻二に見える「唯是心自証心心自覚心」の一文にもとづくものと見てまちがいがないであろうと述べている。

西行の歌は、『大日経疏』中の一文の意味を歌にのべかえたものではなく、経典の言葉を機縁として一種の超越的な目差しを自らに与えられる不思議に感動し、このような歌をよんだに違いない。私はこの歌を〝人の形をとってこの世に生まれて以来、煩悩になやまされ続けて、ついに悟ることはできそうにもなかった自分の心を知ることができたのは、まさに〝菩提心〟のしからしめるところだったのだなあ〟と解釈しているが、これまでの解釈は[3]、二つの「心」をともに「わが心」と解してきた。しかし、「知る心」と「知られた心」とは明らかに次元を異にしているのである。西行のこの歌は詞書をすなおに受けとめるとするなら、「悟心」「証心」[4]の「心」のはたらきに自らうなずき、そうした「一心」のうながしによって生きる「命」の不思議を、自らにたしかめるべくよまれた作と見るべきではなかろうか。そうであるとするなら〝心をしる心〟を単純に

「わが心」と解してしまっては、歌の詞書を全く無視したことになる。

〝心を知る心〟とは「わが心」といったように個別化された心を言ったのではない。仏教の基本は、鴨長明が『方丈記』の結びに述べているように「仏の教へ給ふおもむきは、事にふれて執心なかれとなり」ということにつきているといっても過言ではない。執心を離れる実修の方法論には、あるものは言葉を媒介にして、言葉によるこだわり（言語の「本質」喚起作用）を超えるための〝知〟の訓練であったり、あるものは、自我の心を消去するための〝禅定〟を行うことであったり、あるいは、日常心を断ちきるために〝名号〟を唱えたりすることであったりするという違いが見られるが、目的は我執（主観）を超えた「一心の源を悟る[5]」事にあったということができる。西行歌の詞書にある「悟心証心」とは、『大日経疏』に見える他の言葉に置きかえて説明するなら「一切智智」の語が適切であろう。この「一切智智」の語は、真言密教の基本教典である『大日経』や『理趣経』に見える語で、通仏教の立場では「仏智」という。『大日経[6]』では、この「一切智智」のはたらきを地・水・火・風の四大にたとえ、大地が、一切の存在の拠り所となっているようなものであり、水が一切の命あるものに潤いと安らぎと喜びをもたらすようなものであり、火が一切の無智の薪を焼きつくすようなものであり、風が一切のものにつく塵を吹き払ってしまうようなものであると説き、さらに、この「一切智智」のはたらきを「菩提心」や「虚空相心」と関連づけて説き、それらを「秘密主」の語で統合しているのである。「悟心証心」と関連する部分をそのまま引用すると次の通りである。

経中次説因縁云。何以故。虚空相是菩提無知解者亦無開暁。何以故。菩提無相故者。譬如虚空遍一切処畢竟浄故。離一切相無動無分別。不可変易不可破壊。以如是等小分相似故。以喩無相菩提心。然是中。復有無量無辺秘密甚深之事。実非世間虚空所能遍喩。冀諸学者。得意忘筌耳。又如虚空遠離戯論分別。故無知解相無開暁相。諸仏自証三菩提。当知亦爾。唯是心自証心心自覚心。是中無知解法無知解者。非始開暁亦無開暁之者。若分別少分能所猶如微塵。即取法非法相。不離我人衆生寿命。豈得名為金剛慧耶。

西行は、仏の立場から説き出された「即身成仏」の教えを機縁として、「諸仏自証三菩提」の不思議に気付かされ、「仏智の不思議」(7)にうなずく心の動きを和歌によってたしかめたのである。あらゆる意味で有限な人間が、人間をも超えた立場から無明煩悩にまみれた自らの心と姿を映し出すことが可能となるということは、それ自体が不思議であり、思議を超えた不可思議なはたらきというほかない。西行は、〝命〟が宿している「仏性」(菩提心)にうなずく心を主題に歌をよんでいる。

出家前の若き日の西行に次のような歌がある。

世にあらじと思ひ立ちける頃、東山にて、人々、寄霞述懐といふことを詠める

そらになる心は春のかすみにて世にあらじとも思ひ立つかな

日本古典文学大系『山家集』の風巻景次郎注には「上三句―上の空になっている心は、春の霞さながらで」とあるが、「そらになる心」をこのように解することは誤解というべきであろう。新潮日本古典集成『山家集』の後藤重郎注には「そらになる―浄土を願う気持に心も空になる」とあるが、この解釈は、おそらく渡部保著『西行山家集全注解』の訳に「濁世を厭い、浄土を願って(出家しようとして)そわそわと落ちつかぬ心は春の霞と同じであったが霞立つように、私の心も空たかくあこがれて、霞にかくれて、この世の外にいよう。」とあるのを参照したものであろう。渡部保氏の解は、川田順氏の解釈「そわそわとしておちつかぬ心」(古典日本文学全集『西行集』)や尾山篤二郎氏の「蒼穹高くあくがれ渡る心」(『西行法師名歌評釈』)などを取りこんだ

上で綜合した解釈であった。

「そらになる心」は、一般語のコードに従って解するなら、現代語の「上の空になる」の意に近い語で、他のことに心が奪われて、落ちつかない意を表す語として古代以来広く用いられていた。しかし、西行は「心の空」という語を釈教歌に用いて、次のような歌を詠んでいる。

空

ちりもなき心のそらにとめつればむなしきかげもむなしからぬを　（松屋本『山家集』）

観心

闇はれて心の空にすむ月は西の山辺や近くなるらん　（『山家集』）

これらの用例を参照にするなら「ちりもなき心の空」「闇はれ」た「心の空」とは、西行が自分のものとして意識化している心を指していったものではなく、自我意識が宿さざるを得ない「ちり」（六塵…色《しき》・声・香・味・触・法の六種の認識対象で、衆生の執着心の対象となる妄境）や煩悩（事物への執着や自己中心の考え）にとざされた心の闇に気付かせてくれる〃仏心（仏心・一心・菩提心・如来蔵心）〃を意味していたと解すべきである。西行がそこから仏道を学びとっていた『大日経』や『大日経疏』には「虚空相是菩提」「無相菩提心」「如虚空遠離戯論分別（虚空の如く遠く戯論、分別を離る）」の句を見出すことができるように、仏道の立場からとらえた「そらになる心」とは、物欲、利欲、知識欲、名誉欲といったさまざまな欲望の空しさに気付かせる菩提心を意味していたと解すべきではなかろうか。

西行をして「世にあらじと思ひ立」たせたものは、西行の自意識による分別や自我が選びとった決断などではなく、経論の言葉との出会いが自覚化することを可能にした「無相菩提心」のはたらきそのものであった。

中世文学の主題となった「発心」とは「発菩提心」のことであり、正しくは「発阿《あ》耨《のく》多《た》羅《ら》三《さん》藐《みゃく》三菩提心(8)」という。したがってこの歌の解釈は、次のように改めるべきではなかろうか。

菩提心のうながしに心をひらくと、この世でのさまざまな妄想妄念に繋縛された心がうすれてきて、事物を区分し、分別するところに成り立つ地上世界のながめは、あたかも春霞につつまれて事物が輪廓をうしなうように、それらが仮りそめの形にすぎないことをさとらせてくれる。そうした正しい目覚めに向かう心がきざしてしまうと、仮象にすぎない世俗にとらわれて一生を空しくすごすことはすまいという思いがあたかも霞のように満ちわたることである。

このような解釈は、口語訳の形にまとめにくいが、「そらになる心」の歌語には、「虚空界の如く一切の分別を離れ、分別も無く、無分別も無」い「自性清浄心」の意が托されていたのである。しかし、このように解釈したのでは、西行が歌の形に枠どった生きた心の動きは伝わってこないうらみが残ってしまう。「寄レ霞述懐」という歌題を手にした時に、心に想い描いたイメージは、あくまでもうらうらとたちこめた春霞の情景であって、観念ではなかったであろう。ところが、茫漠として天も地も一つにつつんで霞む情景に見入る心は、そのまま自意識を枠どっていた観念から解放される心の状態とも重なり、「世にあらじとも思ひ立つ」心とも直結していたのである。この歌のように発心の契機を外在的な霞に見出す発想が可能であったということは、出離遁世を思い立たせる心もまた、自意識からみれば外在的な、というよりは自己意識を超えた心のうながしによるものであったからである。

西行をして歌をよましめた心のはたらきは、西行自身も、単なる自己を超えた心のうながしにあったことを深く自覚していたと思われる。西行がさまざまに「心」を詠んでいることは数の上からも明らかである(9)。それ

らの「心」の歌は、例えば、

吉野山こずゑの花を見し日より心は身にもそはずなりにき

花見ればそのいはれとはなけれども心のうちぞくるしかりける

といった歌からも知ることができるように「花」と「心」との出会いが惹き起してしまった心の動きを、歌語の枠組みにたよって自ら確かめるかのように詠んでいる。しかもその「心」には、花を美意識の対象としてながめようとするかのような身構えは全くみられない。

また月の歌では、次のように歌う。

影さえてまことに月の明かき夜は心もそらに浮かれてぞすむ

ともすれば月澄む空にあくがるる心のはてを知るよしもがな

ゆくへなく月に心のすみすみて果てはいかにかならんとすらむ

これらの歌に共通する詠嘆は、月と心との出会いを現成《げんじょう》（完全に実現すること）する自意識を超えた「一心」（現象の根源にある心）のはたらきの霊妙不可思議さに寄せる感動である。それを「憬れわたる魂の、感傷の極限」とか「忘我の陶酔」[10]と解することは問題であろう。西行の歌に感傷的なものは感じられないのである。それは桶谷秀昭氏もいうように[11]、「自分の心が、はっきり見えて、それを異様なまでに、無邪気に卒直に表現する精神」と解すべきであろう。ただし「無邪気に」という語は省く方が適切である。『栂尾明恵上人伝』に「西行上人常に来りて物語し」た冒頭に「われ歌を読む事は、はるかに世の常に異なるなり」[12]という言葉が見えるが、その理由を「われまたこの虚突如なる心の上に於て種々の風情をいろどると雖も、さらに蹤跡なし。この歌即ちこれ如来の真の形躰なり。されば一首詠み出でては一躰の尊像を造る思ひをなす、一句を思ひ続けては秘密の真言を唱ふるに同じ」と説いている。西行は花や月を詠んでも、対象物としての花や月を詠んでいないことは、歌を一読しただけでも明らかである。特に月の歌には情景のイメージを読者によびさますように言葉を組みたてることは全くといってよい程見あたらない。では西行は花や月の歌において何を詠んだのであろうか。高雄歌論では、歌をもって「如来の真の形躰なり」と述べているが、この言葉に従うなら花や月において「如来」を詠んだということになる。「如来」を感得しうる心は「異様なまで」な卒直さを不可欠の条件とするが、「無邪気」な心と言うことはできない。

西行が道心について詠んだ歌に次のような作がある。

　三河の入道、人すすむとてかかれたる所に、たとひ心にいらずとも、をして信じならふべし。この道理を思ひいでて

知れよ心思はれねばと思ふべきことばことにてあるべきものを　（『聞書集』）

おろかなる心にのみや任すべき師となることもあるなるものを　（『山家集』）

「心」の問題をめぐって、このように自問自答を重ねる精神を「無邪気」とよぶことはできない。西行は、花や月においても自問自答の言葉を繰り返した果てに、花をして「花」たらしめ、月をして「月」たらしめている〝如〟（ありのままのすがた）なるものに心を開くに至ったのである。西行に対する一般的な評価は、次のような言葉に要約できるであろう。

西行の歌のすぐれたものをよんで行くと、自然は即仏であって、その美しくあはれなものと合体し交流す

ることは、彼にとっては心の浄化であり、飛躍であり、没我であって、まさに救ひの歓喜だったのである。[13]

しかし、この文にあるような「美しくあはれなもの」との「合体」や「交流」を実現するためには、西行は絶えざる自己否定、自己超越のため「心地修行」[14]を繰り返してきたのである。出家遁世をめぐる自問自答の心は、次のような『山家集』下に見える一連の歌に読みとることができる。

捨てたれど隠れて住まぬ人になればなほ世にあるに似たるなりけり
世の中を捨てて捨て得ぬ心地して都離れぬわが身なりけり
捨てしをりの心をさらに改めて見る世の人に別れ果てなん
思へ心人のあらばや世にも恥ぢんさりとてやはと勇むばかりぞ

「捨て」るということは、そもそも仏道修行の基本の一つであった。「仏心」もしくは「道心」とは、一般には「四無量心」に要約され、「慈」（仏がすべての衆生に対し、この世の生死輪廻の苦から解脱させようとする心）「悲」（他者の苦に思いをいたし、少しでも苦しむ心を軽くするために手をさしのべようとする心）「喜」（衆生が苦を離れ楽を得るのを喜ぶ心）「捨」（一切の差別や自我中心の考えを捨てようとする心）の四つがそれである。「仏心（道心）」のうながしに従って人が「捨て」うることは「捨家棄欲」の行であり、一切の事物への執着や固定観念を捨て離れることであった。しかし、「慈悲喜捨」の四無量心は、あくまでも仏性であり仏心であって、人間性の自然や我執を基本とした人間の心の問題ではなかった。西行が自問自答の発想を示すのは、前に引いた「知れよ心」の歌や「思へ心」の歌からも理解できるように「道心」の側から「自心」によびかける発想をとっている。西行は、こうした「道心」（仏心）の側から、人間の「おろかなる心」をふりかえり、仏の教えの言葉をたよりとして「道心」のうながしを和歌の形で自らに確かめたのである。

西行にとって「花」を見ることは、仏界の現成であり「月」を見ることは、仏心を宿す行為であった。したがってそうした「心」を歌によむことは、まさに「一躰の尊像を造る」ことであったわけである。西行歌が中世の人々に「しづかに詠ずる時は、万縁ことごとく忘れ、一心やうやく静まるもの」であり「寂滅涅槃《ねはん》」を感得させるもの[15]であると評価されたのは、歌語の枠組みによって仏道の心をとらえていたからであろう。「仏道の心」とは「仏心」「道心」のことであって、こちたき経典の言説を表層意識にたよって解読するところに得られるものではない。とはいっても、経典の言説と無関係に自覚化しうる心のはたらきでもない。人の心は基本的に日常的言説に拘束されているので、我々の経験世界は、言葉が喚起する分別意識によって枠どられた仮象でしかあり得ない。それでいながら、仮象を根拠として制度や組織が実現してしまうと、言葉は実体性を帯びて人の意識を決定づけてしまい「三界の狂人は狂せることを知らず、四生の盲者は、盲なることを識《さと》らず[16]」といった状況を生きることになる。仏道が説く「さとり」を「解脱《げだつ》」と呼ぶのは、言葉につきまとう虚偽意識から、心を解きはなつことであり、言葉がもたらす固定観念から離脱することであった。『大乗起信論』に「いはく、言説の極、言に因《よ》って言を遣《や》る」とあるのは、言語による思想や文化を生きざるを得ない人間の言説の要諦を鋭く言い当てたものというべきであろう。言葉を用いながらも、言葉へのとらわれから離脱するためには、言葉によって言葉を超える道しか残されていないのである。仏道に心を入れた西行が、狂言綺語の業《わざ》と見なされていた歌道に心を傾けたのは、歌もまた「言に因って言を遣る」道であることを深く知ったからである。

西行歌の一首ごとの分析は省略するが、一般に中世の文学を規定する言葉に自照性もしくは自照文学の語がよく用いられる。ここでいう自照性とは、自己意識によって自己を照らした行為を意味したのではなく、仏教思想の根本をなす空観によって存在の一切の相を照らし返すことを意味していたのである。西行が思想の拠所とした『大日経』に見える言葉でいうなら「虚空相心」（分別を捨離した境位）において「如実に自心を知る(17)」ことであり『大日経疏』によるなら、「虚空相心はもろもろの妄執を離れ、また分別なし。なほし虚空の如く畢境の浄法なり」といったように、「妄執を離れ」「分別」を捨てた境位から「まどひ来て悟り得べくもなかりつる心」を見つめることであった。こうした「虚空相心」を普通には「一心」もしくは「真如」と名づける。国訳大蔵経の『大乗起信論』によれば「一切の諸法（経験界で分節されているあらゆる存在者）は、ただ妄念によりて差別あるのみにして、もし心念を離るるときは、則ち一切の境界の相なし（本質によって分節された、それぞれ違った客観的事物、認識の対象としての姿はなくなってしまう(18)）」「この故に、一切の法は、本よりこのかた、言説の相を離れ、名字の相を離れ、畢境平等にして、変異あることなく、破壊《はゑ》すべからず、ただこれ一心なり。故に真如と名づく」とある。「一心」「真如」の立場から「無明妄心」を照らし見たとき、長明の『発心集』の序に述べるような自照が可能となるのである。

仏の教へ給へる事あり。「心の師とは成るとも、心を師とする事なかれ」と。実《まこと》なるかな、此の言《こと》。人、一期《いちご》過ぐる間に、思ひと思ふわざ、悪業に非《あら》ずと云ふ事なし。もし、形をやつし、衣を染めて、世の塵《ちり》にけがされざる人すら、跡《そとも》の鹿《かせぎ》、緤《つな》ぎがたく、家の犬、常になれたり。何《いか》に況《いはん》や、因果の理《ことわり》を知らず、名利《みやうり》の謬《あやま》りにしづめるをや。空しく五欲のきづなに引かれて、終《つひ》に奈落の底に入りなんとす。心有らん人、誰か此の事を恐れざらんや。

かかれば、事にふれて、我が心のはかなく愚かなる事を顧みて、彼《か》の仏の教へのままに、心を許さずして、此の度、生死《しやうじ》を離れて、とく浄土に生れん事、喩《たと》へば、牧士《ぼくし》の荒れたる駒を随へて遠き境に至るが如し。

但《ただ》、此の心に強弱《がうにやく》あり、浅深《せんじん》あり。且つ、自心《じしん》をはかるに、善を背《そむ》くにも非《あら》ず、悪を離るるにも非ず。風の前の草のなびきやすきが如し。又、浪の上の月の静まりがたきに似たり。何《いか》にしてか、かく愚かなる心を教へんとする。[19]

また、『方丈記』末尾の

そもそも、一期の月影傾《かたぶ》きて、余算の、山の端に近し。忽《たちま》ちに、三途の闇に向はんとす。何の業をかかこたむとする。仏の教へ給ふ趣《おもむき》は、事に触れて、執心なかれとなり。今、草庵を愛するも、咎《とが》とす。閑《かん》寂《せき》に着するも、障《さは》りなるべし。いかが、要なき楽しみを述べて、あたら時を過ぐさん。

しづかなる暁、この理《ことわり》を思ひ続けて、自ら、心に問ひて曰く、世を遁《のが》れて、山林に交はるは、心を修めて、道を行はむとなり。しかるを、汝、姿は聖《ひじり》人にて、心は濁りに染《し》めり。栖《すみか》は、即ち、浄名居士の跡を汚せりといへども、保つところは、僅かに、周梨槃特《しゆりはんどく》が行ひにだに及ばず。もし、これ、貧賤の報《むくい》の、自ら悩ますか。はたまた、妄心の至りて狂ぜるか。その時、心、さらに、答ふる事なし。ただ、傍に、舌根をやとひて、不請の阿弥陀仏、両三遍申して、止みぬ。[20]

この一文に見られる自問自答もまた、仏の教え、つまり、仏心の立場から、自らの「心」と「行ひ」を問いただし、「濁りに染《し》」める心と「妄心」の所業を照らしているのである。

境界の中に閉じられた心、特に言葉による分別や言葉による観念（鏡中の像）の表層意識に蔽われた妄想や妄念の世界からの目ざめをうながす心性（仏心）に気づいた中世人は、この世を「仮りの世」と見、この世の経験界を「無明妄心」による夢幻の世界と観じた。こうして、人間が意識化している境界を言説による虚構世界であると気づいた者は「言説の相」「名字の相」を離れるべく、言葉によって言葉を超えることをたえず繰り返さざるを得なかった。「不立文字」の「さとり」にふれるためには、言語をもって言語を撃つ行為が必要であった。西行や長明に代表される中世的文学者の言説は、言説によって言説を超え、自意識の妄境を見つめぬくことによって、意識を超えた「仏心」（一心）に心を開くための行為であったのである。

注

（1）「西行の和歌と仏教」（『国文学言語と文芸』昭和四十三年三月）

（2）『西行の和歌と仏教』（明治書院　昭和六十二年）

（3）渡部保著『西行山家集全注解』（風間書房　昭和四十六年）では、「その至らぬ心を知るのは、今のこのわが心であるよ。」とあり、山田昭全『西行の和歌と仏教』では、「迷い続けてきて、遂に悟ることのできなかったあわれな我が心を知るものは、これまたわが心以外にはないのだ」とあり、日本古典文学大系の風巻景次郎注には「心なりけり―わが心である。」、新潮日本古典集成の後藤重郎注には「とうてい悟ることができそうもなかった自分の心を知るのは、それもまたわが心であったよ」とある。

（4）久保田淳編『西行全集』（日本古典文学会　昭和五十七年）所載六家集板本『山家集』には「心自悟心自証心」とあるが、基本的な意味の違いはない。

（5）『沙石集』巻一・九に「生死の長夜明けざる事、心外に法を見て妄境のために転ぜらるゝ故なり。心の外に法を見ずは、法即ち心、心即ち法にして生死を出づべしといへり。心あらん人、一心の源を悟りて、三有の眠をさますべし。」とある。

(6) 『大日経』は、『大正新修大蔵経』十八巻、『大日経疏』は、同三十九巻に収められているが、西行の「高雄歌論の典拠」として、山田昭全氏が『西行の和歌と仏教』の付録に掲げているものに拠って、私に解釈をほどこした。
(7) 「仏智」の語は『法華経』にも見えるが、時代を異にする親鸞の和讃に頻用されている句を用いた。
(8) 「この上なき正しい目覚めに向かう心をおこす」(『岩波仏教辞典』)の意。
(9) 臼田昭吾編『西行法師全歌集総索引』(笠間書院　昭和五十三年)によると、『山家集』だけで、「こころ」の語を含む歌は二百五十三首ある。
(10) 上田三四二著『西行・実朝・良寛』(角川書店　昭和四十八年)に「ともすれば月澄む空にあくがるる心のはてを知るよしもがな」について「『あくがる』とは、本来霊魂の遊離状態をいうが、その憬れわたる魂の、感傷の極限に身もだえして、甘美とも、寂寥とも、歓喜とも、苦痛ともつかぬ忘我の陶酔に到ろうとする筋道がここには見える。」とある。
(11) 『中世のこころ』(小沢書店　昭和五十二年)
(12) 山田昭全著『西行の和歌と仏教』に掲載されたものにより、表記を改めてある。
(13) 窪田空穂著『西行法師』(厚生閣　昭和十三年)。ただし、この文は上田三四二著『西行・実朝・良寛』(角川書店　昭和四十八年)の書より引用させていただいた。
(14) 心敬は「ささめごと」で「いかばかり堪能幽玄の好士も、心地修行おろそかならむは、至りがたき道なりといへり」と述べ、修行の心構えを次のように伝えている。「人の申し侍りしは、御法の門に入りて、心の源をあきらめむにも、此の道をまなびて哀れふかきことを悟らんにも、此の身を明日あるものに頼み、さまざまの色にふけり宝をおもくし、ほこりかに思ふことなき人の中には、おぼろげにてもありがたくこそ侍れ。」
(15) 『沙石集』巻五末「哀傷の歌の事」

(16) 空海『秘蔵宝鑰』序

(17) 『大日経』(『大正新修大蔵経』十八巻)「入真言門住心品第一」に「秘密主云何菩提。謂如実知自心」とある。

(18) ここまでの引用は、井筒俊彦著『意識と本質』(岩波書店　昭和五十八年)による。

(19) 三木紀人校注『方丈記　発心集』(新潮日本古典集成　昭和五十一年)による。

(20) 安良岡康作著『方丈記全訳注』(講談社学術文庫　昭和五十五年)による。

第七章　西行歌の享受者達

一　『撰集抄』の作者像

『撰集抄』の説話は、簡単に伝承説話とは言えないような作品である。その作者像に関しては、確たる根拠も示さずに貴族階級周辺の没落者で別所聖の仲間に生きる支えを見出した知識人であろうと言及したことがあるが、[1]『閑居友』の濃い影響下に成立したものであることが明らかになった現在では、承久の変を契機とした貴族階級の再編過程のなかで、その地位をうしない失意の境涯をすごすことを余儀なくされた貴族階層の一人であると見定めても、そうまで誤りをおかすことにはならないと思う。院政期末期から承久へかけての数十年間は、貴族階級の内部でも新旧勢力の隆替が激しく、中・下層の貴族にとっても立身の機会をつかむことができた時代であった。『海道記』の作者が「壮齢の昔は将来をたのみて天に祈りき」と自ら述べているのは、単なる文飾ではなく、院庁を中心とした人材登用の潮流にのって立身出世を願った中・下層貴族の現実意識であったに違いない。門閥にとらわれない官位の昇進は、立身出世を願う貴族の競争意識をあおりたて、醜悪な裏面工作や賄賂による売官や情実による人事を横行させることにもなった。そうした官人社会の腐敗は、合理的な秩序感覚の持主や道徳精神の体現者にとっては堪え難い社会でもあった。権勢家にとり入ってたちまちに財をなし、豪壮な邸宅を構えて人の羨望の的となるような成りあがり者や、情実人事で官位を獲、才なくして人の上に立って得意をふるまい恨みを買うような〝疋夫《ひっぷ》〟がのさばる乱世の現実は、批評精神に富む知識人にとって住みにくい世の中に見えたに違いない。また真面目な努力や知的な才能が正当にむくいられないだけでなく、そのために孤立させられ、失脚させられるに至っては、そうした現実に徹底的に背を向けたくなるのは当然である。その上、頼みとする権勢家が一朝にして没落するような変動の激しい時代にあっては、これまた『海道記』の作者のように「衰運の今は先報を顧みて身を恨」み、「年ごろうちかなはぬ有様に、思ひとりて髪をおろ」す遁世者のたぐいを輩出したのであった。西行の生き方を理想とし、その歌を好んで口にした人達のなかには、そうした競争社会の落伍者の運命をしいられた知識人貴族が多かったようである。西行に仮託して『撰集抄』を著わした作者や『西行物語』を仕立てあげた作者は、結果的には落伍者であったかもしれないが、貴族社会の腐敗にどうにも我慢のならなかった階級孤立者と見るべきであろう。

『撰集抄』で、まず第一にとりあげられた話材が「名利の思ひをやがてふりすて給ひけん、ありがたき」道心者、増賀の説話であり、そこで強調されている主題が「名利を捨てよ」ということであり、「げにもうたてしきは名利の二なり」と批判する心の背景には、名利をきそう貴族社会に生きる妄念がのぞけるのである。「三井寺ノ僧遁世之事」（巻三の第五）の評論部分で、

抑《そもそも》、人の身にきはまりて苦しきは恨み也。なによりおこれるぞ、世にあるよりおこる物にこそ、世にあればこそ望みはあれ、望みがあればこそ恨みはあれ、恨みがあればこそ嗔恨《しんこん》する。嗔恨すればこそ、せんぢやう（注、戦諍カ）する。されば、心と苦をうけて作病《つくりやまひ》するは、是世にある人にこそ。(2)

と「世にある人」の「きはまりて苦しき恨み」を述懐している。この〝恨み〟心にふれる話材は他にも散見さ

れるが、この「きはまりて苦しき恨み」心の切実さが『撰集抄』作者の心の位相であったと想像される。その〝恨み〟とは、競争社会の落伍者の屈辱をことさらに意識させられる官人貴族の薄運によせる〝恨み〟であり、名利を誇る人に対するねたみ心の〝恨み〟でもある。さらに、親鸞の言葉をかりるなら「欲もおほく、いかり・はらたち・そねみ・ねたむこゝろおほくひまなくして、臨終の一念にいたるまでとゞまらず、きえず、たえ」ない凡夫の妄執の生そのものから来る苦悩の心でもあった。そうした「きはまりなき苦しき恨み」心を癒《いや》し、「世にあるよりおこる」悩みから遁れるためには、名声を重んじ、財力を誇る身分社会の一切の観念を排除する必要があった。小島孝之氏が指摘したように(3)「『あけくれは只妄念の心のみ打つゞ』(序)く我が心を自覚する作者は、玄賓の生きざまをこそ模範とし、居所の撰択に重きを置」き、「『海のほとり、深山のすまひ』を慕い、『松風につけて思を澄まし』、『寄りくる波に澄める心を洗ふ』遁世者に、限りない憧憬を寄せる」ことになる。そしてただ憧憬を寄せるだけでなく、「なまじひに家を出でて、衣はそめぬれど、はかばかしき信心をもおこさず、み山に思ひすます事もなくて、年のいたづらにたけぬる」(巻二第六話の評論部分)未練がましい妄想をうち払うために、理想の遁世者の面影に心を託す必要があった。西行の歌と遁世者像は、そうした人の想念を託すにたりる存在であった。社会生活を営む人間の現実意識と縁を断ったみやび言葉の世界に、「海のほとり、深山のすまひ」を幻想させる歌句を好んで口にし、「定型的表現」をくり返してまでも、言葉の世界に「心を澄ます」ことを念じた作者が、『閑居友』を手本に無名の遁世者を記録し続けた情熱の根拠は、唱導家の才覚とみるより、表現世界の中に隠栖の実現を期した文化人の試みにあったとみるべきではなかろうか。理想の遁世聖《ひじり》増賀の話を巻頭に据えた次に、『詞花集』巻十雑下にのる次のような歌、

おやの所分をゆゑなく人におしとられけるを、この事ことわり給へと稲荷にこもりて祈り申しける法師の夢

に社の中よりいひ出し給へりける歌
長きよのくるしき事を思へかし何歎くらむかりの宿りを

の話を発展させた発心説話を収め、（注『撰集抄』では下句が「かりの宿りを何なげくらむ」となり、歌は祇園社の託宣となっている。この歌は『宝物集』『袋草紙』にもひかれ、神明の歌として人口に膾炙していたらしい。）その評論部につぎのような感想を書きしるす。

此世むなしく、来世いたづらになり果てぬるは、世中の人なるぞかし。しかれば、此聖《ひじり》の、神のみことのりをげにと深く思ひ入侍りて、かなしう覚えし女、いとをしかりし子をふり捨てて、世捨人のたぐひとなり給ひけん、すべてありがたきには侍らずや。われらごときの物の、いま示現を蒙りたらむには、「まづ申所をばかなへ給はで、あはれ道心の歌、なにとも覚えず」と神をそしり申とも、よも此世をばふり捨てじと、いとど口惜しく侍り。

「大明神の御託宣に」よる「道心の歌」にうながされ、「はや、手づからもとどり切りて、妻子にもかくとも言はずして、白川の辺《ほとり》にて、竹なんど拾ひあつめて、かたのごとく庵しめぐらして、明暮念仏をぞ申侍りける」無名の遁世者を理想像として語りながらも、親ゆずりの財産を人に押領されてしまった男の発心に及ぶべくもない自らの未練がましい心をもまた書きしるす。こうした評語に語り手の自画像が投影されていると考える。世をはみだした「わび人」の生を強いられた人間の妄執の夢をさますべく「道心の歌」を口ずさむ作者は、その時代に既に最大の歌人の一人として遇されていた西行に自らを比する時、限りない心の慰謝を見出したらしい。次のような文章は、作者が西行に託した文字通りの自画像であったのではなかろうか。

仙洞忠勤のむかしは、人によろづすぐれて露ばかりも思ひ貶されじと侍りしかど、九夏三伏のあつきにも汗をのごひて、ひめむすに庭中にかしこまるを事とし、玄冬素雪の寒きにも、嵐をともとして、いさごにふしても、龍顔の御いきざしをまもりて、いさゝかもそむきたてまつらじとふるまひ侍りき。

承久の乱によって「仙洞忠勤」の功もむなしくなり、「ひめむすに庭中にかしこまり」「いさゝかもそむきたてまつらじとふるま」った精励もむくいられることなく、その地位を追われて貧窮の生活を余儀なくされた官人貴族が、「信心をもおこさ」ないのに遁世者の仲間に身を投じ、死の訪れを待つまでの時間を堪えて生きようとする時、西行の人間像は善知識とするにふさわしい理想であった。

二　善知識としての西行の面影

『山家集』によれば、現に西行は有縁の人から後世のよき導き手と見なされ、西行自身も人々に積極的に遁世をすすめたことが知られる。『山家集』雑の部には「侍従大納言成通のもとへ後の世の事」をいましめ、中院右大臣(源雅定)の出家に力をそえ、待賢門院の女房達(堀河の局・中納言の局・兵衛の局)の出家をはげます姿がかいまみられるのである。そして、保元の乱によって讃岐に配流された崇徳院に、「若し人嗔《いか》りて打たずんば何を以てか忍辱《にんにく》を修めむ」の法文と、

世の中をそむくたよりやなからましうき折ふしに君があはずは

の歌を贈る西行の言行は、院の出家の志をはげまし、往生をしるべする善知識の役割を自覚した者の所行と言

ってよい。そうした聖《ひじり》西行の側面が、強調されるところに〝西行伝承〟形成の因がみられ、それが『西行物語』にまで結実し、さらに多くの西行憧憬者を生むに至ったと思われる。『とはずがたり』の作者、後深草院二条も、「西行が修行の記」を見た感動が遠因となって、後年ついに「恩愛の境涯を別れて仏弟子にな」り、「世を捨てて足にまかせて旅を行く」ことを決心するに至った女性の実例であり、『笈の小文』に「跪《きびす》はやぶれて西行にひとしく、天龍の渡しをおもひ」と記した芭蕉もまた『西行物語』の西行に深い関心を示した者の一人と言えるのである。

聖《ひじり》西行を敬慕する心で西行の歌を解釈し、『新古今集』入集歌を中心に西行の歌を再構成した『西行物語』の作者の手にかかると、

年くれしそのいとなみのはかなくてあらぬ様なるいそぎをぞする

の歌の「いそぎ」は、「たゞ西方にむかひて、臨終正念往生極楽とぞをがみける」往生の「いそぎ」と解釈され、「官位の望み、珍宝の蓄への水の泡、幻の如しと観じて、この春のうちに往生を遂げばやとこそ仏神には祈り申しけれ」といった説法の種とされ、

花見にとむれつゝ人の来るのみぞあたら桜のとがにはありける

のような歌からも「心の乱れ」を懺悔する主題がひき出され、「罪は百丈の石、懺悔は舟なり。罪業の石なれども、懺悔の舟に入れつれば、生死の苦海を渡りて菩提の岸になどか着かざらむ」といった説法が加えられるのである。このように仏道求法者の修行記の構想のなかへ西行歌をはめこむと、さすがの名歌も誤読され、こじつけの解釈の度が過ぎる欠陥をあらわにする。

あくる年の春、都さして行きけるに、津の国の難波わたりを眺めけるに、春風俄かに葦の枯葉を驚かしてよろづ心細くて

つの国の難波の春は夢なれや葦の枯葉に風わたるなり

さすがに死なれぬ命のまま、かよひて都に帰り来りてみれば、……(4)

というように、秋の歌を春の季節にとり違え、春風が枯れ残る葦にそよいで、ものの終り（死）を自覚させられ、生きてあることが夢かと思いなされると、解したわけである。「さすがに死なれぬ命のまま」という表現は、「臨終正念往生」を願う念仏聖《ひじり》西行の面影を前提とする時に思いつかれる言葉である。このような西行観が、釈迦如来入滅の日、二月十五日に、百遍の念仏をとなえて「身涼しく歓喜の心ゆたかに」「遂に往生を遂げ」（『西行物語』）た、めでたき往生者西行を強調する〝西行物語〟をつくり出させたのである。文明十二年本の『西行物語』は、西行の生涯をつぎのようにしめくくる。

静かに思ひ見れば、生年二十五のとし仙洞の北面を出でて、俄に妻子をすて、花の袂をぬぎすてゝ麻の衣に身をかへ、仏前のゆかにむかひて遂にたぶさをきりて、かりの宿を出でて、はるかに山のほらに住して、観念の心を八功徳池に澄まし、常に安養界をねがひ、後に諸国流浪の頭陀、山林の行を立てゝ、法花・般若・真言・念仏、人の心に随ひてすゝめ、一切衆生一仏浄土の思ひをなして、慈悲の袂をしぼり、忍辱《にんにく》の衣を染めて、西に行く心を忍びて、五十餘年を過ぎぬる夢、年々歳々花相似たり、歳々年々人同じからず。人一日一夜をふるに八億四千万の思ひあり。これらの罪を懺悔せむ為に、三十一字の言の葉を詠じて、仏道修行にあづかる故に、東を出て西に流るゝ水を見ては、浄土へ参る道しるべと思ひ、……(5)

こうした西行像を思い描く者には、西行の歌のすべてが、「さすがに生ける身」の「あはれ」に涙しながら「心にまかせぬ命」の罪を懺悔し、月に心を澄ます道心者の言葉と受けとめられるわけである。そしてとくに『西行物語』によって有名になる話は、芭蕉もふれる天龍川の渡しでの西行のふるまいであった。この話は仏道修行者西行を語るために是非とも必要な話材であった。それは『法華経』「常不軽菩薩品第二十」に説く忍《にん》辱《にく》行をそっくりそのまま西行にあてはめたような話柄である。常不軽菩薩は、増上慢の比丘に囲まれ、杖や瓦石をもって打たれながらも「われ深く汝等を敬ふ、敢て軽《かろし》め慢《あなど》らず。所以《ゆえ》は何《いか》ん。汝等は皆菩薩の道を行じて、当に仏と作《な》ることを得べければなり」と唱えて逃げ去ったという。西行も天龍の渡しで舟に乗ったところ、あとからやって来た武士が乗る場所がないままに、西行にむかって「下りよ」というなり鞭をもってさんざんに打ちのめした。西行はおびただしく流れる血を見ながらも、少しも腹立つ様子も見せなかったばかりか、ともなっていた僧の泣き悲しむのをいさめ、ついに同行の僧を都へ帰し、ただ一人小夜の中山を越えたというのである。この話には「文明十二年本」の『西行物語』にだけ、つぎのような歌が添えられている。

打つ人も打たるゝ我も諸共にたゞ一時の夢のたはぶれ

いうまでもなく、後人の偽作歌であるが、そこには唱導と結びついた和歌のあり方がうかがえて興味深い。

『西行物語』は、西行の『新古今集』入集歌の大部分を収め、西行の名歌集の実質を備え、かつ周到な用意のもとに類歌が二、三首ずつまとめられており、作者の西行歌への関心の深さをよみとることが出来るのであるが、歌を「一切衆生一仏浄土の思ひ」を強調する道具立てに利用する傾向が顕著にみられるのである。例えば、

ながむとて花にもいたくなれぬれば散る別れこそ悲しかりけれ

という歌にしても、「咲き散るながめの面白さに、この山にて命消えばやと思ひて」といった〝末期の目〟を殊更に身構える視点を用意し、「散る別れ」の悲しみを「さすがに生ける命の便り」へと転じてゆくために、次に、

吉野山やがて出でじと思ふ身を花散りなばと人や待つらむ

を配するといったような構想上の用意が見られるのである。こうして死を見つめつつ、「命を限りに国々を修行し」続け、いたる所で歌をよむことで「さすがに生ける命の」〝あはれ〟をかみしめつつ、罪障の懺悔と往生の願いを生きる西行像を描き出すところに『西行物語』の主題が見られるのである。

三　自然死としての往生

吉本隆明氏は『撰集抄』にみられる死のとらえ方について次のような指摘をしている。

西行の撰者に仮託された『撰集抄』では、一群の在俗の人々が登場して、あたかも死の本能に従うかのように、「手づからもとどり切って」遁世し、どこかへともなくさまよい出たあげく、山野に独り庵を造って住み、まるで自然死であるかのように、食を細らせて飢餓死している。これらの短い説話の無名の主人公たちは、優れて人間的であることを意味している。なぜならば、自らの意志によって貧弱な場所へさまよい出て、みすみす飢えることによって死に至っているからだ。しかし、これらの『撰集抄』の一系列

の登場人物たちは、もっとも非人間的（動物的）であるということもできる。あたかも死の本能に従うかのように、客観的には無動機ともいえる動機から、死の群れに投ずるために、「もとどり切って」たゞ自然との直接的な関係に入っているからだ。往生の観念に憑かれたもっとも人間的な行為とみえるものが、死の本能に従ったもっとも非人間的な自然な行為とみえるものと一致してしまう。この死の様式は『撰集抄』に独自なものであった。(6)

たしかに西行はその名のとおり、西方浄土の願生者としてひたすら「世のはかなき事をのみ思ひつゞけて」（『西行物語』）生きた人と受けとられていた。とくに、

世の中を夢とみるみるはかなくもなほ驚かぬわが心かな

の歌は、多くの人の共感をよんだらしく、『撰集抄』の文章中にも引かれ、『西行物語』では、出家以前の西行の心を語った歌として引かれる。世の中を「生死の苦海」とみることで辛うじて生に耐え、ひたすら死を願いながらも「さすがに生ける命の便りには、谷の清水をむすび、峯の木の実にたはぶれて」歌を詠じ、花の「咲き散るながめの面白さに、この山にて命消えばやと思」う『西行物語』の西行像も、吉本隆明氏が指摘するように「死の本能に従うかのように」自然死を願う人間と解せなくもない。「自然との直接的な関係」とは、死の契機によって自然へ同化することでもある。「心ならず」も生き続ける人間にとっては「死なれぬ命」もまた自然であった。

世の中は思へばなべて散る花のわが身をさてもいづちかもせむ
嵐ふく嶺の木の葉にともなひていづちうかるゝ心なるらむ

といったような西行の歌は、「死なれぬ命」を見つめて生きる人にとっては、「客観的には無動機ともいえる動機から、死の群れに投ずる」心の位相を表現した歌とも解せるのである。二十五菩薩に囲繞された金身の阿弥陀仏に迎えとられる荘厳な極楽往生ではなく、山中で一人ひっそりと「自然死にちかい形での飢餓死」を願う往生観を『撰集抄』が固執してとりあげている死の様式」と規定し、そこに、「『撰集抄』の思想的な独自さ」を見た吉本隆明氏のとらえ方は、『撰集抄』の内容の把握のための新たな視点を設定した所論というべきである。(7)

「世の中」を秩序づけているあらゆる観念を死の契機によって消去し、「官位の望み、珍宝の貯への水の泡、幻の如しと観じて」(『西行物語』)「山林流浪の行を詮と思」う生き方は、一面からみれば文化の否定であり、「非人間的（動物的）である」とも言える。しかし、『撰集抄』に語られている往生が、「自然死にちかい形の飢餓死である」ということは、徹底した反習俗の観念であるという点で、反俗的な知識人の理念とも言える。死の習俗的な観念を無視し、孤独な自然死を肯定的に見つめることが出来た人は、浄土信仰の支えの他に、孤立的な個我を知的に構想し得る能力に恵まれた者であったに違いない。死後に名を留めることも願わなければ、業績に生の意味を刻印することも求めず、ひっそりとした動物的な死を迎える覚悟を自らに課する精神には、きわめて醒めた認識をともなっていたはずである。そうした心の働きを、『撰集抄』の作者は「道心」とよんだのである。巻頭の増賀にまつわる説話のなかで、増賀の夢に示現した伊勢の大神の「道心おこさむとおもはば、此身を身とな思ひそ」という託宣が語られる。『撰集抄』の作者が説く道心とは、仮りの世にかりそめの命を与えられて生きていることを片時も忘れないで、「つねに後世の事を思」いしめることであった。そこには一種の観心が要求された。それを『撰集抄』の作者は「唯識の観法」と名づけた。こうした心の観じ方もまた西行歌の主調音と共鳴しあうものであり、例えば「江口ノ遊女歌之事」（巻九第八）として説話化された遊女との贈答歌、

世中をいとふまでこそかたからめ仮のやどりを惜む君かな

家をいづる人とし見れば仮のやどに心とむなと思ふばかりぞ

に加えて、西行仮託の歌を三首まで詠みそえる心情は、西行歌を「道心の歌」として愛唱する読者の心と言える。『撰集抄』の作者は、西行歌だけでなく、ひろく道歌に関心を示し、そこから「唯識の観法」を説くことを好んだようである。そうした「唯識の観法」によって「万境を捨て」「心を捨つ」る時、奇瑞にみたされた往生譚を信じる心とは無縁な位相に心を見定め、往生説話と類を異にした遁世説話を構想し得たと考える。吉本氏のいう「自然死にちかい形での飢餓死」といった様相は、名声と権威と財力によって荘厳された生の対極を語るための観念的な比喩として意味を持ち得たにすぎないと考える。

『撰集抄』の説話には、伝承と全く無縁な創作話が多く混在している。巻六の第八話「信濃ノ佐野ノ渡ノ禅僧入滅之事」の話は、そうした明らかな実例の一つである。この説話は、小林忠雄氏が指摘したように(8)「土御門院御百首」中の秋の歌六首までを「信濃の国佐野の渡り」に庵を結んで住んでいたという「齢四十《よはひよそぢ》あまり五十《いそぢ》にもやなりぬらんと見えた」禅僧の詠として語り、しかも話全体が西行らしい人物の体験談として叙述されている。この明らかな創作話には、けわしい山奥の、木の葉をさしおおっただけの庵りで「ねむるやうにて息絶えたまへる人」「六十《むそぢ》あまりにたけたる僧」の辞世歌とおぼしき次のような歌が記されている。

むらさきの雲まつ身にしあらざれば澄める月をばいつまでもみる

この歌には、平安貴族が理想としためでたき往生の相を否定し、「月をばいつまでもみる」といった「自然との直接的な関係」を肯定する心が表現されているのである。この歌を前記の「四十あまり五十にもやなりぬら

んと見え」た僧に語ると、この禅僧もまた、

まよひつる心の闇を照らしこし月もあやなく雲がくれけり

と書き終って、「筆を持ちながら眠るやうにて終られ」たという。そして評論部で、

所がらことに心すむべきありさまに侍り。人里も侍らず、又、もちたくはへる物も見えず、何として、しばしのほどの命をもさゝへたまへりけるぞや。我、世を背いてひろく国々を経めぐりしに、貴き人々あまた見侍りしかども、かゝる人にいまだあはず侍りき。

と書きしるす。ここにも西行伝承に心をよせる『撰集抄』作者の詩と真実がのぞけるように思えるのである。『撰集抄』作者は、貧しい遁世聖の生き方を余儀なくされた時、山中にこもって飢餓死に近い死をとげた同類の実在を見聞し、そこに人生の極北を見出して深い感慨にとらわれたと想像される。和歌の教養を身につけた作者にとっては耐え得べくもない境涯であるが、完全に世間から見捨てられた死に遁世の極限を見出し、そうした死者の内面に和歌をもって近づいた時、『撰集抄』の説話を〝死者の書〟として創作せずには居られなかったに違いない。土御門院の詠作をもってあえて無名の遁世者の内面を語り、和歌をもって道心の便りとする構想は、西行歌を心の支えとして生きたと思われる作者にふさわしい方法と言えないだろうか。

四　道歌と唯識の観

『撰集抄』には、外見は乞食に似ながらも「心ばへのいみじくよくて、又、心たしか」な遁世聖の話が多く

記されている。そして「山にこもり」「時々、里にいで物を乞ひて」ほそぼそと命をつなぎながらも、心澄ましてすぐす生活をもって理想とする話柄が多い。この心を澄ます方法が「唯心の浄土」とよばれる浄土観であった。「おほかた、随心浄処即浄土と説かれ侍れば、心だにも澄みなば、いづれの所も浄土ぞかし」（巻五第二）といった浄土観がそれである。歌の徳は、この乱れやすい心を澄まし、言葉の優しさによって歎きや恨みを忘れるところにあると考えられた。和歌によって「恋慕哀傷の風情をもながめては、みな我心に帰すれば、唯識の悟ことにひらけ」るというのである。この「心外無別法」（心の外に別の法なし）（巻五第四）と観ずることが「唯識の観」とよばれ、『撰集抄』作者の世界観の根拠となっている。

『撰集抄』巻五に「なるこをばをのが羽風にゆるがしてこゝろと騒ぐむらすゞめかな」という歌をめぐる話が収められている。話のあらましは、「中比、駿河の国富士の山奥に、どこの者とも知れないうすぎたない僧が粗末な庵を構えて住んでいた。菰《こも》や藁を身にまとい、魚や鳥もためらわずに食し、一見狂人のようにも見えるふるまいであった。ある時、覚尊聖が、所用あって東国へ下った折、この僧が物乞いのため寄ってきた。見ると尋常の乞食とは思えないので、覚尊聖は自分の居る席へよびあげて対坐し、いささか話をかわした後、『さてもまことの法文一言葉うけたまはらばや』というと、この乞食はただ笑って、上記の歌一首を詠みすてて隠れ去ってしまい、その後は、人をたのんでさがしても見つけ出すことはできなかった」というのである。全く人から見捨てられ、物ぐるいと思われている間は、安心して乞食をしながら世を過している者が、ある時、具眼の人にその本心を見ぬかれてしまうと、そのまま再びいず方とも知れずさまよい出てしまうという遁世話は、『撰集抄』がことさらに強調している話材で、こうした話が芭蕉の心をとらえたことは、元禄三年の歳旦によんだ「こもをきてたれ人ゐます花のはる」の句で知られている。戒行を守って人に尊ばれようとしないばかりか、命をつなぐために魚鳥をとって食し、みすぼらしい身なりでもの狂いと人に思わせながら、そうした世間的な評価の一切を無視し、「吹風、たつなみにつけて善知識の思ひをなし」自然と一体化した生に理想を見出して、心やすらかな境涯をすごしている隠士の目には、ことさらに法文を求める心の方が迷いそのものと観じられたのである。この話に続けて話主は次のような評語を加えている。

げに、むら雀のをのが羽風に鳴子《なるこ》をゆるがして、鳴る音に騒ぐなるやうに、心がとにもかくにも思ひつけ、物をわかち置きて、かへりて是にまよふに侍り。此歌は、唯識を思ひ入てよみけるなるべし。いとゞ貴くぞ覚え侍る。

「なるこをば」の歌の作者は『撰集抄』に伝えられるような無名な聖であったかも知れないが、必ずしも「駿河の国」「富士の山奥に」住んでいた聖と決める必要はない。「なるこをば」の歌は、また「をのが羽風に鳴子ならして、こゝろとさはぐ鳥」といった比喩として同じ『撰集抄』中の他の箇所（巻二第八）にも見られる。前記の説話は、「なるこをば」の道歌をもって仕立てられた話であったようで、この歌は『沙石集』（第五巻）では「心アル和歌ノ事」の中に引かれ、作者を「鎌倉大臣殿」と伝えている。無住もまた、この一首の歌を次のように解説する。

此ノ歌ハフカキ意《こころ》ノ侍ルニヤ。法花ニハ、「諸法は従りレ本来《このかた》、常に自ら寂滅の相なればなり」ト説キ、古人ハ、「万法本《も》ト閑《しづ》カナリ。人自ラ閙《いそがはし》」ト云テ、諸法ハ本ヨリ、寂静涅槃ノ體《たい》ニシテ、生死去来ノ労ナキニ、一念ノ迷心ニヨリ、六塵ノ妄境ヲ現ジ、空ク煩悩業ヲツクリテ、其ノ中ニ苦患ヲウケ、三悪八難ノヨシナキ処ヲミ出シ、己レト、クルシム事、雀ノナルコヲ動《うごかし》テ、己ト驚キサワグニ似タルヲヤ。(9)

と敷衍する。

無住が「なるこをば」の歌を「鎌倉の大臣御歌」と記したことと『撰集抄』の話とは、覚尊なる聖の存在をなかだちにして関係づけられるのである。『発心集』巻二の五「仙命上人の事、并覚尊上人の事」の話によれば、覚尊は「鎌倉の聖」とも称された人物であった。一首の道歌をめぐって聖の伝承を語る構想は『撰集抄』の作者の得意とするところであったが、室町時代の『鴉鷺物語』になると作者は全く問題とされなくなってしまい、『名歌辞典』によれば、歌舞伎の脚本『傾城浅間嶽』や『薄雪今中将姫』にもとり入れられた歌であることがわかり、中世から近世へかけては「心アル和歌」というよりは「人の口にある歌」とよぶ方がふさわしいほど流布していたらしい。『撰集抄』の作者は、そうした道歌によって「唯識の観」について語る話柄を創作したわけである。

また藤原良経の歌で『新古今集』にまでとられた歌二首を上・下にわかち、語り手と「釣する翁」とが連歌にうち興じる話をしたてあげ、「釣する翁」のめでたき発心談を展開したり（巻六第四）、藤原秀能の和歌をわかって、語り手と近衛院三位との連歌となし、三位の発心談へと話をすすめる（巻六第十二）方法の背景には、歌心をもって「随心浄処即浄土」とみなした『撰集抄』作者の和歌観がうかがえるのである。無住も和歌をもって、わが国の陀羅尼とし、歌道仏道一如観を力説した。こうした和歌観を信奉する人々にとって、西行の歌は最もふさわしい「道心の歌」であった。

芭蕉が西行の像に讃を書くにあたって「捨てはてて身はなきものと思へども雪の降る日は寒くこそあれ」という時衆系の聖の間で伝承されたらしい道歌をまず念頭にしたのは、芭蕉が耳にした伝承にもとづく記憶があったからではあるが、この歌を「捨て聖《ひじり》」西行の面影を語るに最もふさわしい歌と信じていたことによるものであろう。そうした西行像は、すでに西行在世当時からつきまとっていたのであって、西行歌は中世の遁世思想および仏道歌道一如観を形成する上で重要な役割を結果的に担ったと言えるのである。しかも『撰集抄』が西行作と信じられて伝えられた過程で、浄土信仰を古代的な往生思想から中世的な遁世思想へと転じゆく役割を担った。一遍が『撰集抄』に着目したのは、そうした理由にもとづくと考える。『撰集抄』作者の思想的根拠とされた「唯識の観」は、西行歌にみられる〝観心〟の態度と重なり、人間の内面性を重視する遁世の主題を明確化し、中世的な個我の自覚をうながす契機となった。そして、その説話は中世近世を通じて遁世文学の最大の古典としてもてはやされたのである。

注

（1）伊藤博之「撰集抄における遁世思想」（『隠遁の文学—妄念と覚醒—』笠間選書　昭和五十年）。

（2）以下『撰集抄』の本文は、西尾光一校注『撰集抄』（岩波文庫　昭和四十五年）に拠る。

（3）小島孝之「『撰集抄』形成私論」（『国語と国文学』昭和五十二年五月）。

（4）『西行物語』の本文は、『西行全集』（文明社　昭和十六年）に収める「西行一生涯草紙」の本文に拠る。

（5）『西行全集』所収の本文に拠る。

（6）吉本隆明「僧形論」（『海』昭和五十一年五月）。

（7）吉本隆明「西行」（『海』昭和五十一年五月）。

（8）小林忠雄「撰集抄に関する一考察」（『国学院雑誌』昭和十五年九月）。

（9）渡邊綱也校注『沙石集』に拠る（『日本古典文学大系』）。

第二部　芭蕉の詩学

第八章　風狂の文学

一　薦かぶるべき心がけ

足かけ七箇月に及んだ『奥の細道』の旅を終え、元禄二年九月十三日の外宮遷宮式を拝んだ芭蕉は、肉親の縁者や土芳を始めとする門弟が待ち受けている伊賀へと足を向けた。そのような芭蕉のために、旧主藤堂新七郎家では、御下屋敷提供を人を介して申し出ていたが、芭蕉は「各々出入も遠慮有レ之候間、わき〳〵にて小借屋有レ之候ハヾ御かり候様之御心当可レ被レ成候。なる程侘たる分ハくるしからず候。[1]」と、権門のかたわらをさけ、まちの小借屋の侘住居の安らぎを求めたのであった。そして、その年の十一月末に奈良の祭礼を見物し、その後は膳所を中心に、湖南や京のあたりをめぐり歩いて年の瀬を迎えた。[2]すでに武江を中心に俳壇での地歩を築いていた芭蕉が京都近隣に滞在することは、京の俳人の間でも相当の関心を集めていたらしく、その年の歳旦句の発表に際し、「愚句之事、随分当年ハ晴がましく、京大津のもの共耳をそろへ目をそば立申候[3]」と自ら伊賀の門弟へ書きもらしている程であった。当時の京都俳壇の状況は、元禄四年刊の『京羽二重』によると、点者を職業とする者六十八、俳人と称する者千人を数え、芭蕉が「三等之文[4]」で言うように「点取ニ昼夜を尽し、勝負をあらそひ、道を見ずして、走り廻るもの」が、自己の門流を拡大することに汲々としていたのである。このような俳壇人に伍して、芭蕉は、自ら信ずる芸術の主題、もう少し具体的にいうなら「定家の骨をさぐり、西行の筋をたどり、楽天が腸《はらわた》をあらひ、杜子が方寸ニ入」ることで、「実《まこと》の道」を探ろうとする主張をもって、常識や通念をはずれた歳旦句を発表したのであった。その句は

都の方をながめて
菰を着て誰人います花の春

という句であった。この句に対しては、早速に批難の声があがったようである。「こもかぶりを引付の巻頭ニ何事ニや(5)」と、新春のめでたい折に乞食を詠んだことの不当を鳴らしたのである。この非難を聞いた芭蕉は、そのことでかえって、京の俳人の心底を見とどけた思いにかられたらしく、同門の評言にたくして「例の通京之作者つくしたると、さた人々申事ニ御座候。」(いつもの事ながら、京都には作者らしい作者が払底していると、当地の門人達が評判しています(6))と伊賀の門弟に伝えている。この歳旦句は、芭蕉の書簡から察すると、芸術上の一種の宣言であったようである。そうして、私もこの句において、芭蕉における風狂の思想の一転機を見るのである。

芭蕉自身がいだいたこの句のモチーフは書簡によって知ることが出来る。「撰集抄の昔をおもひ出候まゝ如レ此申候。(7)」とか「五百年来昔、西行の撰集抄に多クの乞食をあげられ候。愚眼故能人見付ざる悲しさに二たび西上人をおもひかへしたる迄ニ御座候。(8)」と言っている言葉でわかるように、菰を着て徳をかくした出世間の境涯に対する思慕の念に発した句だったのである。芭蕉初期の作風が意識的な反俗精神に支えられた風狂によって特徴づけられるのに対し、この句が思念の表現でありながら、作者の観念を直接的な形で表現していない点は注目に価する。ほんの一例であるが

野ざらしを心に風のしむ身かな
狂句こがらしの身は竹斎に似たる哉
旅人と我名よばれん初しぐれ

となべただけでも、貞享期の芭蕉の風狂思想の変化をあとづけ得るが、『奥の細道』の旅は、芭蕉の風狂の内容を、さらに内面化することになったのである。俗世と対決し、俗世からはみ出して生きる自己のアイデンティティを、風狂のポーズに求めた時代の作風から、風狂を生きる自己のあり方そのものをも対象化しうる時代の作風へと変化した芭蕉にとって、『奥の細道』の旅は、詩人としての存在論的感覚を一層深めたようであった。この旅を経過して、芭蕉が始めて不易流行の思想と〝かるみ〟の提唱を行ったことは、すでに定説化しているが、前述の歳旦句もこれらの芭蕉の動向と無縁でなかったように思われる。この歳旦句についての自註を述べた前記書簡の中で「猶はいかい発句、おもくれず持てまハらざる様ニ御工案可レ被レ成候。」と、俳風に関する所見を披露していることも、その証拠の一つである。では芭蕉にとって『奥の細道』の旅は、何であったろうか。『奥の細道』の旅に出立するにあたって郷里へ送った書簡によると、「南都の別。一むかしのこゝちして、一夜の無常一庵のなみだもわすれがたう覚、猶観念やまず、水上の淡（泡）きえん日までの命も心せはしく、去年たびより魚類肴味口に払捨、一鉢境界乞食の身こそ尊けれとうたひに侘し貴僧の跡もなつかしく、猶ことしのたびは、やつし〳〵てこもかぶるべき心がけにて御座候[9]」と述べているように、「やつし〳〵てこもかぶるべき心がけ」によって、自然と人間との自由なかかわりを見出そうとしたことがわかる。これまでの風狂が、内面における葛藤に根ざすものであったのに対し、『奥の細道』以後の風狂は「やつす」ことによって、外に向かって心を開こうとするものであった。つまり「やつす」ことがより根本的な人間発見の方法であることを深く自覚するに至ったのである。それ故、作品『奥の細道』は、単なる紀行文の枠を越えて、人間発見の記録ともなっているのである。例えば、日光での仏五左衛門、那須での野夫やかさね、須賀川の可伸、仙台での画工加右衛門等、都会人が表面的な観察でとかくさげすんで見がちであった地方の名もなき庶民のなかに「気稟の清質」を発見し、文芸と縁のない人達の心に宿る風流を見出したのである。貧困と粗野と不潔のなかで生活する東北人のなかに発見した人間性は、『奥の細道』に直接書き表わされることはなかったが、芭蕉の心に、生きることとの不条理に対する認識と賢愚得失の境を超えた人間存在に対する感覚を一層深めたと思われる。このような旅を経験した後の歳旦句が、前記の乞食者を詠んだものであったことは、粗野と貧困に満ちた鄙の地の民衆のイメーヂと深くかかわっているように思えるのである。このことは、山本健吉氏も、別な観点から「この句には『奥の細道』の長道中を終えた気持の余韻が、たゆたっているように思う[10]」と指摘しているが、それは、「気持の余韻」と言ったような情緒的なものでつくせる問題ではなかったと思う。ついでに山本氏のこの句に対する解釈にふれると、

　この句のイメーヂは、花の下の乞食である。その乞食の中に、芭蕉は一瞬かくされた尊貴、あるいは過ぎ去った栄光を想い描いた。乞食の薦に、人々の正月小袖にも過ぎた派手やかなイメーヂを描き出した。「大勢の乞食がゐるが、あの中には或は偉い人がゐるかもしれぬ」（安倍能成）と言うのではない。ある一人の乞食の薦姿の中に瞬間的に見とめた栄耀である。（『芭蕉』新潮社）

と、従来の常識的な解釈を一歩も二歩も深めているが、「過ぎ去った栄光」とか、「瞬間的に見とめた栄耀」とか言うことは、茶道の「さび」の、余りに美学的な解釈の適用のように思えてならない。勿論句の解釈を作者のモチーフの内に押しとどめ、作者の側からのみ考える必要は毛頭ないが、私はここで乞食者に対する伝統的

視点を再考してみることも必要ではないかと思うのである。つまり、芭蕉文学の一面に一貫してみられる風狂の思想は、乞食者のイメージと密接に関連すると認められるからである。

二　芭蕉と風狂

芭蕉の思想を論ずる資料とすることには問題があるが、支考の「陳情表」（『風俗文選』所収）に「翁の曰ク、俳諧といふに、三つの品あり。」として、「寂莫」と「風流」と「風狂」を挙げ、「綾羅錦繍に居て、薦着たる人をわすれず。風狂は其言語をいへり。」とふれていることを問題のてがかりとしたい。支考はさらにこれに続けて、「言語は、虚に居て実をおこなふべし。実に居て虚にあそぶ事はかたし。」と述べているのであるが、ここから先ず問題となることは、風狂ということが「綾羅錦繍に居て」も「薦着たる人」と同じ立場に精神を置くという「やつし」の態度であるということと、「虚に居て実を行う」という虚実思想と風狂が関係を持つことである。

第一の点に関しては、『三冊子』に「又或旅行の時、門人二三子伴ひ出られしに、難波のやがてこなたより駕下りて、雨の薦に身をなして、入り申さるゝと也。その後、此事を問へば、「かゝる都の地にては、乞食行脚の身を忘れては成りがたし」と也。」（「わすれみづ」四四）と述べたと言われるように、「かゝる都の地」にあって自らの主題を見失わないためには、「乞食者」に心をやつすことが不可欠の条件であるというのである。ある程度の才覚を持ち、要領よく立ち廻れば、それなりの安楽な市民生活を得ることが出来る都市社会は、土地によってきびしく条件づけられた農村社会にくらべるとはるかに解放された場である。青年期の芭蕉が、京都あるいは江戸といった都市をめざして出てきたことは、志をいだく人間の志向として十分うなづけるのであるが、町人社会の現実主義に、芭蕉は虚妄の陰を認めざるをえなかった。芭蕉の風狂は、つねに江戸とか、前記『三冊子』に見る難波といった「かゝる都の地」にかかわる時、とくに烈しく想起された思想であったのである。風狂とは、芭蕉にとって、古典の権威を前提とした教養主義や、それから派生した衒学主義、それに権門富貴に一歩でも近づき、それらの人々に取りいろうとする追随主義から身を守り、芸術の主題を、妥協や中和を排して追求するための基本的な精神であった。芭蕉は、江戸に出て、あるときは「仕官懸命の地」(『幻住庵記』)をうらやみ、またあるときは、世の宗匠に伍して、知識のたわむれに浮身をやつし、学のある俳諧師としての世間的名声を博することで「身を立てむ事」(『笈の小文』)を願ったり、「風雅の魔心」(『栖去之弁』)にたのんで俳諧に野心をおぼえたりしてすごした。しかし芭蕉は、自分の信ずる芸術の主題をごまかさないで追求するためには、そうした世俗の名利にとらわれる心と闘い続けなければならなかった。かくして、既に天和元年の懐紙に「閑素茅舎の芭蕉に隠れて自ら乞食の翁と呼ぶ」と書いて、名利への想いを断ち切って生きようと決意したとき、風狂の観念は芭蕉の心を深くとらえていたのであった。しかも、それは、何も芭蕉一個人の自覚とか精神の覚醒であるとか言う問題でなく、元禄の俳諧史の動向に深く根ざした思想でもあった。

そもそも俳諧は、純正連歌の伝統主義と和歌的抒情の感傷性に対し、戦国時代末の町人の現実主義の精神に迎え入れられた言葉の遊びであり、ウイットを中心とした「ふざけ」として流行した文芸であった。それがやがて古典学者として町人階級に君臨した貞徳によって秩序づけられ統一されるや『犬つくば集』に見られるようなウイットは、内容のない言葉のしゃれに堕してしまい、俳言という用語を除けば、和歌と同じ内容のものであると考えられるに至った。その結果、文芸としての権威づけは行われたかも知れないが、現実の多様性をとらわれずに見つめる滑稽の精神は見失われてしまった。そもそも貞門俳諧は、文芸外の要因に支えられて一座を結成した特権町人達の生活の装飾的な欲求にこたえるものであったため、滑稽の精神は、精神の演技として浅薄化され、古典の権威を借りた遊びに堕してしまった。しかしながら、新興町人層の解放と自由を求める気風は、形骸化した伝統を否定し、「自由変化の趣向」と「活法自在の句躰」（岡西惟中『俳諧蒙求』）を求めしむるに至り、貞門的規制をつきくずし、談林俳諧を生み出すに至った。そして、この談林俳諧の思想的裏付をなしたものが「虚実思想」であったのである。風狂の思想と文学は、このような談林俳諧のなかから成立したのであって、そこには「俳諧を学び給はば八代集、新勅撰集、いせ物語、狭衣つねづね学び給ふべし。源氏物語はわきて故事多くて尤至宝たり。」（池田是誰『玉くしげ』）というような意見に代表される貞門俳人の伝統主義は、「軽口のリズム」によって先験的権威のベールをはぎ取られ、町人的現実感の表現の手段に換骨奪胎されてしまったのである。

談林俳諧の指導者たる宗因の「抑俳諧の道、虚を先として実を後とす、和歌の寓言、連歌の狂言也。」という有名な言葉は、形式化した滑稽の伝統に対し、もう一度その本質に立ち帰らせる契機を示唆していると思う。このような談林俳人の滑稽感は「俳諧とはなんぞ、荘周がいへらく滑稽なり。とはなんぞ、是なるを非とし、非なるを是とし、実を虚になし、虚を実になせる一時の寓言をいふならんかし」（『俳諧蒙求』）というような発言に集約出来るのであって、伝統や常識がつくり出す既成の観念の現実性を否定し去り、あるがままの現実と人間の空想力の自由な想像力のありようをそのまま肯定し、「おもふまゝに大言をなし、書いてまはるほどの偽を言ひつゞくるを、この道の骨子」（『俳諧蒙求』）とする「まことの俳諧」を成立させたのであった。それはまさに、江戸「初期の門閥的商人の少数者支配」の体制を否定し、実力により進出した「新しい多数の問屋・仲買層」という新興町人層[11]の自主独立の気概と相通ずるものがあった。貞門俳人が、俳諧を和歌や連歌に一歩でも近づけ、和歌の権威に従属することで、少しでも俳諧の文芸的権威を高めようとしたのに対し、談林俳人は、「心の天遊変化自然の大自在底」（『俳諧蒙求』）を主張し、即興的で大衆と共に楽しむ遊びを前面に推し出したのであった。そしてそれは、現実のあらゆる秩序感に反発し、既成の観念を否定し、「常をやぶり、俗をみだる」（前記書）ものであることを主張してはばからぬたくましい現実的精神に支えられて、実に多彩な町人の生活を表現にとりこみ、善悪美醜を超越した人間の多様性に眼をひらく姿勢を詩において確立したのであった。こうして談林俳人の虚実思想は、伝統的な価値観や秩序観の転倒を実現したのであるが、やがてそれが、風狂へと転化せざるを得なかったところに、元禄時代の特質を見るのである。北島正元氏によれば、元禄時代は、「数世紀にわたって成長してきた日本封建制がはじめて確立した時期」であり、「それをささえる世界観や日常の倫理においても、当然新しいよそおいが必要」とされた時代でもあった。[12] そしてそれは、「将軍ないし大名を頂点とするきわめて細分化された家臣団の身分構成」を固定化し、「士の農・工・商三民にたいする絶対的な優越」を制度的に確立した時代でもあった。経済活動によって社会的実力を成長させてきた町人階級も、制度化された身分秩序の枠を超え出ることが出来なくなってしまったばかりでなく、経済活動自体も権力によってきびしく制約されてしまったのである。そうした現実においては、「常をやぶり、俗をみだる」滑稽精神も、いたずらに軽薄な言語遊戯にとどまる衛生無害な一時的欝憤ばらしに堕するか、人間的自由に目覚めたことにより一層深い現実の不条理と挫折感へと転化せざるを得なかったのである。こうした武家社会の身分構成や序列の固定化は、気骨ある武家や下級武士の不満を社会的に生みだしたばかりでなく、大名貸をするるような大商人に隠逸の心情を植えつけたようであった。こうした不満や不安や逃避的な心情が、やがて初期談林俳諧の明るい解放感を変質させ、「佶屈晦渋のしらべと、奇警な発想と、そしてかすかな悲寥の翳」[13]を持つ、後期談林俳諧を生み出す母胎となったと考えられる。そうした風潮は、尾形仂氏の指摘によれば[14]

干瓢《カンペウ》や五条のゆかりとおもへば　重長

日暮まで物くはざりけり柴の雪　里雪
夜寒さこそ松の木柱火ふき竹　秋風

のごとき「貧寒を侘びる風狂の情趣の把握において、特に顕著に看取できる」のであった。芭蕉の風狂も、こうした談林俳諧の動向に根ざして自覚化されるに至った精神であったのである。

人間の自由を求める精神のあらわれである滑稽・諧謔・諷刺といった認識は、権威と形式と慣習の虚妄性を見破るところに成立するもので、虚妄な価値意識や権威体系を支える社会の支配体制の崩壊によって、はじめて明確な思想の形を取るに至るものである。伝統化した抒情の精神が、生きた人間経験と遊離したものと化し、固定化した権威に枠づけられた伝統的な美意識に基づく正統性や礼節の見せかけに堕する傾向があるのに対し、滑稽の精神にもとづく詩精神は、反正統、反権威、反通俗であることを生命とする点で、すでに「風狂」の要素を含むものであった。この滑稽が俳言という言葉のしゃれにとどまる限りでは、ふざけの要素が大きく前面に出て、内容の浅薄化を免れないが、滑稽の精神の本質に目ざめれば、既成の物の見方や感じ方の虚妄性を脱して、現実経験のもつ一回的な個有性とその多様性を生き生きと認識することが可能となるのである。芭蕉が貞門→談林という俳諧の歴史をうけとめて、滑稽の伝統を「風雅の誠」といった、およそ滑稽精神と縁遠いような理念に結実させたのは、そこには滑稽の伝統の正しい継承が認められたからであって、単なる中世的伝統への回帰と考えるべきではない。

一般に芭蕉が中世的詩人として評価されるのは、現代の研究者がそう考えたというより、芭蕉自身が、自己の芸術の系譜を、西行、宗祇、利休、雪舟といった中世の芸術家の精神伝統に位置づけたことに起因すると言える。事実、中世文芸の特質である、文芸理念としての「わび」、世界観としての「無常観」、方法としての

「心付」を考えると、芭蕉をそのまま中世の延長に考えることが可能なのであるが、俳諧という滑稽の精神に根ざした文芸を選びとった限り、古典を先験的な権威として尊重する態の伝統主義者になり得るはずがないのである。したがって、芭蕉を単に中世詩人として認めることは、織豊時代から江戸初期へかけての反中世的な文化活動期の介在を無視する系譜論に陥る危険をはらむのである。浅田善二郎・弥吉菅一共著の『芭蕉』のなかに、芭蕉を「『さび』というような芸境詩人としてではなく、もっと人間的な風狂という立場から考えるべきだと考える。彼が死への最後の旅まで、手ばなさなかった『奥の細道』でも、風狂的性格を裏にすえて見抜いていかないと、その価値は半減する。[15]」といった「風狂」に力点を置いた見方が述べられているが、このような芭蕉観は、何も戦後の芭蕉論の特色でなく、すでに明治の『文学界』同人の芭蕉理解の特色でもあったのである。参考までに戦後の芭蕉論のなかで風狂を重くみる論考を挙げると、大谷篤蔵氏が、「風狂」の精神を中心に、その展開過程で芭蕉の連句の基本構造を考えようとされた論文[16]を発表され、前に引用した尾形仂氏の論文も、談林から蕉風への中心課題に「風狂」の詩精神を据えておられる論文などが特に注目される。私は、明治二十年代と戦後の芭蕉理解が、風狂といった把握において共通することを大変興味深く思うのである。

三　風狂の伝統

半封建的なものをそのまま残しながら、一方では自由民権運動を抑えつつ、上からの権力支配と官僚的指導で近代化をはかりつつあった明治の藩閥専制国家の編成過程で、民衆は士農工商的封建差別から解放され、まがりなりにも「各々その志を遂げる」自由を保証された。しかし封建支配から官僚支配にとってかわられた時代にあって、そのような解放と自由を求める人間の基本的願望は官僚の権力支配機構の場においておしゆがめられてしまった。その根本的な問題点は、体制の固定に乗じた立身出世コースへ、無批判に飛びつく秀才の非人間的な能力主義、機構を何よりも重く見る官僚的保身に敏感な利己主義、上下の身分関係を体面において誇示しようとする体裁主義、そうしたもろもろの俗物精神がはびこる社会にあって、人間の持つ自由な創造力を押しゆがめ、全人間的解放を求める願望を国民の名のもとに抑圧してしまった日本の近代の未熟さにあったのである。

西欧のキリスト教思想にふれ、西欧文学の教養を身につけ、封建的な人間観を否定しようとした『文学界』同人が、自分達の主張を「明治二十年代初期の暗さ[17]」のなかで自分達の主張を「日本の中世美に仮托」して展開したことは一体何を意味するのであろうか。明治的な立身出世主義と国家主義道徳をはげしく糾弾し、「人間は戦ふために生れたるを」とペンの戦いを宣した北村透谷等の『文学界』同人が拠り所とした文学伝統が、西行と芭蕉の隠者文学であり、隠者の風狂の文学精神が戦いの糧となった事は興味深い事である。それは、『文学界』の二号と三号を覗いただけでも読みとれる傾向である。二号では星野天知の「利休居士」をはじめとして、透谷の「人生に相渉るとは何の謂ぞ」においても、「来りて西行の姿を山家集に見よ、孰れか能く言ひ孰れか能く言はざる。」「無言勤行の芭蕉より其詞句の一を仮り来つて、わが論陣を固むるの非礼を行はざるを得ず。」といった具合に、西行・芭蕉の文学がよびさまされているのである。藤村は「馬上人世を懐ふ」の一文で「流れ行く水も理想の姿なりとせば、西行・芭蕉・ダンテ・セクスピアの徒これまた風流の姿にあらずや。」と、西行・芭蕉をダンテ・シェクスピアと同列に論じている。第三号では、平田禿木氏が「鬱孤洞漫言」で「此処に西上人の涙あり、蕉翁の霊あり、幾代詩人の気、凝て別に言ふべからざるの香世界と化す。」と述べ、その他戸川残花・馬場孤蝶といった主な同人は無論のこと、寄稿家のほとんどすべてが、西行・芭蕉を「わが国には西行、西の国にはバイロン、シュレーの徒[18]」とか、「汝の四肢五躰は西行・芭蕉に異るところあるか。汝の八孔九竅はダンテ、ウオヅヴォースに異るところあるか。汝は黄金と名利とを拝することを知りて、更に詩神を拝することを知らざるか。[19]」といったように、西行・芭蕉の文学に対し、讃仰を惜しまないのである。そして日本文学の伝統のなかで、この二人だけを認めるといった立場を共有しているのである。しかも彼らの思想はほとんど透谷の影響下にあり、その基本思想は、透谷の「徳川氏時代の平民的理想」が尽くしているように、「高尚なる平民の上に」ある「人間の霊性」を解放し、創造的人生のモチーフを見失わないで生きようとすることと、それを涸渇させてしまう「社会の組織」との矛盾葛藤のなかで、「生命なき理想」境に埋没するか、「放縦豪蕩に」「一生を韜晦し去るより外」なき庶民の欝屈のなかに「不自然（アンチナチュラリズム）」と「過激（エンサシァズム）」を見ようとする態度であった。透谷が自らを「風狂」と呼び（「三日幻境」）、藤村が「狂客」（「石山寺へ「ハムレット」を納むるの辞」）と称したのも、このような立場に立つからであって、彼等は、このような風狂の精神の伝統を中世の詩精神に求めたのであった。西行や芭蕉が求めた風雅とは、彼らにとっては「凡ての秩序と縄墨とを破り去りたる生命的活動物」そのものであり、「最も平民的なる最も霊性的なる固有の性質」を有するものと考えられていた。従って、「世俗に於ては無用物」であり、それはまた「人をして、不健全ならしめ不道義ならしむる物狂おしき精神でもあった。[20]」そして彼等は、「処生利巧の名家」「売徳の偽君」が、恥知らずにまかり通る市民社会の俗物精神に反逆することで「狂が不狂か、不狂が狂か」といったように、正常なるものの虚妄と狂的なものに宿る真実を見抜く価値観の顚倒を強く主張したのであった。[21]

しかしながら、明治における風狂の精神は『文学界』同人の「狂」そのものの主張よりも、森鷗外の「寒山拾得」に、内面的な精神の系譜を見ることができるのである。素材となった寒山拾得は古来、東洋的風狂人の典型として、とくに禅僧の間に受け伝えられた。乞食に身をやつした彼等の人間像に関心をいだいた鷗外が

「寒山拾得縁起」によってこの作品を成した底には、鷗外自身の「五十年の生涯に夢見た人間像[22]」の投影があったと考えられる。高橋義孝氏の表現を借りていうなら、「社会とか歴史とか教養とか、さういふ人間的に文化的な、精神的なものの一片だに身につけてゐないやうに見える乞食僧の寒山と拾得」は、実は、そのことによって「人間世界の全体を見下す神々で」あったという。そうした価値転倒を実現して見せることが風狂の精神なのである。[23]こうして、風狂とは、最も確実な存在と考えられている日常性や価値観の虚妄を見抜くことにより、反俗と反価値に真実を認めようとする精神のあり方であり、虚妄と無常の現実から、真実と永遠をつかみとる詩精神そのものだったのである。高橋氏が「『高瀬舟』は、神の如き愚者を描くことによって、『寒山拾得』は愚者の如き神を描くことによって一対を成すところの詩であった。」と評された言葉は、詩精神と風狂との関連を考える上で、多くの示唆を与えるものと言える。

こうして、明治における風狂の精神の表面をかいなでたところからも、それがまた芭蕉と密接な関連があることを知るのである。『文学界』同人の西行・長明への関心が、芭蕉に媒介されたものであることは、藤村のことばで衆知のことであるが、寒山もまた、芭蕉が理想として思慕した人間像であったのである。

こうした関連をたどると、乞食者の境涯に身をやつすことによって、最も根源的な人間存在を探りあてる事が、風狂の精神の基本であったということ、そして文人精神のあり方とも深くかかわる問題であったことを知るのである。

四　文人精神と風狂

漢詩人菅原道真は、「中央を離れることを余儀なくされた讃州もしくは鎮西の失意時代」に「民衆生活に触れた諷諭的な意識の散見するすぐれた作品」を残したが、[24]そのなかに、讃州時代の「路に白頭翁に遇ふ」という俗語的口語調による長詩と、会話体の「藺笥翁に問ふ」という詩がある。白頭翁は、茅屋に住んで資材としては、櫃一つに竹籠一つという極貧の生活にありながら、顔色は桃花のような色つやを持つ老翁であり、藺笥翁は、偏脚痀僂で、どうにもならない片輪人である。しかも生活は赤貧洗うが如き状態でありながら、一人の老妻と三男二女を養って晏如として暮らす職人であった。道真は、こうした「貧窮庶民群像」のなかに新しい人間像を発見し、それを新しい詩体によって定着させたのであるが、そのような人間発見を可能にしたものは、川口久雄氏の説によれば「白居易たち中国詩人に貫かれていた諷諭精神の把握」によるものと考えられているのである。ここにも、現象的な民衆ではなく、本来的な民衆のみが持ちうる諷諭精神によって、風狂のイメーヂが詩の形で創出されたことを認め得るのである。道真が、詩や文芸とは無論のこと、道真の地位や才幹ともかけ離れた浮浪者、窮迫の老人、塩焼、掘立小屋の乞食等の貧窮庶民の存在や、はては博奕の徒といった社会のあぶれ者達の人間像を詩によって造型したことは、[25]宮廷貴族社会の栄耀の陰にある虚飾と非人間性に対する批評意識が、詩人の反俗精神の中に意識化されていたからだと思う。

そして、この道真が詩人として許した数少ない文人の一人に紀長谷雄がいたのである。紀長谷雄は下級官僚の出身であったが、刻苦勉励の結果、晩年には参議従三位中納言にまで進んだ人物である。しかし、その詩作には、山居隠逸を詠んだものが多く、「一身漂泊して浮名を厭ひ、試みに避る喧々たる毀誉の声。秋水冷しく暮山清し。三間の茅屋残生を送る。」（山家秋歌『本朝文粋』）といったように、仕官の生活にまつわる虚栄に背を向けた精神を吐露したものが多かった。この紀長谷雄が「白箸翁詩序」（『本朝文粋』）という全く装飾的文辞を排除した詩序をものし、後にこれを独立した作品「白箸翁伝」としてまとめ、一種の「伝」の文学として認められる作品に仕立てあげているのである。

その内容は、まちかどで箸を売る老人がいたが、あまりにも不潔な身なりのため誰もその箸を買うものがいなかった。しかしその老人はそんなことに一向頓着することなく、酒を飲ましてくれる者がいれば、多少を言わずに飲んでよく酔って、それを一番のたのしみにしていた。そして年はいつでも七十才だといっていたが、八十才になる売卜者の子供の時にもあの通りだったといっているので百才以上であることは確かだという話で、一種の神仙説話に類する小品なのである。しかし長谷雄はこの一文の結語の部分で「亦恐消没不ㇾ伝二於世一。故記ㇾ所ㇾ聞。貽二於来葉一云爾」と記して、この伝を後世に是非伝えたく思ったのは、単に神仙伝的興味に発したものとは考えられないのである。事実、この白箸翁伝を読んだ元政は、それを『扶桑隠逸伝』中の一人物に加えるに当って、「賛に曰く異人の窟宅する所、独り岩穴のみに非ず。亦、市鄽（してん　注市街地）に狂する者有り。蓋し岩穴に晦ます者は、或は時有りて其光を見るなり。所以に、巣父と雖も未だ耳を洗ふことを免れず。市肆の間、行人の往来する所は、乞者の居止する所なり。跡をこの中に匿さば、誰れか得て其の美を知らん。」と賛したように、白箸翁の乞食姿の裡に人間の美質を読み取っていたのである。道真の平明でリアルな詩が諷諭の精神を母胎に創り出されたように、長谷雄の白箸翁伝のような散文的な漢文体の創出が、風狂人の描写において成立したことは、散文の機能を示唆する事実と言える。

こうして平安末期、つまり院政期に至ると、貴族社会のゆきづまりに伴って、人間観と価値観の解体も進行し、貴族社会の位階を至上とした権威主義の序列が、民衆の創造的な営みの前に崩壊し始めたのであった。このような時代に、反権威反世俗の精神を体現した風狂人のイメージが説話の形で純化され定着を見るに至った。その代表的な人物像が玄賓と増賀だったのである。

増賀説話に関しては西垣修氏の「風狂の先達」[26]の論文が、問題を尽くしている。増賀のふるまいは、西垣氏も指摘するように、「京師の貴紳に対する場合」にだけ見られ、民衆に対してはむしろ親しみのある人だったようである。叡山での狂気のふるまいも、ただ学生の特権を自ら棄てて、下僧や乞食と行動を共にしただけのことであった。「此の禅師は物に狂ふか」とさわぐ大衆に対し増賀は「我は物に狂はぬなり。かくいはるる大衆たちこそ物には狂し侍るめれ」(『発心集』)と、自らを狂と認めなかったのである。特権と権威に飾り立てられた人間存在を肯定する態度に、徹底的な批判を投げつける態度は、『今昔物語』や『宇治拾遺物語』で有名な三条大后宮の受戒の場での狂態にもっとも鋭く表現されている。大后宮を前にして、庶民の口の端にのぼるような猥談をする態度は、まさに貴族の単なる装われた威厳をその根底から無視する精神に発したものであった。こうした、増賀上人の説話は、『発心集』や『撰集抄』といった明確な主題意識をもった説話文学集に話の本質をふまえて定着されたのであった。玄賓についてはすでにふれたが[27]、玄賓僧都の説話形成には、『摩訶止観』の思想がその根底にあって働きかけたと考えられ、増賀の物狂いの説話にも、『摩訶止観』の教えの形象化といった一面が考えられるのである。その証拠の一つは『閑居友』上の「玄賓僧都門をさして善珠僧都をいれぬ事」の章で、玄賓の行為の説明に、止観の中の有名なことばである「徳をつゝみ、きずをあらはし、狂をあげ、実をかくせといひ、もし跡をのがれんにのがる事あたはずば、まさに一挙万里にして、絶域他方にすべしといへり。」を引いている点や、増賀がまた止観の研究家として有名であったことからも言えることである。院政末期から鎌倉初期へかけての遁世聖たちは、この玄賓説話を、自分達の実践行の理想像と考えたのであった。長明の『発心集』は開巻第一に玄賓説話を選び、西行作と伝えられる『撰集抄』は、広略二系統本にわたって開巻第一の話に、増賀説話が据えられたのはそうした理由によると思われる。しかもこの増賀は、源信の母をして、貴族に取り入る名僧となるの愚をさとらせる鑑となった人物でもあった。源信は「多武の峯の聖人」のような貴い僧となれという母の励ましによって、叡山での出世コースを自ら棄て、横川で人間の救いを主題とした実践的浄土教の基礎をひらいた高僧であった。また、慶滋保胤は、増賀について止観を学んだ人であり、保胤の『池亭記』は長明の『方丈記』に影響を与え、その文学形式と精神のあり方が遠く芭蕉に受け継がれたのである。このように増賀説話を中心とした風狂の精神の系譜は、保胤・源信・長明・芭蕉とたどることができる。『多武峯少将物語』で有名な隠遁歌人藤原高光も、権門に生まれながら、栄位を捨てて増賀のもとに参じた人であり、道長の子顕長も、増賀を尋ねて受戒し、止観を学び、行真という高僧となった人であった。そしてさらに弟子仁賀は、益田勝実氏によって、「増賀聖の弟子仁賀の行状は、師にまさって悲しい。世人があまり貴い僧とあがめるので、一人の寡婦に語らいつき、その家にはまりこみ堕落して人々に見放された。だが、事実は、かれは、その女の家で「まことには、片隅にて、よもすがら泣き」明かしていた、という。（『古事談』）仁賀は、すべての人々に見放され、名声から解放されたところで、ほんとうの自己を確認したかったのであろう。」という偽悪者の一人として紹介された人物であった。[28] そして『扶桑隠逸伝』では、この仁賀について「摩訶止観、安仁の中に云う、若し名利の毛縄を被らば、当に徳をつゞめ、疵《きず》を露はし、実を隠して狂を揚げ、若し尚、脱れずんば、当に一挙万里にして絶域他方にすべし。仁賀当に之に当れり。」というように止観の遁世思想の理想的な実践者として評価されているのである。

院政期から鎌倉時代へかけての変革期にはこうした人間像が、説話の形をとって数多く生産され、それが後世の人々の心を深くとらえたことは、風狂の精神について考える上で見落し得ない問題だと思う。大まかな系譜論を立てるなら、増賀の精神は、『徒然草』の著者兼好の心をとらえ、「いきほひ猛にののしりたるにつけて、いみじとは見えず。増賀ひじりのいひけんやうに名聞苦しく、仏の御教にたがふらんとぞおぼゆる。」と書かしめ、芭蕉も、『撰集抄』によって増賀を思慕し、「西行のなみだをしたひ、増賀の信をかなしむ」（『笈日記』）という言葉をはかせているのである。そして更に話を前述の『文学界』同人に結びつけるなら、戸川残花は、この『撰集抄』を『方丈記』、芭蕉一代の文と並べて高く評価しており、[29] さらに、以上に触れた人物のすべてを網羅する『扶桑隠逸伝』の著者、深草元政の評伝を三号にわたって書き、その人物を西行と芭蕉と並べて賞揚しているのである。このような系譜を考えると、風狂の狂の思想的背景に、『摩訶止観』の出世間思想の影響を見出すのである。談林の虚実思想にも天台実相論よりする虚仮の認識の影響があり、禅の思想も『大乗起信論』や『摩訶止観』などによる仏教的認識論から展開したものであることを考えると、風狂の精神と文学について考える上で、止観の影響は見落すことが出来ないのである。更に加えるなら、近世の隠逸思想に多大の影響を与えた『扶桑隠逸伝』の著者元政も、止観の学者でもあったのである。

五　反俗精神の伝統

風狂の文学について、すべて触れるとなれば、『本朝高僧伝』の著者が、「偈頌を賦し、和歌を詠じ、頗る其の言を恣にして、風狂の如く然り」と評し、自らも好んで「風狂狂客起狂風」（『狂雲集』上）と、風狂を自任した一休や、芭蕉に菅蓑を贈り、その蓑を芭蕉から譲り受けるといった風雅の交りを持った金沢の北枝や、俳狂とも風顛漢とも呼ばれ、生活則俳諧という実践を生きた惟然坊のような俳人の存在に及ぶべきであり、さらにこの惟然坊の俳風を倣った一茶や、古くは「数奇」をたてて、隠士を以て自認した歌人の系譜についても考察する必要がある。芭蕉の風狂を考えるに当っても、芭蕉が最も私淑した西行の存在を無視し得ないように、中世歌人がとらえた「心」の把握は、「風狂」のとくに「風」の内容を考える上で見落すことの出来ない問題をはらむと考える。

私は、文学における反俗の詩精神の問題として風狂を考えようとしたのであるが、社会とか歴史とか文化とか、すべて人間を外側から規制し、そのことによって人間を部分化し物化してしまう外在的秩序や価値体系を、アナーキーに否定する風狂の精神を全的に肯定したわけでもなければ、文学価値の評価の基準として風狂を考えたわけでもない。ただ東洋のヒューマニズム思想の一形態として、もう少し具体的にいうなら、体制秩序に依存することで自己の存在性を拡大化しようとする立身出世的人間観や、労働・利潤の観点を重視する功利的人間観の虚妄性をあらわにし、そのような人間観を否定することで、本来的な人間、透谷の表現を借りるなら「内部生命」の輝きを取り出そうとした風狂精神を評価してみたかったのである。それに、現代のように教育が普及し、マスコミが発達し、大衆世論をある意図のもとに組織し易い時代にあっては、体制に依存した権威や価値の相対性と虚妄性をつく思想、もしくは、人間の虚栄的な側面を強く否定する隠者的思惟の伝統の有効性を再評価する必要があると考える。

注

(1) 元禄二年九月十日付　卓袋（推定）宛書簡
(2) 元禄三年正月十七日付　万菊丸（杜国）宛書簡
(3) 元禄三年正月五日付　式子・槐市宛書簡
(4) 元禄五年二月十八日付　曲水宛書簡
(5) 元禄三年四月十日付　此筋・千川宛書簡
(6) 『校本芭蕉全集　第八巻』（角川書店　昭和三十九年）一一四頁の注による。
(7) 元禄三年正月二日付　荷兮宛書簡
(8) 元禄三年四月十日付　此筋・千川宛書簡
(9) 元禄二年閏正月乃至二月初旬筆　猿雖（推定）宛書簡
(10) 山本健吉著『芭蕉』（新潮社　昭和三十二年）

(11) 中井信彦「近世都市の発展」『岩波講座　日本の歴史1』
(12) 北島正元著『江戸時代』（岩波新書　昭和三十三年）
(13) 尾形仂「蕉風への展開」（『国語と国文学』昭和三十二年四月）
(14) 前記論文
(15) 浅田善二郎・弥吉菅一著『芭蕉』（三一書房　昭和三十七年）
(16) 大谷篤蔵「蕉風連句における人間」（『国語国文』第二十八巻第五号　昭和三十四年五月）
(17) 猪野謙二「芸術における近代化と伝統」（『近代日本思想史講座』7　筑摩書房　昭和三十四年）
(18) 鷗水「秋窓夜話」（『文学界』二十三号）
(19) 批把坊「人生の風流を懐ふ」（『文学界』四号）
(20) この部分の引用は、平田禿木「スミルナの花」（『文学界』十三号）による。
(21) この部分の引用は、星野天知「狂僧志道軒」（『文学界』五号）による。
(22) 高橋義孝「解説」（『現代日本文学全集　7　森鷗外集』筑摩書房　昭和二十八年）
(23) この部分の引用は、高橋義孝著『森鷗外』（五月書房　昭和三十二年）による。
(24) 川口久雄著『平安朝日本漢文学史の研究』（明治書院　昭和三十九年）
(25) 菅原道真『菅家文草』「寒早十首」『菅家後集』「慰二少男女一詩」等
(26) 西垣修「風狂の先達」（『明治大学人文科学研究所紀要』第三号　昭和三十年三月）
(27) 伊藤博之「撰集抄における遁世思想」（『隠遁の文学―妄念と覚醒―』笠間選書　昭和五十年）参照。
(28) 益田勝実「偽悪の伝統」（『文学』昭和三十九年一月）
(29) 戸川残花「牡丹花老人」（『文学界』三十二号）

第九章　芭蕉における詩の方法

一

良寛の詩集『草堂集』に「芭蕉夜雨」と題して、次のような詩がある。

昏夢易驚老朽質　昏夢驚きやすし老朽の質
灯火明滅夜雨過　灯火明滅し夜雨過ぐ
撫枕静聞芭蕉雨　枕を撫でて静かに聞く芭蕉の雨
与誰共語此時情　たれと共にか語らんこの時の情

「芭蕉夜雨」という題は、すでに寂蓮の正治百首中の歌題にも取られ、寂蓮は

きりぎりすまぢかきかべにおとづれてよるの雨降る庭の芭蕉葉

という歌を詠んでいるのである。しかも寂蓮の歌は、白楽天の「夜雨」と題する次のような詩のイメージを下敷に歌の想を構えたと考えられる。

早蛩啼復歇　　早蛩啼き復た歇む
残灯滅又明　　残灯滅して又明るし
隔牕知夜雨　　窓を隔てて夜雨を知る
芭蕉先有声　　芭蕉先ず声有り

また「芭蕉夜雨」というイメージは中世禅林での画題のなかで好まれたものの一つでもあり、現に「芭蕉夜雨」と題したすぐれた水墨画が伝存しているのである。こうして「芭蕉夜雨」という詩題は芭蕉葉にあたる雨の音に聴き入るイメージを介して、閑居泰適の情をあらたにする詩想を表わすものとして、平安時代末より江戸時代まで和歌や漢詩に繰り返し取り上げられ、隠逸詩人の情感に共鳴を呼び続けたのであった。最初にあげた良寛の詩に見える「灯火明滅し夜雨過ぐ」のイメージは、良寛の実際の生活の現実から見出された素材というよりは、先に引いた白楽天の「夜雨」の詩想が想起されることにより、かえって現実が伝統の詩情を介して再構成されたイメージというべきだと思う。また例をあげると、一休宗純『続狂雲詩集』に

葉　雨

閑林風痩動愁情　　閑林に風痩せて愁情を動せば
争奈夢魂空易驚　　争奈《いかん》せん夢魂の空しく驚き易きを
夜雨灯前明月榻　　夜雨に灯前の明月《みょうがつ》の榻にて
但聞蕉葉滴秋声　　但《ただ》聞くなり蕉葉の秋声を滴らせるを

この「葉雨」は、内容を見ればすぐわかるように「芭蕉夜雨」のことである。それにしても、中世末期と江戸

末期という三百五十年を隔てる両人の詩想が全く同じ質のものであることはどういうわけなのであろうか。この点にこそ、古典詩が、詩として成立するための条件の問題がひそんでいると思われる。

芭蕉の「茅舎ノ感」と題した

芭蕉野分して盥に雨を聞夜哉（武蔵曲）

という句は、安東次男氏もその著『芭蕉』（筑摩書房）で精しくふれたように、こうした漢詩の伝統を意識したところに作られた句であったのである。氏は特に杜牧の

芭　蕉

芭蕉為雨移　　芭蕉雨に移さる
故向窓前種　　故に窓前に向かって種《う》う
憐渠点滴声　　憐れむべし渠《かの》点滴の声
留得帰郷夢　　帰郷の夢を留め得んや
夢遠莫帰郷　　夢は遠く郷に帰る莫《な》く
覚来一翻動　　覚め来たれば一翻して動く

この詩を挙げて、「これらの詩句は、『芭蕉野分して』の句案に当たって、かれの念頭を何度か去来したにちがいない、と思わせるに充分なものである。芭蕉の句の心は、たしかに、楽天・樊川両者の詩にわたっている。」と述べていられるが、すでに『田舎句合』の評で、十七番　右

芋をうゑて雨を聞く風のやどり哉

という其角の句に「芋の葉に雨をきかんは、誠に冷《すさま》じく淋しき躰、尤も感心多し。是、孟叔異が雨の題にて檐《エン》声和ㇾ月落㆓芭蕉㆒と作れる気色に似たり。右、勝たるべし。」と記していることから、「蕉雨」の詩情を心得ていたことがわかる。もっとも芭蕉が引用した詩は、『錦繡段』の天文の項にある「夏雨」と題する詩で、「芭蕉夜雨」とはいささか趣を異にするが、「翛然たる一雨軽颸を送る。客夢驚回して夜寂寥」という『錦繡段』所引の詩と「冷じく淋しき躰」に於て共通する詩情が認められる。このように芭蕉夜雨といった詩的イメージは、なにも中国の唐末以降の流行にとどまらず、晩唐の詩、とくに杜牧等の詩の影響を強く受けた五山僧の詩のなかにも強い影響を見ることが出来るのであって、「夜雨芭蕉残夢破」(『了幻集』「山居」)、「毎吊芭蕉夜雨余」(『雲壑猿吟』「吊芭蕉」)、「秋宵風雨不辞頻　屋後芭蕉聴更新」(『南遊稿』「題芭蕉秋雨図」)等、まだ他にも多く挙げることが出来る程である。芭蕉が「蕉雨」の詩情を想起したとすれば、こうした禅僧の詩文の伝統をも考慮に入れる必要があると思う。なお、芭蕉が「芭蕉」に寄せた想念のすべては、『三日月日記』に見える「芭蕉を移す詞」が年代の点で難点はあるがよい参考になる。それには『円機活法』などといった詩作の手引書が抄録している知識や「芭蕉」にまつわる故事のすべてが並べたてられているのを見ることが出来る。その中には、例えば「僧懐素はこれに筆をはしらしめ」という、『宋高僧伝』等を通して禅僧の間では周知の故事となっていて、五山の詩文集によく出てくる懐素のことを引いている点なども、芭蕉がこれらの知識を得た背景を想像させる問題だと思う。(『類船集』によると「芭蕉」の付合に懐素手習を収録しているので一般常識とも考えられるが)いずれにせよ、芭蕉も『円機活法』にまとめられているようなことは知悉していたことは確実なのである。それならば『円機活法』にも引く蕉雨の詩情も十分知悉していたと考えて当然だと思う。

延宝末年から天和・貞享へかけての数年は芭蕉だけでなく俳壇の一部に漢詩の影響が強く見られる時代であった。このような一部の傾向に刺戟されて、芭蕉もまた漢詩の伝統に詩を探りつつ、俳諧における新しい詩の方法を模索しつつあったわけである。「芭蕉野分して」の句も、そのような時機の代表的な作例と考えられている。それで以下、この句を中心に芭蕉に於ける詩の問題を考えてみることにする。

二

この句には、また「老杜茅舎破風の歌あり。坡翁ふたたび此句を侘て屋漏の句作る。其夜の雨をはせを葉にききて独寐の草の戸」と前書した真蹟があったそうであるが、この前書きはこの句の作者のモチーフを語るものとして興味深いものがある。この句は、どちらかと言えば写生俳句の観点から理解され、雨漏りを盥に受けてやりすごすといった芭蕉庵での侘び住いの境涯そのものを表現したものと解釈されがちであり、そのため、この盥が手水盥か洗濯盥かといった論争までひき起したそうであるが、前記の前書きによれば、芭蕉が「独寐の草の戸」で聴いたものは、現実の雨漏りの音でなく、例の杜甫の「茅屋秋風の破る所となるの歌」の屋漏であり、蘇東坡の「那んぞ屋漏をして懸河に供せん」の屋漏の「侘」であったわけである。かくして、芭蕉のこの句は身辺の雑感に詩作の契機はあったろうが、体験的現実を表現しようとしたものでなく、芭蕉の言語体験に表現の根拠を持つ表現であったわけである。

ある野分の夜に聞きつけた芭蕉葉の葉ずれの音は、芭蕉をして「芭蕉夜雨」の表象世界に心を惹きこんだに違いない。それは現実の雨の音に聴き入る孤独な魂の自己凝視であると共に、言語の世界を介して「古人の心を探り」、表象の世界の中で詩的伝統を蘇らせる営みであった。このような精神の営みは、一休の詩の場合でも良寛の詩の場合でも全く共通であろうと思う。良寛の場合は白詩のこおろぎの鳴き歇む瞬間にはっと身を包む秋の夜の静寂や残灯が燃え尽きた時の微妙な心の揺らぎを詩の言葉を介してわがものとし、白詩の抒情の世界へ引き込まれることで、自己の境涯を詩的に再構成できる視点をつかんだ詩と考えられるのである。風に煽られて明滅する灯火のゆらめきは、「早蛩啼き復た歇む」といったような表象を介してはっきり見えてきた現実の事象であって、明滅する灯火が現実にあった故に詩に取り込まれたと単純に考えるべきではない。芭蕉が言っている「内をつねに勤めてものに応ず」ることは、まさにこのような機微を言い表わした言葉だと考える。いずれにせよ「誠を勉るといふは風雅に古人の心を探る」ことだと述べている芭蕉のこと故、こうした漢詩の伝統とのかかわりを抜きにして考えられないことは当然である。しかしながら、芭蕉のこの句は安東氏も指摘しているように「蕉雨雨情が盥雨閑情に奪胎換言され」ている点に面目を認むべき句なのである。つまり「夜雨」という風流閑事のリリシズムが「盥雨」といった生活の不如意を象徴するイメージを包むことで、詩情と現実意識の緊張関係を言葉として定着させた句と言えるのである。私がこの句に興味を感ずるのは、このような二つの方向に拡大深化する言語表象の可能性にであって、作者芭蕉の経験を想像するからではないのである。

芭蕉の句の鑑賞者は、例えば山本健吉氏のように、

破調に表現された句の勢いが、ややあっけなく定型の安定のなかに吸収されてしまったような安易さがなくはない。そこに十年の放浪生活を終えて、一応の生活の安定を得た芭蕉の気持の安らぎものぞけてくるようで、それとともに、芭蕉の葉のはためきや雨漏りの音に聴き入っている自分の孤独の姿を意識している隠者的な清貧を愛する態度が浮び上ってくるようだ。

と、作者の気持や態度を想像する方向で理解を深めようとするか、また安東次男氏のように

白居易から杜牧へと詩心を継いだ中国の隠士たちに向かって、芭蕉は、窓前の破蕉や雨蕉に閑適の情を遣ったあなたがたの心を心とし、わが草庵の庭にも一もとの芭蕉を植えてみました。さてその芭蕉にいま野分が来てわたしはあなたがたのことを思ってるのですが、そこで面白いものを発見しましたよ、嵐の去ったあとの盥に落ちる雨の音です。この思いがけない侘びたおかしみは、あなた方の詩座に加わる一日本人の手土産になりますまいか、俳諧とはこういうものです、というのである。

と、創作動機をさぐることで「自画像に興じる風狂の姿」を感じ取る所まで読みを深めているのであるが、この句が詩として成り立つ直接の基盤は、芭蕉の気持や態度でもなければ、芭蕉の創作動機でもないと考える。それは何処までも「芭蕉野分して」「盥に」「雨を聞く」「夜」といった言葉のイメージの重層のなかに見えてくる表象の世界であり、その表象の世界に於て経験するものが詩であると考える。そう考えるときこの句を構成する言葉が現実の事物や事物から直接受ける印象と結びつくより、言葉のイメージを通して古典の伝統的観念と結びつく傾斜を最初から強く持っている点が留意される。「芭蕉」の語は謡曲「芭蕉」を挙げるまでもなく、多くの仏典中に無常の象徴と観念されてきた伝統があり、「芭蕉葉の脆くも落つる露の身」とか、「世は芭蕉葉の夢のうちに」と、その大きく茂らせた葉のわりに破れ易く折れ易い脆さが、この世に生きることの寄辺なさの感覚を伴った意識のイメージにまで昇華させられてきた詩語としての伝統があり、その中で意味の方向性を持った語に高められたのであった。また「雨を聞く」とは漢詩の「聞雨」の語の訳ではあるが、例えば『正徹物語』に

哀れしる友こそかたき世なりけれひとり雨きく秋の夜すがらの歌をきゝて、了俊は為秀の弟子になられたる也。

とあるように、中世歌人に好まれた詩語であり、それはまた、雨に聞き入る自己の存在を雨音によって自覚化しようとする自己凝視を意味する語でもあったわけである。さらに「夜」という語は、連想による夾雑物をすべて視野から葬り去り、芭蕉葉の幻影だけを大きく闇の中に浮かび上がらせる想像力の働きを一層効果的にし、これらのすべてが「芭蕉夜雨」の詩情に集約されるのである。

ところが芭蕉は、「芭蕉夜雨」の隠者的な閑適の詩情に凭れかかることなく、「野分して」とか「盥に」といった和歌や漢詩の伝統的リリシズムには見ることができなかった動的な、そして生活的なイメージを投げ込んで俗世に生きる人間の姿を詩として救い上げたのであった。「茅舎の感」という前書も、単に芭蕉庵での所感というよりは、元禄泰平の世に敢て杜甫の屋漏を想起したという芭蕉の時代へのかかわりの姿勢を表現した語と言える。そして、われわれがこの語に接した時に感得するものも、時代の矛盾を制度的な圧力によって下へと皺寄せし、それを尤もらしいモラルによってごまかした見せかけの泰平を、まさに茅舎と感じる思想のイメージなのである。

かくして、ほんの一例で性急な結論めいたことを言うのは、学問的な態度と言えないが、芭蕉の句に詩を見るとしたら、それは作者の動機や態度にあるのでなく、句を構成する言葉のイメージや意味の方向性が、あるいは対立し、あるいは重層する言語的表象を介して、読者が、何を体験するかと言ったことに詩の問題がひそむと考えるのである。そのためにはどのような言葉がどのように組み合わされて、一つの完結した表現を構成しているかと言った点が問題にされる必要がある。

三

宣長が『あしわけをぶね』で、「心に思ふことをありのまゝに思ふ通りに言へば歌をなさず、歌をなすといへども採るに足らざるあしき歌なり。」と述べ、「たゞ求むるは詞なり。」と言い切ったことは、詩における「言葉」の問題を端的に提示した立言と言える。たしかに日常生活での実感は、それがたとえどれほど感動的なものであろうと、それはそのままで詩になるはずがないのである。つまり、単に「心」に「詞」を与える所に詩が成立するのでなく、「詞」によって把握した「心」を表現したものが詩なのである。宣長は、「ことばさへうるはしければ、意はさのみ深からねども、自然とことばの美しきに従うて意も深くなるなり。」とも言っているが、単なる伝達を目的としない言葉による表現は、作者の表現意図の範囲に限定さるべきでないのである。作者の動機や意図は、作品に対してはどこまでも契機であって、作品の言葉は、言語表象の核となることでその周囲に作者の意図を超えた結晶を絶えずつくり出しつつ、可能な限り生長を続けるものである。芭蕉の数多くの句の中でも古典としての生命を持つものは、その極く一部の作でしかないのは、作品が言語表現のレベルで評価されるからであって、芭蕉という作家が有難いからその作品を古典と考えるとしたら、全作品が問題とされねばならなくなる。芭蕉が寛文頃に作った普通に貞門流と言われる句が、現在研究者以外には全く顧みられることがないのは、言語のレベルの問題で表現が低い次元にとどまっていたからであって、作者の想像力が浅薄だったからではない。

例えば寛文六年作と推定される

寝たる萩や容顔無礼花の顔

と、元禄五、六年頃の作と考えられる

しら露もこぼさぬ萩のうねり哉

の両句を比較して、前者が言葉の見立てであるから感動が浅く、後者が萩の姿を巧みに表現しているから実感があると即断は出来ないのである。両者の発想の契機は共に萩が地に伏して乱れ咲いた様を想像しての作と考えられ、そこに萩の最も萩らしい美しさを認めての作である点も共通と言える。しかし前の句が萩の美を表現するのに謡曲や語りもので美人を形容するときに頻用された成句「容顔美麗」という語に依存しつつ、それのもじりで意味を表現しようとした点と、「寝たる」→「無礼」といった通俗の観念に依存した言葉の連繫によって句をまとめた点は、「容顔美麗な顔」と「寝たる」姿の「無礼」さといった既成の公認の観念に行きつくことで句の理解が終ってしまい、そこから新しい展開や理解の深まりを求められなくしている。この時期の句の多くが、「縁語で言葉おかしく仕立てた句」とか、「擬人的に見たおかしみの句」とかいった評語をもって締めくくられるのは、「おかしみ」それ自体が価値を低めているのでなく、「おかしみ」が常に和歌の権威による歌語の観念に依存した「おかしみ」であったり、心なき自然に既成の通念を見とどける「おかしみ」であったりして、精神の飛躍における「おかしみ」でなかった故に新しい価値を認められないのである。そこに流れるものは、現実の矛盾に目覚める精神の躍動でなく、現実に埋没し、現実と共に動く精神の流動感がもたらす見せかけの自由であるが故に、自己の感受性も人間と無関係なはずの自然現象も、すべて公認の価値体系のなかに繰り込んでしまう発想しか出てこないのである。飛躍した言い方をするならそれはまさに、価値意識や人間関係の隅々にまで体制の支配を貫徹せんとした幕藩体制の確立期の文化の動向により沿う形で、自己の才能を開花させる姿勢がもたらした想像力のあり方と言えるものであった。

それに対し、後の句に見られる「しら露」と「萩のうねり」といった既存の連想の観念では結びつかないイメージを「こぼさぬ」という状況のイメージで統一した想像力の機微は、前者のそれとは基本的な方向で異質なものというべきである。形式的には比喩とか見立てと同じ構造をもつ発想と考えられるであろうが、前者が何処までも公認の観念に寄り添おうとした想像力による作品であったのに対し、後者は言葉による新しいイメージの創造を意図した想像力の働きによる所産と言える。しかしながら、その想像力の基本は普通には緻密な観察力によるもの、つまり写実にあったと考えられているのである。この句を解説した文が「萩に白露の置いたさまが、萩の姿を巧みに生かして把握せられて」いるとか、「技巧の句ではなく、真実感合の句である。」とかいった評語を加えるのが常道であるらしい。しかし、『白露』は『露』に同じ」といったたぐいの解釈は、句の表現性を誤るものであって、「露」と「白露」とでは、提示しているものが同じ物であるから同じ意味だと考えるのは暴論であって、この両語は、すでに語としてのレベルが違うのである。「白露」という語は、例えば万葉四三一二の歌に

秋草に置く白露の飽かずのみ相見るものを月をし待たむ

とあるように、月の光に映えてあえかに光る露の様が心象イメージとして定着した所に生み出された語であり、われわれは逆に和歌の伝統に学んだそのようなイメージがあればこそ、いとも容易に露の美感に言葉を与えることが可能となるのである。こうして「白露」は即物的な指示性に力点のかかった「露」という語とは、その語としての機能が違うのである。しかも、このことを理解しないと「白露も」という「も」の語の働きが

理解できなくなるのである。『句選年考』には『鳩の水』なる逸書から引いたとして「月かげをこぼさぬ萩のうねりかな」という芭蕉の句を挙げているそうであるが、この句は「白露も」の句の読者が「も」の助詞の働きによって導き出されたもう一つのイメージを句に仕立てたものだと考えられる。「白露も」の表現には、「白露を」と言いかえたのでは全く脱け落ちてしまうイメージが指示されているのである。それが「月かげ」だったのである。秋の夕暮にいつとはなしに光を増した月の光を、まず萩の露の一瞬のかすかなきらめきに発見した時の心のはずみと、気がついてみれば置き余る露に白い月光の光量のすべてがそこにのみそそいでいるかのように思える面白さとが、心象イメージとして目に見えてくるのである。それはすべて「白露もこぼさぬ」といった表現の働きに依るのであって、作者の実感が言葉を介して伝わるからでないことは当然の理である。元来この句は杉風筆の「採茶庵什物」によると、採茶庵の実際に触発されて詠んだ句であったらしく、それが萩の画賛として転用されたものが伝存されたのであるが、萩と露を取り上げたところは、例えば万葉二一〇二の

この夕べ秋風吹きぬ白露にあらそふ萩の明日咲かむ見む

の歌を始めとして、和歌の伝統のなかで公認されてきた型をもった詩的イメージだったので、芭蕉もその点では既存の美意識の枠取りで現実を再構成して見せただけのことで「採茶庵の実景を詠んだ」というようなものではなかった。しかしながらこの句の眼目は、萩に露の置いた美しさ一般というようなものでなく、「こぼさぬ」「うねり」という語の組み合わせによって創造した新しい美意識にあったのであって、この点は、まさに宣長の言を借りるなら「ことばの美しきに従うて意も深くなるなり」といった表現の問題と言える。「こぼさぬ」という語を、詩語に取り入れることを何から思いついたかは、全くわからないが、ほとんど同じ時期に

一露もこぼさぬ菊の氷かな

という句を作っていること等を思い合わせると、こぼれようとしてこぼれないあやうい均衡を、つなぎとめる力の側から「こぼさぬ」と表現することに、いささかの愛着心があったようである。たしかに、「こぼれぬ」と言わないで「こぼさぬ」と言ったことは、「白露」と「萩」との関係を有情化することであって、その有情化を通して「萩のうねり」は、単なる植物としての萩の生態のイメージを脱化して読者の心そのものの「うねり」として感じさせられるのである。このようなイメージの働きを人はよく「物我融合」とか「自然との冥合」とか呼んで、芭蕉の芸術の本質を説明しようとしているわけであるが、そのようなイメージの把握は、芭蕉にとっては一つの方法意識を身につけることによって可能となった問題と考えられる。

四

馬に寝て残夢月遠し茶の煙

この句について『芭蕉講座』では

「早行詩」に於けるが如き実景に触れ、その情趣を味はひえたことに感動して、その景を漢詩に拠りながら詠じたものである。談林以来漢詩和歌の裁入を競ふ風があるのは、和歌に於て、さういふものがあると、それを巧みに生かす程腕があると認められたもので芭蕉も亦その風に従つてゐるまでのことである。(中略）然し、無批判な古典依存は、古典の情趣以上に出ることを許さなくする虞があるので、そこを乗り超えるには、やはり芭蕉の如き血肉を通して古典を生かす人にして始めて、なしうるところであつたのだ。明治以後は全く個性尊重の風が起り、この古典的発想の風が止んだのである。

と論じていることは、この句に対する評価の常識を語るものと考えたので長くなるが敢て引用した次第である。この文にもあるように、この句は二重の意味で、芭蕉の句の「漢詩的なものの払拭過程」（山本健吉『芭蕉』）をもっともよく代表する句と考えるのである。その第一は、前に引用した『講座』の評語にあるように「無批判な古典依存」から「血肉を通して古典を生かす」態度への転換期の作例と考える立場と、第二は、この句の推敲過程そのものが杜牧への観念的依存から自立した詩的イメージへという道筋を語っていることである。第一の点については、前記引用文に「芭蕉も亦その風に従つてゐるまでのことである」といっているような簡単な説明ですまされない問題であるが私自身精密な解答を用意してないので保留することにする。（尾形仂氏の「蕉風への展開」（『国語と国文学』二十四巻四号）がこの問題への考察の一つの手がかりを与えてくれる好論文であることは、安東氏の紹介にもあるところである。）第二の点は、芭蕉における詩の問題を考えるに好都合なので、ここでいささか精しく取り上げてみたい。

この句の初稿の形は、阿部正美氏が『連歌俳諧研究』二十五号に発表された新資料によれば

夜深に宿を出て、明んとせし程に杜牧が馬鞍の吟をおもふ

馬上落ンとして残夢残月茶の烟

という形だったようである。そもそも「早行」という詩題は、例えば『円機活法』遊眺門にあげるように杜詩・羅隠詩・羅鄴詩といった唐詩以来の伝統によって、馬上・茅店・残夢・残灯・鶏鳴・宿禽・軽烟といった

ようなイメージの組合わせによって詩の内容を構成するのが常道とされていたし、それがまた詩の共通体験の原型とされたのである。例えば近世に入って漢詩の入門書として広く歓迎された『三体詩』の中の詩で言えば、温庭筠の「商山早行」に「鶏声茅店の月、人迹板橋の霜」という表現があり、劉洵伯の「早行」の詩に「一星深戍の火、残月半橋の霜」の句があるように（同じく広く愛読された漢詩集『瀛奎律髄』には、早行の詩が数首収められているが、くどくなるので触れるのは略す。）「残月」を詠み「残夢」を詠むのは、早行の詩に欠くことの出来ない縁取りだったのである。芭蕉が旅の途中で身辺の体験を契機に想起した杜牧の「早行」の詩も、こうした縁取りを持つことで、「僮僕険を辞することを休めよ。何れの時か世路平らかならん。」といった結句に見られるような思想の表現を達成した作品の一つであったと言える。それを芭蕉は「馬上落〻として」といったそれ自体としては詩的イメージを構成しない表現を持ってきて、杜牧と同じように「早行」という詩題の縁取りで包んだのであった。しかもこの句のイメージは後に『野ざらし紀行』初稿本が出来た時は、「落ちぬべきことあまたゝびなりけるに」として地の文へ移され、さらに定稿の段階で「馬上に鞭をたれて」と改められることで句からも地の文からも落ちてしまった表現だったのである。句の方は『赤冊子』の伝える説によれば

馬上落〻として残夢残月茶の烟
　←
（馬上眠からんとして残夢残月茶の煙）
　←
馬に寝て残夢残月茶の煙

←
馬に寝て残夢月遠し茶の煙

といった推敲過程が考えられるのである。私はこの改作過程に芭蕉における詩的想像力のあり方を典型的に読みとるのである。それは何かと言えば第一は、現実とのかかわりにおいて感じとる体験的意識の世界と、言語形象によって受けついだ伝統的詩情の世界との交叉する一点で、発句を詩(風雅)に救い上げようとしたこと、第二は、ことばのイメージがはらむ表現の可能性を追求することで、ことばを単に作者の表現意図の範囲に閉じこめようとしなかったことである。第一の点については、前に「芭蕉野分して」の句についての分析でも触れたが、後年に軽みの俳風に移り、句の発想が生活的、即物的と言われるようになった句でも、このような構造はみられるのである。この句について言えば、「馬上落ンとして」が、体験的な現実意識の表現であったわけである。しかし、私はだからと言って、旅の実際で芭蕉が馬から落ちそうになった事実があったと考えたわけではない。武家出身とは言え芭蕉は乗馬が得意だったとは考えられないし、「歩行ならば杖つき坂を落馬かな」「馬ぼく〳〵我を絵に見る夏野かな」などの句の発想の根底には、やっと馬の背にまたがっている程度の乗馬の技倆しか持ちあわせていない芭蕉の実際が反映しているかも知れない。しかし、私はそんなことも問題にしようとするわけではない。「馬上落ンとして」の句はそのような芭蕉個人の体験の報告ではなく、現実に生きる人間が常に感じる「自己の拙さ」と「運命の脆さ」のイメージとして昇華しうる表現だったのである。それを「馬に寝て」と改作したのは、「残月」を「月遠し」と改作したのと見合わせるためだったと考えられる。それ故、初稿本の『野ざらし紀行』では

はつか余りの月かすかに見へ《マヽ》て、やまのねぎハいと暗く、こまの蹄もたど〳〵しけれバ、落ちぬべきこと

あまたゝびなりけるに、数里いまだけいめいならず。とぼくが早行の残夢、小夜の中山にいたりてたちまち驚く。

と、地の文にまで取り入れて残そうとしたのであった。地の文に入れられると、それはいかにも現実の体験らしく見えるが、このような形で現実意識を表現したということは、芭蕉が歴史的現実とどのようなかかわり方をしたか、現実に生きる自己の存在性をどう把えたかという思想の問題として考える問題へと発展するのである。横道にそれるが、『奥の細道』の湯殿山の条で

岩に腰かけて、しばしやすらふほど、三尺ばかりなる桜のつぼみ半ばひらけるあり。ふり積む雪の下に埋れて、春を忘れぬ遅ざくらの花の心わりなし。

とある条などは、一般には「岩に腰かけて桜の蕾を見つけるところは流石に詩情に溢れている」等といった鑑賞で済まされてしまっているが、私は、貧困のなかに閉じこめられ、粗野な風習のなかで一生を送る東北農民の生活に接することで、自己存在の負い目を痛切に感じさせられた芭蕉のわりなき悲しみを読みとると共に、それは元禄の昔のこととしてでなく、常に何処かに矛盾の皺寄せを作り出し、他者に非人間的な生活を押しつけている共犯者でありながら、自分だけが無傷でいることにつかの間の偸安を楽しんでいる人の心につきささって来るイメージとして感じとるのである。人はそのような感じ方を主観的な思いすごしと考えるかもしれないが、芭蕉が遅ざくらに見出した悲しみには、単なる詩情ではすまされない、芭蕉の思想が感得できるのである。芭蕉のこのような現実意識は、常に単なる風雅の伝統では覆うことが出来なかったし、風雅の伝統をはみ出す現実意識に目覚めた所に新しい詩をつくり出す契機があったとさえ言える。例の

猿を聞く人捨子に秋の風いかに

の句は、このような芭蕉の問題意識を生の形で投げ出した句だったのである。

ここでもう一度、前記の句に帰ると、この三段ないし四段階の改作過程は、第二の問題点について考えさせる材料を提供してくれることに気づく。言葉として最初から動かなかったのは、「残夢」と「茶の烟」である。しかも前にあげたように早行が詩題として取り上げられる枠組みに「残夢」「残月」「軽烟」のイメージがあったのであるから、これらは芭蕉の体験と対応するというより、「誠を勉るといふは風雅に古人の心を探り」(『三冊子』)と主張した芭蕉の風雅観と対応したものであった。「残夢」「残月」の「残」は、中世の禅林の詩以来、特別のリリシズムを表現した語として愛用され、「残灯」「残花」「残星」「残紅」「残香」といったような熟語を詩句に頻用する傾向を生んだのであるが、芭蕉は「残」が重なることで、そのようなリリシズムが「拍子」のはずみと共に消えてしまうのを恐れて「残月」を「月遠し」と改めたことは、『三冊子』に触れられている通りである。ところが「茶の煙」は「軽烟」とか「烟寺鐘」とかいった早行の詩題の品題と連想の関連はあるが、杜牧の早行の詩にも出てこないイメージであり、古来「早行」の詩題で「茶の煙」が詠まれたことがないので、山本氏・小西氏・安東氏などは、意識的にこの問題を取り上げて論及されたのである。普通には「茶の煙」は朝茶を炊く煙として実景と解されており、山本氏も『芭蕉』で「『馬に寝て』『残夢』『月遠し』『茶の煙』の四段に途切れた句の畳み重ねは、次第に眠りから覚めて行く意識の推移である。」とし「『茶の煙』に到って、はじめて実の世界に、芭蕉ははっきり目を開くのである。」と解したのであるが、小西氏は「『残夢』と『茶の煙』とは連歌の術語でいう寄合なのであって、かならずしも実景に解する要はない。」(『文学』昭38・8)という異見を提出されたのであった。そのような考えを発展させて安東氏は、絶海中津の詩文集で

ある『蕉堅稿』中の「読杜牧集」の次のような詩

赤壁英雄遺折戟　赤壁の英雄折戟を遺こす
阿房宮殿後人悲　阿房宮殿後人悲しむ
風流独愛樊川子　風流独り愛す樊川子
禅榻茶烟吹鬢糸　禅榻の茶烟鬢糸を吹く

に着目され、五山詩僧の間で杜牧と言えば、『三体詩』所収の「赤壁」、『古文真宝』に収められて有名な「阿房宮賦」、それに同じく『三体詩』に収められた「題禅院」(『三体詩』には「酔後題僧院」とある)の詩が代表作として評価されていたことから、「芭蕉は『早行』の詩を殆んどそのまま暗んじていて、それがとっさに蘇がえってきたらしいから、相当つよい印象を養っていたものであろう。あるいは、五山の詩僧たちにも愛誦されたらしい次の詩も記憶にあって、一方で「茶のけむり」の発想を導いたかもしれない。」として

觥船一掉百分空　觥船一掉して百分むなし
十歳青春不負公　十歳の青春公にそむかず
今日鬢糸禅榻畔　今日鬢糸禅榻の畔
茶烟軽颺落花風　茶烟軽くあがる落花の風

の詩を指摘したのであった。

芭蕉が「茶の煙」を早行の詩の枠を越えて持ち込んだのは、たしかに杜牧の「禅榻の茶烟」が、一般用語のようにして詩の中で用いられてきた伝統を知っていたからに違いない。しかも、茶烟が想起されたのは小西氏

もくわしく触れたように「残夢」との連想が働いたからと考えられる。杜牧のこの詩は宋代に入って好まれたらしく、「禅榻茶烟」または「鬢糸禅榻」の用語を生み、蘇東坡や陸遊（放翁）の詩句の中にも引かれ、明代の詩人銭謙益（牧斎）の詩句にも使われているのである。そうした中国の伝統に触発されて、わが国禅林詩壇にもそのような通念が行なわれたらしく、義堂周信の詩文集『空華集』の詩（題は「甲寅十月七日府君入錦屏山遊覧紅葉于時禅堂浴室成人物輝映也。余亦預焉。次韻奉呈主人香山法兄」）句の中にも

小春天気恰新晴　賓至倶歓半日情
只合茶煙留杜牧　不容竹葉酔淵明

とあり、杜牧と言えば「茶煙」が連想されるといった常識が存在していたことを語っている。また『五山文学全集』によれば、『島隠集』にも

禅榻茶烟落花雨　詩如小杜鬢無糸

の句を見出し、『枯山稿』の中にも（題「茶星」）

禅榻茶烟鬢作糸　煌々五緯繞甌時

の句を見出すことが出来るのである。つまり「茶の煙」とは実景というより、こうした詩的伝統の中で、特殊な色合いを持った詩語として存在していたと考えられる。芭蕉は杜牧を想起したことを縁として、「残夢」「残月」「茶の煙」といった、それぞれに詩語としての方向性を持った語を組み合わせたが、ただ並列しただけではいかにもただとりあわせたと誤解されかねない所があるので、それらのイメージの結合に一貫したテーマを

持たせるため改作に苦心を払ったのだった。そのとき「残夢」「残月」と「茶の煙」とは、安東氏も指摘したように「一応別の詩脈」から引かれてきたものであっただけに、この距離を埋めるために「残月」の語に工夫が必要となり「月遠し」と改案したらしいのである。こうして定稿

馬に寝て残夢月遠し茶の煙

の句を得たのであった。それ故この句は創作動機からして、実景などといったものから距離のある表現だったことは当然である。素朴な例であるが、「人生の荒波」と言ったとき、私たちは何も「荒波」を具象的なイメージとして一々想起しないように、この句を読むとき馬上に眠る人とか空にかかる月とか、その人間の夢とかを想像し、さらに山の麓からほのかに立ちのぼる煙をあたかも一幅の絵を見るように彷彿とさせられる所に詩を感じているのではないと思う。もしそうであるなら、「茶の煙」はいかにも無理な表現でしかない。これら詩の言語の意味作用は素材的な事実の方向へ働くのでなく、読者の内面の心象を掘りおこす言語、言い換えるなら読者の体験（これには詩に関心を持つ者が当然に体験している古典との出会いが入る）を、これらの言葉の枠組みを核として、明確な形で結晶させる作用として働くのである。「馬に寝て」は「馬上落ゞとして」とそのイメージの本質においてかわりがないので説明は略すが、「寝て」→「残夢」→「茶の煙」と続く脈絡の点からは、「馬上落ゞとして」より、一句としてのまとまりの上で適切と言わねばならない。「残夢」は、同じく杜牧の代表的詩句で説明するなら、「遺懐」の「十年一覚す楊州の夢、贏《あま》し得たり青楼薄倖の名」のような歓楽を追って過した「十歳青春」の日々の夢から醒めようとする時の悔恨と惜別の想いと対応した語であった。しかも「茶の煙」という語は、前述したように杜牧の「禅榻茶烟」の詩脈を背景とした語として、五山文学以来の伝統のなかで、日本人の間にも、失われた青春の日々を、諦念の境地から回想すると共に、醒めきった心で

現実をみつめるといったような意味合いを含んで理解されていたのである。そういう意味合いにおいて「残夢」と「茶の煙」とは、心象において対応する関係を持つのである。そして、「残夢」と「茶の煙」を結ぶ「月遠し」の句は、直接には「残夢」において「月」が遠いことを表現したものであろうが、語によって喚起された心象に於ては、謡曲によって一般化された「真如の月」のイメージがよみがえってきて、「月」が遠いと言うより、「月」に遠い自己の在り方の認識といった内面的な方向へ拡がる可能性をはらんだ表現として受けとめられるに至るのである。そうすると、この句の表現の方法は、外在的な実景の方向に完結するためのものでなく、内面的な方向に、読者の経験的リアリティを組織するための核を構成するためのものと言える。芭蕉の発句の改作動機やその過程にはもっと複雑な問題がひそむだろうが、結果論として言えることは、発句が挨拶として発想されたために、そのときの状況といった外在的条件にどうしても依存した表現になってしまう面を、あとから、自立しうる表現に置きかえることで、作者自身も対話しうる存在性を付与したということである。そのとき、芭蕉にとって存在性を実感させる基準が、伝統的な詩的言語にあったことは、後年の軽みの俳風に移った時の句に於ても指摘しうる所である。

五

紙数もあることなので、これ以上句を引いて分析することは止めるが、芭蕉の詩の方法は、作者の独創的なイメージの発見や作者の経験的リアリティを表現しようとしたところに成り立ったものでなく、言語表象によって作者をも含めた人々の体験を詩的イメージに昇華し再構成しうるような言語表現の仕組みを五・七・五の音数律の枠内でつくり出すためのものであったということの一端は理解していただけたのではないかと思う。

最後に、このような芭蕉の詩の方法の特色が、比較によって典型的に見られる例として「菫」をよんだ芭蕉・蕪村・一茶の句を挙げてみると、

山路来て何やらゆかしすみれ草　　芭蕉
骨拾ふ人にしたしき菫かな　　蕪村
地車におつぴしがれし菫かな　　一茶

芭蕉の句の「ゆかし」の語は、作者芭蕉の体験や心情の表白というより「すみれ草」の在り方それ自体を表現した語と解されるのは何故であろうか。これ以上句の分析を続けるのはくどくなるので略すが、「山路来て」という語に、作者の実際の行動の表現というよりは、「菫」の存在を浮き出させるための背景を構成するイメージだったのである。ここでは、芭蕉は菫の人間にとっての在り方を万人共通の感覚によって提示するだけで、それ以上に立ち入ろうとしないわけである。それ故、この句に接した時、作者の経験とか、作者の感じ方とかというものを通して鑑賞しようとする必要はなく、「すみれ草」の在り方のイメージと直接に向き合うのである。そうすることによってこの句は作者の経験という方向にせばめられて理解されるよりは、読者の個別的体験のリアリティがこの句を核にしてふくらんでゆくという方向で、読者によって新しい内容を付与されつつ受け入れられてゆく可能性をはらむことができたのである。たとえば、三好達治の『故郷の花』に収められた次のような詩

すみれぐさ
春の潮相逐ふうへにおちかゝる

落日の――いま落日の赤きさなかに
われは見つ
かよわき花のすみれぐさひとつ咲けるを
もろげなるうなじ高くかかげ
ちひさきものもほこりかにひとり咲けるを
ここすぎて
われはいづこに帰るべきふるさともなき
落日の赤きさなかに

この「すみれぐさ」は、作者によって芭蕉の句の「すみれぐさ」のイメージの可能性が多彩に展開された作品と私は考えるのである。

蕪村の句は、山本健吉氏も『芭蕉』で、この句と並べて問題にされた所であるが「骨拾ふ人」といった表現には、蕪村というすぐれた個性の存在のきらめきが目立ち、読者も作者の手柄に感心させられる意識から離れることができないので、句のイメージが読者の心に一人歩きできないのである。

一茶の場合は、「おつぴしがれし」といった語感からして自嘲的な作者の態度をにおわす表現をとることで、作者の顔を前面に露骨に出すことで句を面白くしている作品と言える。芭蕉の俳論で周知のように、このような表現は「私意にかけてする」（『三冊子』）ものとして、芭蕉に於ては否定されるべきものだったのである。「地車」と「すみれ」が「おつぴしがれし」ということで結び合わされるイメージには、その内面的構造において何の必然性もないのであって、もしあるとすれば、作者の独自な感受性のなかで成り立った体臭とでも名付くべきものがイメージのリアリティを保証しているのである。

いずれにせよ、こんな一例をとらえて論ずることは、ますます論者の思いつきと恣意によるご都合主義に堕する危険があるので、これ以上深入りすることは避けるが、芭蕉と、これらの作者とでは、詩の方法に基本的な差異があることは明白な結論だと思う。近代俳句の方法が、他人とは区別された個我による新しいイメージの創造や個人的な体験のリアリティの表現にあるとしたら、芭蕉はまさに前近代の思考の持主と言わねばならない。しかし私はそこからただちに芭蕉を「中世詩人」と規定したくはない。今ここで、私は文化論として、芭蕉の「私意」の否定を歴史のなかで位置付ける用意はないが、新興都市江戸で、近世市民社会を一介の市井人として体験した人間が、貴族や武将の世界観と表裏の関係にあった中世詩の方法をそのまま継承するはずがないのである。

私は、芭蕉が「私意」や「作為」を否定することで何を達成したかという素朴な問題意識をもって、「内をつねに勤めてものに応ずれば、その心の色句となる」とか、「境に入る」とかいった芭蕉の俳論の真意を、芭蕉の句において探ってみようと試みた小論を書くつもりであったが、芭蕉の全生涯にわたる作例にふれることなく、全く都合のよい二、三の例句で問題を片付けてしまったことは、自分でもいささか妥当を欠く扱いだったと考えている。しかも文学史的位置付けが出来ないままに終ってしまったことは、私の勉強の至らなさの結果でしかないが、言語表現の方向性を中心に考えた場合の、芭蕉における詩の問題の一面はご理解いただけたものと考える。

第十章　詩語・芭蕉と漢詩文の世界

一

杜甫の五言律詩「白小《しらうお》」の首聯「白小群分命　天然二寸魚」（白小も群《みな》命を分かつ　天然二寸の魚）は、芭蕉が白魚を名物として漁獲した隅田川のほとりに居を構えるようになった因縁もあってか、芭蕉の脳裏によみがえったようであった。もっとも、白魚に限ってだけいうならば、この魚にまっ先に注目したのは其角であったらしい。延宝八年の『田舎句合』に、その第一番として、

左持　ねりまの農夫

霞消て富士をはだかに雪肥たり

右　かさいの野人

菜摘近し白魚を吉野川に放いて見う

の両句がつがえられているのである。この俳諧合は嵐雪の序文によると「詩の躰五十句をつゞ」ったものであり、「其角は、俳諧に詩をのべた」ことになっているのである。ふと読んだときには、どこに〝詩の躰〟があ

り、なぜ〃詩をのべたり〃ということになるのか解し難い代物なのであるが、芭蕉の筆になる判詞を読むとその理由がわかるのである。その第一は、山と川とを対にする構想が、漢詩における起句と承句の対表現、もしくは律詩における各聯（首聯・頷聯・頸聯）の第一句と第二句との間の対表現の形式をおそった点が〃詩の躰〃であり、次は「雪肥たり」とか「菜摘近し」といった表現に漢文訓読調をとり入れたことがその理由であったらしい。しかし、言葉運びの実際は、句も判詞も謡曲「国栖」や「頼政」によっている面が大きく目につき、「俳諧に詩をのべたり」ということは、『田舎句合』全体をみないことには了解出来ないのである。そして芭蕉は「右の句、菜摘と云より、吉野川に白魚をねがひたる一興、尤妙也。」といっているが、一名春魚と名づけられているこの魚を吉野の鮎にかえてねがった発想に興趣をおぼえたことと、一〇年ほど後、『奥の細道』の旅立にあたって

鮎の子の白魚送る別かな

という句を得たこととは全く無縁なことだったのだろうか。それはともかくとして、その翌年の春の作と推定される句に、芭蕉は「江は碧にして鳥はいよいよ白く」式の漢詩の発想によく見かける色彩の対比を主想とした

藻にすだく白魚やとらば消ぬべき

の句作のあることを知るのである。そして天和二年に深川の芭蕉庵での興行とみなされる白魚露命と題する歌仙で、其角が発句を受けもち、芭蕉が脇を付けた

それを

白魚露命

月と泣《ナク》夜《ヨ》生《イツマデ》雪魚の朧闇　　其角

簔にたまらぬ蝦醤《アミ》の淡雪　　芭蕉

の付合にも、杜甫の「白小」の律詩にみる「白小は群分の命」の観念と「筐を傾くれば雪片虚《むな》し」と白魚を雪片とみた美意識を共有する教養の背景が想像されるのである。

『野ざらし紀行』の途次、白魚の代表的な名産地桑名で「雪薄し白魚しろきこと一寸」の句を初案に得て、それを

明ぼのやしら魚しろきこと一寸

と改作し、それを決定稿とした構想力の直接的な契機は、この「生雪魚の朧闇」に「蝦醤の淡雪」を以て応じた連句の想い出であり、白魚のはかない命の哀れさを「肆に入りては銀花乱れ」と表現した杜甫の詩に負うものであったろうと考える。一般には〝雪薄し〟の上五の初案は、桑名の浜辺での属目の写生句とみられているのであるが、芭蕉が漢詩文の表現世界から学んだものは、現実世界に見受けた事物をそのままの位相で表現世界に移すような感覚的把握の方法ではなかったはずである。貞享元年の初冬は、太陽暦で考えて十一月下旬から十二月上旬へかけての頃合に当たるので、昔のこととは言え桑名あたりの海辺に雪を現実に経験することはあり得なかったのではなかろうか。初案の「雪薄し」の表現が桑名や熱田の人々に受け容れられたのも、現実の世界の雪を共有するからではなく、白魚を雪片ととらえた杜甫の詩的想像力と、時折時雨のおとずれる初冬の季節感を巧みに表現した言葉として理解したのであって、写生の表現と解したからではなかったに違いな

い。

二

芭蕉が漢詩的表現から学びとったものは、従来の伝統的な歌の発想とされた見立ての方法や景物のとり合わせの型や縁語的な連想の一定の秩序を破った事物把握の清新さだったに違いないのである。そして根本的には杜甫の詩情の核をなす漂泊者の悲愁を生きることだったと思われる。そうした事物に対する清新な感覚を漢詩に学びとる気風が延宝・天和の詰屈晦渋な漢語調の作風をもたらしたのであって、前に引いた例で言えば、其角の「生雪魚《イツマデウヲ》」の表現がそれである。この言葉については阿部正美氏が「〃何時《いつ》迄《まで》草《ぐさ》〃等の呼び名に倣つた造語と思はれる。……〃生雪〃の字面は見馴れないが、白く透き通るやうな白魚を〃生きた雪〃とし、雪の消えやすさにかけて、魚の命も何時までも長くはない果敢ないものといふ意味(1)」と説明し、さらに「無理を冒してまで珍奇を衒ふ天和期の表現傾向の典型」ときめつけている。たしかにこの表現には文字面での意味連想の奇抜さやあてよみの面白さや〃白魚露命〃の題をよみこなす機知等をひけらかす臭みがないわけではないが、言水撰の『東日記』に収められた芭蕉の前引の句や杜甫の詩にとりあげられた「白小は群分の命」の観念や雪片に喩えた想像力を受け容れた表現の卓抜さが見られるのであって、〃生きた雪の魚〃に視覚的な把え方の新鮮さが見られ、〃何時まで魚〃に「白魚露命」の観念が表現され、それを朧闇に包み、「月と泣夜」の言葉で自己表現を試みた方法は、確かに漢詩的な表現の方法そのものと言えるのである。具体的な〃物〃に対する感覚と〃物〃を包むコスモスの観念を同時的に表出する杜甫の詩の方法は、結局は描写ではなく、心象風景の創出を目指したものであって、芭蕉が杜詩に学んだ最大のものが、この心象風景（おもふ色）を言葉によって試みることだったのである。「藻にすだく白魚やとらば消ぬべき」の〝白魚〟は、具体的な〝藻にすだく（群れ集まる）白魚〟でありながら、〝とらば消ぬべき〟という主観的な表現の対象に転化するとき、事物として存在することから脱して心象風景（おもふ色）の象徴に化することを知るのである。『三冊子』にみえる「常に風雅にいるものは、おもふ心の色物となりて句姿定まるものなれば、取物自然にして子細なし。」（あかさうし）という言葉は、普通には主客融合の境地を言い表わしたものと解されているようであるが、それを表現の方法の問題として考えた場合、そう単純には考えられないのである。そして「おもふ心の色物となりて句姿定まる」という構想力の過程は、体験からくる思いつきを経験の位相をもってなぞることではなく、一つの機縁を核として、心の深みに届く「おもふ心の色」を言葉に結晶させることなのである。〝藻にすだく白魚〟を〝とらば消ぬべき〟非在の白魚に転化させる構想は、其角の句の表現にみるような「生雪魚《イツマデ》」の観念操作の技法とは質的に異なるものがあるのであって、芭蕉の句の場合は「白魚露命」の観念性をつき破ったところに現われる「実ありて、しかも悲しびをそふる」詩心の「細き一筋」が、詩語としての〝白魚〟の想像的空間に対象化されるのである。

私たちが一読者として芭蕉の句に触れるときに感じる直接的な喜びは、芭蕉の作句動機を知的に了解する学問的な認識の楽しさでもなければ、具体的、生活的な白魚を美的感覚の対象として把え直すことの快感でもなく、作品の言語が契機づける想像的空間に詩心の根源を感じとることであった。それが芭蕉のいうところの〝心の色〟なのだろうと思う。芭蕉の句と其角の句の表現性の位相の違いを比喩的にいうならば、其角は一定の観念を言葉による絵解きとして試みようとしたのに対し、芭蕉は不定形な詩心の萌しに言葉の輪郭を与えて自らを試みることだったのである。杜甫の詩句「白小は群分の命、天然にして二寸の魚」の想念に、己れの詩心の萌しを見届けたとき、「二寸の魚」という言葉は完全に心象そのものの表現に化し、芭蕉の胸奥に棲み続けたと想像される。「雪薄し白魚しろきこと一寸」の初案が、「明ぼのやしら魚しろきこと一寸」と改作されて『野ざらし紀行』に収められたのも、そうした〝白魚〟が芭蕉の風雅の世界に生き続けていたからなのである。

三

『野ざらし紀行』の句には、其角の「朧闇」のモチーフが間接的なヒントとなって「あけぼのや」の句が得られたようにも見受けるが、直接的には杜甫の詩句「雪片虚《むな》し」の詩脈を汲んだ「雪薄し」の表現の深化によるものだろうと考える。白魚を主題とした旧作が、藻の青色を背景として白魚の白さをきわだたせ、「とらば」の語によって主体とのかかわりを表出したのに対し、『野ざらし紀行』の句は、茫漠と広がる〝あけぼの〟の薄明に対し、白魚の全き白さを対比しており、しかも白魚の存在を〝白きこと〟に抽象化することによって創作主体の思考のあり方を表出しているのである。こうした構成的な発想と事物についての思弁を表出する方法は、漢詩文の表現の本質から芭蕉が学びとったところであって、ここには芭蕉の〝心の色〟を超えた存在者の自己意識の見事な形象化が実現しているのである。白魚の現実的な位相が完全に捨象され、パウル・クレーの抽象画にも似た「具体的自然物の啓示的な役割」が見事にとらえられているのを見いだすのである。

あけぼのの薄ら明りを〝白きこと一寸〟に凝集させ、無限の広がりと〝一寸〟の存在とが、「あけぼのや」という切れ字をはさんで対峙する形をとる表現構造は、存在―存在者・無限―有限・宇宙―個物・造花―自己・永遠―現在というような思弁を誘わずにはおかないのであって、この句での白魚は、現実存在の位相の方向に想像力がふくらむことのあり得ない象徴の白魚と化するのである。あけぼののほの明るさ、夜から昼へとうつりゆくひと時のあわいといったどこをとらえても実在感の淡い茫漠としたひろがりのイメージのただ中に、芭蕉の詩心の核を宿して芭蕉の内部に生き続けた白魚を「白きこと一寸」として押し出したことは、安東次男氏が指摘しているように「広大な薄明の中に置かれた鮮烈な一点の〈白〉というような開放的なものでは」なく、「苦渋にみちた精神の気配が身を起こす」姿、もしくは「醒めよと命じる内心の声[2]」に形を与えたものであろうと考える。しかし、だからといって芭蕉は単なる観念や幻想で白魚をとらえていたのではないのである。元禄六年に蜆子和尚の像の画賛として

白魚や黒き目を明ク法の網

という句をよんでいるが、ここには白魚の「小さな頭に大きな特徴的な黒目」が、具体的な感覚として見据えられているのを知るのである。

四

漢詩文の表現世界がはらんでいた「本質的な自然観照」から芭蕉が学びとったものの基本は、存在者と存在とのかかわりの深みに予感される〝造化〟に身をゆだねる思想であり、詩心のきざしにおいて自覚される天地有情の実在に降り立つための詩作のあり方であった。芭蕉と漢詩文との関連について最も体系的・実証的に研究されたのは広田二郎氏であるが、氏は、「延宝末、作風が漢詩文調に傾き、思想が『荘子』と深く内面的に関連を持つようになってくるに従って、芭蕉や門下が人生態度や表現においても高踏的になり、風狂性をおびて[3]」くるとともに、「漢詩のうちでも彼がとくに深く学ぼうとした杜甫の詩境を俳諧のうちに活かすために、彼自身の生き方においても、杜甫の在り方を学ぼうとすることであった。[4]」と結論づけ、芭蕉の移り住んだ草

庵を「泊船堂」と命名したことの意味を指摘されている。しかし、天和元年冬の作の俳文「乞食の翁」に語られている精神は、単に杜甫の詩境を学ぶということではなく、言葉の表現世界を媒介とした現実の見方と〝風雅の誠〟とも呼ぶべき詩心の根源を、言語の表現空間に開示する方法だったろうと思う。

　窓含西嶺千秋雪　（まどにはふくむせいれいせんしうのゆき）
　門泊東海万里船　（もんにははくすとうかいばんりのふね）

という杜甫の詩句を引いて、句文を記した真蹟懐紙の存在は、芭蕉が杜甫に学びとろうとしたところを具体的に語っているのである。芭蕉はこの句を深く愛したればこそ自らを「泊船堂主」と称したと考える。

　芭蕉がこの句をとおして学んだと思われる第一の点は、〝窓〟〝門〟といった日常生活の場での卑近な小空間が〝西嶺〟〝東海〟といったはるかな大自然を含みかつ覗かせていることを詩的認識として表出していることの面白さであったに違いない。そして、そうした〝窓〟や〝門〟がコスモスの世界に〝心の窓〟〝心の門〟を開く詩人の心のありかを語ってしまうことに、結果としてなってしまう表現世界の不思議さの発見だったろうと考える。第二には、眼前に見える〝雪〟や〝船〟を〝千秋〟〝万里〟といった非現実の時空に置き換えることによって、日常的な事物に永遠の相貌を与えることが可能となる詩的表現の機微を会得したことである。そして第三に、ひと時もとどまることのない時の流れとはてしなき空間のただ中に、孤独の存在者として投げ出されて生きることを強いられた魂の悲愁と漂泊感をイメージに託して表現する詩の方法の自覚が考えられる。

この杜甫の詩に触発された芭蕉の句が、

　艪声波を打てはらわた氷る夜や涙

だったことは、以上のようなことを想像させるに十分なのである。夜の世界の底から聞こえてくる〝艪声〟は、世俗に対して無用者を生きることを覚悟してしまった詩人の、苦渋にみちた魂のよび声でもあったのである。

五

『野ざらし紀行』は、尾形仂氏が的確に要約していられるように「芭蕉庵の生活の中で漢詩文の読書を通じてとらえた自然美を」「みずからの感覚をもってとらえた自然の脱俗境の中に投入してゆく芸術的実践の中で、外見的には次第に漢詩文の影響を脱却してゆきながら、かえってその本質的な自然観照と表現技法の上における影響を内面化し、風狂の姿勢を確立してゆく過程として綴られている」[5]ものと言える。こうした問題を句の用語・発想・修辞の精細な分析によって論じた書として、安東次男氏の『芭蕉——その詞と心の文学』があるので、ここに小文が付け加えうるものは何一つないのであるが、一見漢詩文的世界と無縁な句のように見える

山路来て何やらゆかし菫草

の句を取りあげて問題を考えてみることにしたい。

この句は古来、『野ざらし紀行』の「吟行の秀逸」（素堂の序）と評され、芭蕉の全発句の中でも代表句の一つとして人口に膾炙していることは、事改めて言うまでもないことである。しかし、この句を「芭蕉が山路の菫に眼をとめて心を動かしたことは、小さな植物の中に自然の大きな生命を感得しようとする、詩人のすぐれた資質を示すものであることは事実であるにしても、これを詩としての表現の上から見た場合、その感動を、

西行の神に寄せる敬虔の情への共鳴や、匡房・長嘯子ら古人の山路の菫に寄せた詩心への思慕とからませることなしに、ただむきつけに〝何やらゆかし〟とうち出したのであるとすれば、それはあまりにも〝俳諧〟としての芸がなさすぎる[6]」と評された尾形仂氏の言には、いささか首肯しがたいものを覚えるのである。たしかに、この句が構想された因縁には、

白鳥山

何とはなしに何やらゆかし菫草

の初案を考慮する限りでは、尾形氏が考証されているように、白鳥陵↓日本武尊の神霊↓神霊の象徴としての「菫草」といった連想が働き、それが西行作と伝えられる「何事のおはしますかは知らねどもかたじけなさに涙こぼるる」の歌を下敷きにして句がなったかもしれないが、構想の因由だけをたどるなら「なにとなく軒なつかしき梅ゆゑにすみけむ人の心をぞしる」とか、「なにとなく住まほしくぞ思ほゆる」といったように『山家集』中十一首も数えられる西行の用語によるものと考えるべきではなかろうか。それはさておき、この句の手柄は〝菫草〟に対して「ゆかし」の語を用いて心のあり場所を表現した点にあり、それを一月半後の改稿で「山路来て」と改めたのは、そうした〝菫草〟に最もふさわしい場所が得られたからである。紙数が尽きたのでその説明は全く省くが、「山路来て」の意味するところは、

海くれて鴨のこゑほのかに白し

の場合の「海くれて」の位相に等しいと考える。一羽の鴨に対する海に当たるものが一茎の菫に対す山路だったのである。〝暮れゆく〟時間の経過は、菫草の句の場合は「山路来て」というように〝旅行く〟時間になっ

ているが、そうした構想を生み出す詩心の核も、言葉によるイメージとして展開する表現の方法も、実は杜甫を中心にした漢詩文の世界に学んだものだったのである。

注（1）『芭蕉連句抄　第三篇』（明治書院　昭和四十九年）三一九頁。
（2）『芭蕉　その詞と心の文学』（筑摩書房　昭和四十年）二〇〇頁。
（3）『芭蕉の芸術―その展開と背景―』（有精堂出版　昭和四十三年）二八一頁。
（4）同書、二八四頁。
（5）「蕉風の展開」（尾形仂編『蕉風山脈』芭蕉の本3　角川書店　昭和四十五年）一六一頁。
（6）日本詩人選17『松尾芭蕉』（筑摩書房　昭和四十六年）二〇〇頁。

第十一章「新しみの匂ひ」としてのレトリック——主に芭蕉の表現をめぐって——

一

普通に、レトリックの問題というと、枕詞・序詞・縁語・掛詞、それに修辞技法としての擬人法、直喩・明喩・暗喩といったさまざまな比喩の方法が問題とされるが、そうした修辞法の範囲に入らない事柄もレトリックの問題として考える必要があるのではなかろうか。

例えば、芭蕉の

鶯や餅に糞する縁の先

という句は、縁語・掛詞もなければ、擬人法や特別の比喩の表現も見られないので、レトリックの問題の対象にはなり得ないように見える。しかし、この句に関しては、作者芭蕉自身が、杉風宛書簡（1）に「日比《ひごろ》工夫之処ニ而《て》御座候」と述べているように、格別に表現上の工夫がそそがれた果に得られた句だったのである。その表現上の工夫は、鶯に関して「糞」に目をつけ、しかも「縁の先」にならべてほしてある「餅」と取り合わせたところに芭蕉の手柄があったのである。この句は、結果からみると、あたかも実景を寓目して句想を得たかのように考えられるが、実際は逆であって、芭蕉は、表現の工夫を重ねるなかでこのような情景を創造したと考える方が正しいようである。

　芭蕉の「日ごろの工夫」は、鶯の句の表現の常套をいかに越えるかにそそがれたに違いない。「うぐひす」と言えば「初音」「こゑ」「なく音」「鳴く」といった語がただちに連想されるほど、鶯の鳴き声だけが取りあげられ、あとは場所をどのような言葉の続けがらで設定するかにのみ歌人の工夫が重ねられてきた。その表現の歴史は『俊頼髄脳』に言うように「よみ残したるふしもなく、つゞけもらせる詞も見えず。如何にしてかは末の世の人の、珍らしきさまにもとりなすべき[2]」という嘆きを人に感じさせるに十分なものがある。そうした表現の歴史の大よその輪郭は、近世の付合書によって知ることができる。例えば『俳諧類船集』の「鶯」の項を引くと、[3]「雪消し庭　梅　山里(『便船集』では「春を知る山里」)　垣根の竹(『便船集』では単に「竹」)　咲花　園の朝日(『便船集』では単に「園」)　霞　谷の戸(『便船集』では単に「谷」)　柴の庵　御垣《ミカキ》　琴　時鳥　木綿付鳥《ユフツケドリ》　霧　立田山　相坂の雪　かつらき山　青柳　笛　衣　菜　袖　長閑なる野(『便船集』では単に「野」)　吉備の中山　千里　双紙閉《サウシトヅル》　高天寺《タカマデラ》　河内の関　常磐山《トキハヤマ》　朝《アシタ》の原　香具」といった風物や場所が言葉として配されている。さらに「鶯」の語が導き出す言葉の連想のひろがりを、同じく『類船集』の付合語を整理した結果[4]に求めると「岩瀬大和　花　初雪　郭公　法華経　鳥々の声　友　飛火　血　縫《ヌヒ》　布引ノ瀧摂津　音羽山城　小倉山城　若草山大和　垣　楽　籠《カゴ》　神山山城　鹿背山《カセヤマ》山城　竹　谷　題目　高天《タカマ》大和　竜田大和　園　燕　癤《ネブト》　涙　奈古會ノ関陸奥　梅　歌　軒　野上美濃　老　蜘蛛　呉竹　柳　藪　欵冬《ヤマブキ》　松　待　笛　琴　紅梅　声　枝　袷《アハセ》　逢坂近江　経　吉備備中　箕面摂津　森　巣」が列挙されている。芭蕉の「鶯」を題材にした発句もほぼこの『類船集』が挙げている語句の範囲から用語が選び出されており、

うぐひすを魂にねむるか嬌柳《タヲ》（虚栗）　天和三年
うぐひすの笠落したる椿かな（猿蓑）　元禄三年
鶯や柳のうしろ藪の前（続猿蓑）　元禄五年？
鶯や竹の子藪に老を鳴（炭俵）　元禄七年

などの句は「うぐひす」と「柳」の取り合わせに工夫をこらすか、「鶯の花笠」を「椿」に見立てるか、「竹」と「鶯」の取り合わせに老少の観念を重ねるか、「竹」「柳」「藪」といった取り合わせを「うしろ」「前」の言葉のかかわりでまとめるかした句である。はじめの二句は鶯の句と見るよりは、柳の句、椿の句と見るべきで、柳の句の方は、眠るといった擬人法的表現が、椿の句の方は、鶯が縫うといわれている梅の花笠の見立ての表現が句の肝要をなしており、きわめて技巧的な句と言わねばならない。これらの句の表現は「たを柳」もしくは「花笠」といった言葉が導き出したレトリックによって成り立ったもので、現実の情景とは直接の関係がないと考えるべきではないだろうか。それでいて、こうしたきわめて技巧的な句が、かえって、単なる写生句以上に豊かな想像力を刺戟し、言葉の向う側に詩情の漂う春の風情を感じさせるのである。その理由はどこにあるだろうか。「うぐひすを魂にねむるか嬌柳《タヲやなぎ》」の句についていうなら、まず「たをやなぎ」という詩語と「ねむるか」の語を結びつけたことによって、それぞれの語が豊かな表情を帯びて立ちあがってくる効果が見られることである。こうした想像力を導き出すような語句の照応を創り出すことがレトリックの基本といえないだろうか。「たをやなぎ」の語は「たをやめ」「たをやか」「たをやぐ」の語を連想させ、語そのものが擬人的修辞法による命名とも言える。この語は、おそらく芭蕉の手になる造語ではなかろうか。女性の姿態の優美さを思わせる「たをやぎ」（たをやぐ）の語と重なる「たをやなぎ」の語は、当然に美人の面影を宿した、しなやかで優美な青柳を想像させないではおかない。「ねむる」の措辞は、この美人の面影から導き出されたもので、しかもあのけだるいような春の日和のものういのどかな昼さがりの情感をよびさますに十分な効果を伴っている。そして、この「ねむる」の語は『類船集』にもあるように[5]『荘子』斉物論「胡蝶」の夢の故事の連想を伴う語でもあり、眠れる柳の夢に柳の精は化して鶯となり、春を鳴き楽しんでいるのだろうかという構想でまとめた句と考えられる。このように芭蕉の句は、初期俳諧の基本的な方法とも言える言葉の連想をたどるまとめ方が適用されたものであるが、それが単なる知的な試みにとどまらずに、一つ一つの言葉の匂ひが響きあって「春日遅々」といった情趣をかもし出し、あたかも「鶯の声が夢見心地の中に聞える[6]」かのような想いに心をさそいこむ。そのような効果は、言葉が導く想像力の働きによるものであって、現実経験の連想からくるものではない。この句でいうなら、「うぐひす」「ねむる」「たをやか（たをやぐ）」「やなぎ」といった個々の言葉の連想のひろがりにおいて重なりあう部分がひきおこす干渉の効果と、表現の全体を枠どる荘周の故事との照応関係がもたらした効果であって、現実の観察や体験の分析からもたらされたものではない。

古典の表現は、詩歌は勿論、散文の領域にも縁語・懸詞といった言葉それ自体の連想による表現構成が目立ち、近代の表現の主流をなす写実性・合理性を基本とする修辞とは異質なものといえる。例えば鶯の歌をよむに際し、鶯の声を求めて山野に吟行を試みるといった近代歌人の経験主義とは無縁な場所で、歌枕の地名を探し出すといった修辞上の試みが第一義とされるのである。「鶯のはつね」に、春の来たことの「告げ」をよみ取り、歌枕と関連づけて歌を詠もうとすると、「岩瀬」の歌枕が、「言はせ」の連想を伴うことから選び出され

春きぬと岩瀬のもりの鶯の初音を誰に告げはじむらむ（定家）[7]

というように詠まれるわけで、鶯に関する付合語の中の歌枕の地名は、「霞立つ野上のかたに」とか「あけぬ

とていそぎ立つ田の山路には」とか、「岩間になみの音は川」といったように、鶯を詠むに際し春の情景を表現するに必要な道具立てになる可能性をひめた語か、もしくは、鶯の鳴声を「ひとく（人来）」といいならわすことから「なこそ（な来そ）の関」と応じたり、鶯の長く鳴くさまを「織り延《は》へて鳴く」と表現するところから「布引の瀧」の地名が選び出されたりしているわけで、レトリカルな原理によって鶯に関する歌枕は決められていると言ってもさしつかえない。

その他の一般の語彙、例えば「花」「初雪」「垣（御垣）」「竹」「梅」「山里」「園」「霞」「谷（谷の戸）」「青柳」「軒」「森」「松（待つ）」の付合語は、鶯の歌に多く用いられた語でもあれば、鶯に場所や背景を与えようとすれば誰しもがただちに連想する用語とも言える。『類船集』に挙げられた語彙のなかで、一見理解に苦しむ「蜘蛛」の語は「鶯の古巣→はる（張る）→蜘蛛」の連想からとり入れられた語であり、「歌」「楽」「法華経」「経」「琴」「笛」などの語は、鶯の鳴き声の見立てや比喩である。これらの語を用いた近世初期の発句を参考までに挙げると、(8)

竹の内にうぐひす声や悼の歌　　森　政高
うぐひすの楽や古巣にかへり声　　釈　夕翁
うぐひすの琴は口よりはくが哉　　石田未啄
うぐひすもひうらか嶽や神楽笛　　田季成妻
うぐひすの今やとくらん経の紐　　橋本富長
法華経の鳥のすり餌は法味かな　　加藤治尚

といった具合で、ここには言葉による連想を知的に再構成してみせた言葉遊びが目立ち、語本来の用い方とは無縁な場所で表現が完結している。したがって「竹」→「棹」「うぐひす声」→「歌」といった二つの連想の系が「棹の歌」の句でまとめられても、そこから新しい詩趣が湧き出すことはない。「琴」→「博雅」、「口」→「吐く」の連想を「はくが哉」の語でまとめた二句目、鶯（春）→「陽うらら」「ひうら」（山の東南面の日当たりの土地）、「ひうら」→「神楽笛」といった言葉の連想を頼りに一句をまとめた四句目、「鶯のこほれる涙今やとくらん」の古歌のパロディに興じた五句目（この句も「とく」→「紐」「鶯」→「経」の連想が利用されている。）、「鳥」→「すり餌」→「味」、「法華経」→「法（味）」の語の連想をまとめた六句目の句、これらすべての貞門系の句からは、知的な面白さを読みとることは出来ても、ふくらみを帯びた想像力の世界をひき出すことは不可能といえる。

　これらの貞門風の句作りに対し、前にかかげた芭蕉の句、例えば「うぐひすの笠落したる椿かな」の句にしても、単に観念上の「花笠」にとどまることなく、「椿」の花の実際の形状とのかかわりが「笠」の語にとらえられているために、椿の落花を「笠落したり」と比喩的に表現することが、単に言葉の連想の面白さにとどまることなく、現実の事象の美的な認識の表現になり得ているのである。「鶯や柳のうしろ藪の前」の句に至っては、「鶯」―「柳」―「藪」といった最も平明な連想にもとづいて用語が選び出され、それに「うしろ」「前」の対比語を配することで一句にまとめるといった単純な構成法がとられている。それだけに一つ一つの言葉は、語が本来的に伴っていたイメージの世界への開かれた回路をそこなうことなく取りこまれている。しかも「柳」と「藪」のイメージは、水辺と山里との対比を構成する語であるので「水村山郭」といった空間的な拡がりへの想像をいざない、そうした柳や藪が点在する田園風景と対置された「鶯や」の初句は、当然に一羽の鶯を意味する語ではあり得なくなり、「鶯や」の鶯は、いたるところに鳴いている鶯、つまり「千里鶯鳴いて」（杜牧「江南ノ春」）の「鶯」に匹敵する意味をになう語として位置づけられることになる。このようにレトリックのあり方は、言葉が導き出す想像力の働きを方向づける決定的な要因となっているのである。

二

鶯をめぐるレトリックの集積は、表現者の意欲を「よみ残したるふし」もしくは「つゞけもらせる詞」の探究へと立ち向かわせずにはおかない。注意深く現実体験を見つめようとするのも「よみ残したるふし」を発見する喜びに支えられた行為であって、そこには新しい趣向を求める心が働いている。従って表現者としての観察や分析は、すべて言葉の工夫に収斂されるものと言ってもよい。

『去来抄』には、鶯に関する句が五句収められ、その中に、去来の「鶯の梅にとまりて鳴くといふは、発句にならず。鶯の身をさかさまに鳴くといふは発句なり(9)」という言葉が見える。つまり、俳諧の発句は、言葉を通して事物に対する新しい見方を教え、読む人の心に新鮮な感興をよびさますような趣向（レトリック）がもりこまれていなくてはならないというわけである。ここで話題に取り上げられた句は、其角の

鶯の身をさかさまに初音かな

の句である。この句に関しては「同門評」のなかで、素行の

鶯の岩にすがりて初音かな

の句とあわせて、次のような去来の評言が載せられている。(10)

去来曰、「角が句は乗　媛《じやうだん》の乱鴬也。幼鴬に身を逆にする曲なし。初の字心得がたし。行が句は鳴鴬《なく》の姿にあらず。岩にすがるは、或は物におそはれて飛かゝりたる姿、或は餌ひろふ時、又はこゝよりかしこへ飛びうつらんと、伝ひ道にしたるさま也。凡、物を作するに、本性をしるべし。しらざる時は、珍物新詞に魂を奪はれて、外の事になれり。魂を奪るゝは其物に著する故也。是を本意を失ふと云。角が功者すら、時に取て過チ有。初学の人慎むべし」。

つまり、去来は、「鴬の身をさかさまに鳴く」という表現は認めるが、これを初音を鳴く鴬のこととしたのは誤ちであるとして斥けるわけである。これらの句は、おそらく鴬の初音を主題とした句作りをするにあたって、これまでに言いふるされてしまった梅・柳・竹・藪・垣・咲く花・庵・谷といったありふれた言葉を配することをさけようと工夫されたものに違いない。

其角が「身をさかさまに鳴く」鴬の生態をとらえることができたのは、何とかして新しい鴬の句を詠もうとする表現者であったからである。そうした表現者の目が、鴬についての表現の領域にいまだかつて存在しなかった一瞬の鴬の生態を鋭く意識化させたのである。したがって、「身をさかさまに鳴く」鴬の発見は、動物の観察記録としては全く意味を持たない事柄であって、新しい句を詠むことがむつかしくなった鴬についての発句のあり方に新しみをもたらした意味しかないのである。ところが、去来は、そうした「珍物新詞」の思いつきに批判的であった。鴬に関する常識的なイメージを破った其角の新しい表現を、初音の鴬に適用したことが根本的な誤りであったというわけである。もし「身をさかさまに鳴く」鴬を造形するなら、晩春の花の枝にたわぶれ鳴く鴬のことでなければ「物の本情」を見失った表現と言わねばならないと批判している。去来の立場からは、珍らしい言葉や新しい表現の思いつきも、それが現実の新しい認識と結びつかなければ無意味な試みとして否定されねばならなかった。素行の「岩にすがり」つつ鳴く鶯のイメージもまた、谷の連想を伴う初音の鶯についての新しいイメージとして評価されたものであったと考えられる。おそらく水墨の花鳥画からでも思いついたイメージではなかろうか。ここにも〝初音の鶯↓谷↓岩↓すがる〟といった言葉をなかだちとした想像力の展開がみられ、この句もまた鶯をめぐる修辞の試みの果てに得られた句で、現実の写生ではないと考える。

『去来抄』には、他にも鶯の句として、

鶯の海むいて鳴く須磨の浦

といった卯七の句が取りあげられている。この句もまた、新しい修辞の試みとして評価された句であって、まず鶯と海との取り合わせが新鮮な感興をよびさます第一の点であった。次には、須磨の浦に鶯を配することで、伝統的な歌枕の観念を更新したことが手柄の第二で、第三には「向いて鳴く」といったような歌や連歌に用いられることのなかった俗語的な修辞を句に用い、一種の〝新しみ〟の匂いを添えたことが指摘できる。もっとも、この句の初案は、「鶯も」とあったのを「鶯の」と改めたのであるが、「も」とするか「の」とするかで、同門の間に評価が分かれ、野坡と去来は「の」と改めることに賛意を表し、丈草は「鶯も」の方がまさるとしている。この他にも『去来抄』同門評篇には、鶯の句は二句取りあげられているが、それらを合わせた五句すべては〝鳴く〟鶯である。ところが先に問題にした芭蕉の一句は〝糞する〟鶯であった。芭蕉の「日比の工夫」は、伝統的な〝花に鳴く鶯〟の固定観念を抜け出たところで、鶯に関する新しい詩情を探り当てることに向けられた。そうした努力の結果〝花に鳴く鶯〟に対し、〝餅に糞する〟鶯のイメージに思い到ったわけである。この句もまた偶目の風景の写生ではなく、修辞上のさまざまの試みの果てに得られた表現上のイメージであったに違いない。ところが、このように表現されると、句の世界がそのまま現実の情景と化してしまい、いつ、どこででも実際にあり得た光景に置きかえられてしまうものである。そして、「鶯」、干し並べられた「餅」、「縁の先」といった言葉が誘発する想像は、表現されていないことにまで及び、どこか片田舎の藪に囲まれたような農家の竹縁の端に、箕の上にいささか黴を帯びた切餅が並べて干してある光景が想い浮かび、暖かさをました春の午後の日ざしを受けて静まりかえる庭先には、梅の花がひっそりとほころび、かすかな香りまでただよってくるように感じられる。

発句の表現が、このような想像力を誘発し得るようになったのは、言葉をめぐる固定観念をぬぐい去る試みの果てに、「ものに応ず」る言葉を発見したことによるのである。芭蕉はそうした試みを「俗語を正す」こととしてとらえた。固定化した縁語・掛詞の論理や比喩の修辞法を捨て去ることで、言葉を断片化することが、言葉と事物との照応関係をとりもどすことを可能にするのであって、そうした表現行為を「俗語を正す」といったのではなかろうか。近代の写実的文章が、不断に新しい比喩を創出することによって支えられているのは、現実と表現との対応関係の本質を語っている。現実を写すということは、現実の観察や分析によって可能になるのではなく、新しい修辞を創出する意識的な営みの成果が、結果的に写実的に見えるというにすぎないのである。近世において〝蕉風〟とよばれた新しい俳諧の表現が自覚化されるに至ったのも、修辞における方法上の問題が根本にあった。

三

再び、柳と鶯の取り合わせの問題に立ちもどるが、芭蕉の高弟其角の句に、

青柳に蝙蝠《かはほり》つたふ夕ばえなり

という作がある。[11] この句は、謡曲の「遊行柳」で、序の舞の終りにシテが謡い出す「青柳に、鶯伝ふ羽風の舞」の句のパロディとして作られたものである。芭蕉の評言に「柳につたふ蝙蝠《かはほり》、鶯よりも猶興あり」とあるように、柳に鶯の取り合わせに対し、蝙蝠を入れかえたため、夕方の時刻が意識にのぼり、それを「夕映え」の語でまとめたのが句作りの基本的な方法であったと考えられる。この句の新しさはいうまでもなく、柳と蝙蝠の取り合わせにあるのであるが、「つたふ」の用語を蝙蝠に用いる面白さや、「夕ばえなり」の表現効果も無視できない。「つたふ」の語は、主として鶯のような小鳥が、鳴きながら梢を次々に移動することを表すか、千鳥のような鳥が磯辺に沿って鳴きながら移動することを表わした語であるが、「鶯伝ふ」の句をそのまま利用したために、蝙蝠が柳の垂れた枝により添うように上下して飛び交うさまが想像できるようになる。そうしたイメージは、現実のものというよりは、現実に存在しても不思議でないような面影を言葉が描いてみせたにすぎない場合が多い。それに現実の蝙蝠は、あたりが暗くなってからしか出てこないので、空をすかしてやっと識別できるのが実際である。それを『宇津保物語』や『源氏物語』など王朝物語のなかで、ことさらに情趣深い場面を表現する時に用いられた「夕映え」の語を用いることで、「青柳」の青さと蝙蝠の黒々とした色彩の配合を引き立たせたことは、全くレトリックの効果という他ない。このように、言葉の組み合わせが生み出す想像の場面は、それがいかにも現実的なものであるかのように見えても、本質的には修辞を離れては存在し得ないイメージなのである。もしも、人が想像力によって物を見ているとしたら、現実は、文学作品によって与えられた言葉による想像を介してながめられることになる。特に詩的な表現は、現実そのものとしては存在し得ないものを、言語による想像力の働きで現実に存在するものであるかのように受けとめさせてしまうものである。あまりに言いふるされた「青柳に、鶯つたふ羽風」の表現には、誰しもが美的観念しか受けとめないのに、「青柳に蝙蝠つたふ」となると、現実的なイメージを想像する。その理由は「鶯」と「蝙蝠」の語が日本文化の伝統のなかでしめる位置の違いによる。日本では、蝙蝠は「鳥なき島（里）の蝙蝠」とか「蝙蝠も鳥の内」とかいった諺でなじまれているだけで、歌の素材に取りあげられることがなかった。もっとも『夫木和歌抄』によると、和泉式部の歌二首が「蝙蝠」の部に収められているが、その歌も諺を前提にして詠んだものに過ぎない。其角が、鶯に対して蝙蝠を思いついたのは現実の蝙蝠からではなく、おそらくは漢詩に読みこまれた蝙蝠についての印象からではないだろうか。

このように、レトリックの問題は、従来のように、枕詞・序詞・縁語・掛詞・比喩・擬人法といった修辞の問題にとどまることなく考察する必要がある。つまり言葉による想像力のかかわりを効果的ならしめる語の取り合わせの問題もレトリックの問題として考察する必要があるということである。こうした問題を具体的な一例で指摘するために、芭蕉の『奥の細道』中の一文を取りあげてみよう。

……。遥かなる行末をかかへて、かかる病おぼつかなしといへど、羇旅辺土の行脚、捨身無常の観念、道路に死なん、これ天の命なりと、気力いささかとり直し、道、縦横に踏んで、伊達の大木戸を越す。鐙摺・白石の城を過ぎ、笠島の郡に入れば、藤中将実方の塚はいづくのほどならんと、人に問へば、「これより遥か右に見ゆる山際の里を、蓑輪・笠島といひ、道祖神の社・形見の薄今にあり」と教ふ。このごろの五月雨に道いとあしく、身疲れはべれば、よそながら眺めやりて過ぐるに、蓑輪・笠島も五月雨のをりに触れたりと、

笠島はいづこ五月のぬかり道

岩沼に宿る。

芭蕉の紀行文が、旅の実際とくい違っていることは今更問題にしても仕方のないことであるが、虚構の問題を文学的真実もしくは旅の本意といった抽象的な命題で説きあかすこともまた問題の焦点をあいまいにしてしまうと考える。

芭蕉の旅の記の大きなねらいの一つは、発句と文章とが緊密に照応し、言葉の表現性が極度に生かされた、言葉による織り物のような世界を創造することにあった。したがって、旅の生活者芭蕉を語ることや、現実の風景を説明することは、もともと念頭になかったのである。作品『奥の細道』の語り手となった旅人は、作者芭蕉が言葉による想像力の世界に像を結ばせた風狂人の面影であったのであり、作者芭蕉は、自ら生み出した語り手に同化することで〝言葉の内なる〟旅をくわだてたわけである。この旅は、作品の完成に向けての旅立ちでもあった。芭蕉は、現実での旅を体験した後、旅で作った句や文章を参考にしながらも、数ヶ年という長い年月をかけて推敲に推敲を重ねやっと定稿らしいものに仕上げたのは、言葉の表現力に支えられた新しい旅の記を創造したかったからである。それだけに『奥の細道』の文章の言葉は、一語一語が無駄なく配置され、言葉の響き、言葉のもつ連想のひろがり、言葉と言葉との続きがらが織りなす豊かな表現性といったレトリックの問題がいたるところに存在するのである。こうしたことは既に先学が解明していることであるが、ここに引用した部分でいうなら、「遥かなる行末をかかえ」以下の文章は、旅の生活者芭蕉にかかわる問題ではなく、佐藤一族や弁慶といった義経をめぐる悲劇の主人公の鎮魂のために死者のくにに赴いた旅人が、飯塚（飯坂）での苦難の一夜の後に、再び現世の旅人へと再生しようとする語り手の問題であった。この再生への決意が「道、縦横に踏んで、伊達の大木戸を越す」の一文に述べられている。この文章を素直に読む限り、道の途中には、城門を思わせるような大木戸があったことになる。しかし、実際には大木戸は地名として残っているだけで、言葉だけの存在にすぎない。しかし、芭蕉はそうした地名がよびさます連想のひろがりを徹底的に生かすように前後の言葉を配慮した。これは基本的なレトリックの問題ではなかろうか。「道、縦横に踏む」―「伊達」―「大木戸」の語は、それぞれに照応関係をもつ言葉であって、「道、縦横に踏んで」は、六方を踏むしぐさで、町奴の男だての歩みぶりそのものである。その連想上に「伊達」の語を持つことにより、「道路に死なん、これ天の命なりと」いった表現とも呼応関係を持ち、義経弁慶の男伊達を演じるかのような旅人の面影が造形される。こうして「大木戸を越」し、「城を過ぎ」てゆく旅人が「道、縦横に踏んで」歩く武辺者を演じるにふさわしい背景を用意するかのように「鐙摺」の地名がこの部分に採用される。「越す」という動詞が用いられるのは、この「大木戸を越す」の所と尿前の関のくだりで「やうやうとして関を越す」とある二ヶ所だけで、用語に対する周到な配慮がよみとれる。

次の文章の「鐙摺・白石の城を過ぎ」の文章は、この「大木戸を越す」との照応で書かれたもので、『奥の細道』中、城下町が「白石の城」というように呼ばれるのはここだけである。「鐙摺」の地名に至っては、坂のよび名で「あぶみこはし」ともいったようで、白石と並べて記すような地名ではない。それをこのように書いたのは、義経や弁慶の一行が、鐙を摺って通ったと伝える地名への関心にあわせて、この部分の文章を展開するのに最もふさわしい地名であったからだろうと思われる。書き手の動機はともあれ、「気力いささかとり直し、道、縦横に踏んで、伊達の大木戸を越す」という表現がもたらす主人公が次々に通過してゆく地名として、鐙をすりつけてやっと通りぬけることができるような嶮路を思わせる地名は、単なる地名以上の表現性を帯びて、この文章中に位置をしめることになる。「白石の城」の表現も、この「鐙摺」との呼応の他に、「しろ」の音の反覆効果が意図されていたに違いない。そしてこの部分の修辞は、形の上でも「伊達の」―「白石の」—「笠島の」の反覆効果が見られ、「大木戸を越す」↓「城を過ぎ」↓「郡に入れば」という経過表現の変化と照応の妙が目を惹く。（芭蕉の旅の実際は、白石に泊まったのであって、岩沼の方は通過している。）

藤中将実方をめぐる遺跡を叙するにあたって、あたかも能のワキ僧が、前シテにものを尋ねるような形式をとったのは、構想の問題であるが、名取郡笠島むらという呼び方を無視して、「笠島の郡」というように、「笠島」を全面に出し、これだけの文中に、この地名を四回も繰り返し用いたことは、意図的な作意によるものといわねばならない。いうまでもなく「五月雨の折に触れた」地名であり、実方中将の亡魂が鎮まる土地の名であるから繰り返されるのは当然であるが、「笠島の郡」としたのは、「笠島はいづこ五月のぬかり道」（初案は「笠島や」とある。）との照応を考えての措辞と思われ、「藤中将実方の塚はいづくのほどならんと人に問」ふ構想は、発句中の「いづこ」の語に導かれたもので、初案の「笠島や」を「笠島はいづこ」と改めることにより、塚はいづく」という文章と句とが緊密に結びあって首尾照応する表現世界を実現し得ている。さらに、「遥か右に見ゆる」の句は、諸注すべて「左」の誤りとするだけであるが、この部分の修辞上の効果からは「みぎにみゆる」の方が数等まさることは明らかである。それに答える人の立ち場を中心に言ったとするなら「右に見ゆる」と言っても誤りとは言えないばかりか、右手を真すぐに挙げて遠く指さす相手のしぐさまで連想させるすぐれた表現と言ってさしつかえない。

このように芭蕉は、言葉がかもし出す自然な連想のひろがりを最も有効に生かすべく修辞上の工夫をこらすことにより、レトリックとしての紀行文学を達成したのである。「岩沼に宿る。」の一文も、武隈の松について独立した文章を草するための区切りとして書く必要があったのだろうが「五月雨」↓「ぬかり道」↓「岩沼」と続く文章の流れは、地名の織りこみ方として、これまでの道行文の方法を一新する試みといわねばならない。こうして、簑輪・笠島・岩沼といった地名を見事に五月雨の時候に合せて取りこみ、地名にまでイメージのふくらみをもたせ、表現世界の大きな支柱としてしまう。このような方法は、「日光」「白河」「尿前の関」をはじめとしていたる所に見受ける方法でもあった。

『三冊子』中の有名なことばに「新しみは俳諧の花なり。古きは花なくて木立ものふりたる心地せらる。亡師つねに願ひに痩せたまふも、この新しみの匂ひなり。その端を見知れる人を悦びて、われも人も責《せ》められし所なり」[12]とあるように、芭蕉は『土佐日記』『東関紀行』『十六夜日記』といった先人の文章を凌駕する「黄奇蘇新のたぐひ」の文章の創造を目指し、言葉による想像力を方向づけるためのレトリックの完成を目ざした。『奥の細道』は句作りに於て体得した修辞の方法を紀行文（道の日記）に生かしたレトリックの集成として見直すべきではなかろうか。そう言えば、『土佐日記』にしても、旅の記というよりは表現の面白さをねらって書かれた文章が目立ち、『十六夜日記』に至っては、修辞的技巧が前面に押し出されてしまったような作品である。旅の記だからと言って、土地の現実の風景が直接関心の対象となるのではなく、地名が言葉としてもつ観念や連想のひろがりが歌を中心とした文章に展開されるのが一般的な方法であった。したがって、紀行文学の肝要はレトリックのあり方にすべてがかかっていたといってもよいほどである。現実のながめは、ある修辞的観念を誘発し得る時にのみ取りあげられるのであって、風物もまた、語り手の一定の修辞的観念に従って見渡されたのである。任意の一例として宗祇の『白河紀行』の一部を引くと[13]

白川の関にいたれる道のほど、谷の小川、峯の松風など、何となく常よりは哀れふかく侍るに、このもかのもの梢むらむら落葉して、山賤《がつ》の栖もあらはに、麓の沢には、霜がれのあし下折れて、さを鹿の妻とはん岡べの田面も守る人絶えて、かたぶきたる庵に引板のかけ縄朽ち残りたるは、音するよりはさびしさまさりて……

この「道のほど」のながめは、「ちりかかる谷の小川の色づくは」（千載集）「鹿の音おろす峯の松風」（千載集）「このもかのもの」「むらむら見ゆる」「山がつの」（以上は古今集に見える歌語）「霜がれのなにはのあしの」（千載集）「下折れて」（風雅集）「さを鹿の妻とふ声の」（千載集）「岡べの小田を」（玉葉集）「田面《たのも》のいほの」（続拾遺集）「引板《ひきた》」（万葉集）といったように、ほとんどすべての風物が歌の伝統的観念と用語を通してながめられた世界である。この言葉による想像力が、伝統や共同の美的理念の方向に閉じられてしまう時は、文章が読み手に新しい認識の喜びをもたらすことはありえない。芭蕉がつねに表現の「新しみ」を求めてやまなかったというのは、事物との新鮮なかかわりを持つ喜びをたしかめるためだったのである。

注（1）『校本芭蕉全集　第八巻　書簡編』（角川書店　昭和三十九年）一六五頁。元禄五年二月七日付。
（2）『日本歌学大系　第一巻』（風間書房　昭和三十二年）一一八頁。
（3）野間光辰監修『俳諧類船集』（近世文芸叢刊1　昭和四十四年）二四八頁。
（4）野間光辰監修『俳諧類船集索引　付合語篇』（昭和四十八年）四九頁。
（5）『俳諧類船集』（近世文芸叢刊1）二一七頁。
（6）岩田九郎著『諸注評釈芭蕉大成』（明治書院　昭和四十二年）一六五頁。
（7）以下、引用の歌は『夫木和歌抄』による。
（8）『桜川』（大東急記念文庫刊、翻刻本）による。
（9）『校本芭蕉全集　第七巻　俳論編』（角川書店　昭和四十一年）一四七頁。（表記を改める）
（10）前掲書。九四頁～九五頁。
（11）『田舎句合』第二番　右（『校本芭蕉全集　第七巻　俳論編』　三六〇頁）。

(12)『校本芭蕉全集　第七巻　俳論編』一七七頁。
(13) 金子金治郎著『宗祇旅の記私注』(桜楓社　昭和五十一年)一五頁。(表記を改める)

第十二章　古典と芭蕉――『奥の細道』をめぐって――

一　流行する不易なる言葉

芭蕉の句や文には、古典に見える修辞がいたる所にはめこまれていることは周知のことであり、その出典研究は先学の労により、ほぼ窮め尽くされた感がある。特に、広田二郎氏は、『芭蕉の芸術―その展開と背景』『芭蕉―その詩における伝統と創造』『芭蕉と古典―元禄時代』等の諸著作で、従来の出典研究の成果に氏の調査結果を加えた網羅的な整理をほどこしているので、知識として氏の水準を超えることは難しい。しかし、芭蕉の言葉のベクトルは古典の世界に向けられているものではなく、読み手の心に呼びかけ、造化の不思議を共有する魂に訴えかけるところにあるので、そうした意味作用により注目すべきではなかろうか。芭蕉が古典から引用している修辞や句文は、読者にそれと気付かせない形のものが多く、典拠の知識を借りなくても、言葉そのものの表現力で自立している語が多い事実がそのことを証している。

一般に芭蕉の表現用語は、時代を超えて用いられてきた「不易な言葉」が多く、その時代の風俗風習とともに「流行する言葉」は用いられていない。このことは文章語一般の特色とも言うことができるが、近世の仮名草子や俳諧の表現に取りこまれた風俗用語の拡がりの実状と芭蕉の用語とを比較してみるなら、芭蕉の表現のきわ立った特色ということができる。芭蕉はつねに門弟に「新しみは俳諧の花なり」（『三冊子』）と語り、「誠の変化はみな師の俳諧なり。かりにも古人の涎《よだれ》をなむるなかれ」（『三冊子』）とも語ったと伝えられているように、安易な古典の引用は自他ともに戒めていたことがわかる。そうした芭蕉の教えを、去来は「古事・古歌を取るには、本歌を一段すり上げて作すべし」（『去来抄』）と要約している。この「一段すり上げ」るということは、古典の言葉を現代語のなかに活かして取りこむことであり、「風雅に古人の心を探」る（『三冊子』）ことでもあった。

『去来抄』が伝える芭蕉の語に「人情をいふとても、今日のさかしきくまぐ〳〵まで探り求め、西鶴が浅ましく下れる姿あり」という有名な言葉があるが、そのことは芭蕉と古典との関係にもそのままあてはまる事柄であって、自らの文章を衒学的に飾るために難語・奇語を鏤《ちりば》めて鬼面人を驚かすたぐいの文章をものしたり、博覧強記の才を誇るかのような古今東西の古典を探り求めて文章を書くことは全くなかったといってもよい。ところが、現代までの出典研究の成果を集約した『芭蕉事典』（中村俊定監修）によると、芭蕉が修辞的に引用している古典の範囲だけでも『古事記』『日本書紀』『万葉集』を初めとして、物語では、伊勢・竹取・源氏・平家・太平記・源平盛衰記など、随筆・説話・日記では、枕草子・方丈記・徒然草・撰集抄・古事談・古今著聞集・慈元抄など、歌集に至っては、古今より新古今に至る八代集はいうまでもなく、新勅撰、続後撰・続古今・続拾遺・玉葉・風雅・新拾遺・新後拾遺・新続古今等の二十一代、それに和泉式部集・山家集・金槐集・拾玉集・拾遺愚草・壬二集・夫木抄などの私家集に及ぶ書目が挙げられ、中国古典までも挙げるとすると夥しい数になる。しかし、その書目を一覧すると、その範囲は当時の文筆人の基礎教養の範囲内のものでそれほど格別なことではないが、芭蕉が古典から言葉を選びとる方法に明らかな特色が見受けられるのである。例えば『奥の細道』の旅立ちの条の弥生も末の七日、あけぼのの空朧々として、月は有明にて光をさまれるものから、富士の峰幽かに見えて、上野・谷中の花の梢、またいつかはと心細し。(1)

の一文中の「月は有明にて……」の部分は、諸注がすべて指摘しているように『源氏物語』の「帚木」「月は有明にて光をさまれるものから、影さやかに見えて、なかなかをかしきあけぼのなり」の一文に基づくことは明白である。しかし、この部分を通読する読者の立場からは『源氏物語』との関係が視野に入ることはなく、前後の文と一体化した自然な言葉の意味の流れが目につくだけである。もっとも「あけぼの」の語は、広田二郎氏の研究によると〝『源氏物語』語〟とでも名付けるべき文学用語ということになるが、(2)「弥生」(春)―「あけぼの」の連想は「春はあけぼの」の句とともに広く親しまれたものであり、弥生―朧《おぼろ》月―霞む山―花といった景物は、あたかも舞台の書割りのように定型化したイメージであり、日本の春の季節感の集約でもあった。芭蕉は、この旅立ちの一文において、『枕草子』『源氏物語』『新古今集』連歌謡曲などの文学伝統にいささかの異を立てることもなく、万代不易な「本情」の世界をなぞって見せたことになる。もしも芭蕉ほどの文章力を持たない者が同じイメージをなぞったとしたら、時候の挨拶文のように読みすごされる無内容の文を書いてしまうに違いない。しかし、芭蕉は「本情」の世界の実在を信じる立場から、「本情」の〝うながし〟に誘われるように文を構成し、書きとどめたのであった。芭蕉が修辞に傾けた彫琢の労苦は、死を意識しながらも句作の添削に心を労した終焉記の挿話や句文の草稿段階から定稿を得るまでの改作過程を知る者には周知の事柄である。この労苦は名作を残すためになされたものではなく、「本情」を探り、「本情」の世界に遊ぶ喜びを自他ともに共有しようとする願いに発する行為だったのである。万代不易なものを、つねに流動変化して止むことのない現実の深層から呼びおこし、命を与えられて生きることの不思議を、造化の営みの本質に立ちかえることで確かめることが、芭蕉の「新しみ」の内実であった。「新しみは俳諧の花なり」「亡師つねに願ひに痩せたまふも、この新しみの匂ひなり」[3]（『三冊子』）という時の「新しみの匂ひ」とは、井筒俊彦氏の言葉を借りていうなら、[4]「一瞬のひらめく存在開示」の余韻ということになる。同氏の言葉をさらに引用するなら、「経験的世界に生きる、あるいは生きなければならぬ存在者として、人は普段は『……の意識』で事物に接している。ただ、『内をつねに勤めて物に応』じる特別の修練を経た人、すなわち『風雅に情《こころ》ある人』、の実体験として、ものを前にして突然『……の意識』が消える瞬間」が訪れ、「人とものとの間に一つの実存的磁場が現成し、その場《フィールド》の中心に人の『……の意識』は消え、ものの『本情』が自己を開示する」「実存的出来事」が現成するという。芭蕉作品の言葉は、この「実存的磁場」の現成をうながすための装置ということになる。芭蕉が、世態・人情の「今日のさかしきくま〴〵まで探り求め」、それを明らかにするような文章を書かなかったのは、現実を無視したからではなかった。名利・勝敗を競い合う「仕官懸命の地」を離れながらも、悟達・無心の境位を目指して「仏籬祖室の扉《とぼそ》に入」ることもしなかった芭蕉は、命と共に与えられた感性や感情のおのずからの喜びを生きる風雅の道を選んだ時、「ものの『本情』」を開示し、「ものとの間に一つの実存的磁場」を現成する文学古典の言語（雅語）の力に開眼するに至ったと思われる。

「旅立ち」の一文から、「弥生も末の七日」「富士」「上野・谷中」といった時間と場所を特定化する固有名詞を省いたとしたら、いつ・どこにでも成立する普遍的イメージだけが心に残ることになる。芭蕉の表現から浮上するイメージは、近世都市江戸の風物と無関係に成立する惜春の「本情」の世界に身を置きながらも、無常流転の世に身をゆだねようとする永遠の旅人の面影だけである。芭蕉が『源氏物語』「帚木」の「月は有明にて、光をさまれるものから」の修辞に着目したのは、この文辞が「あけぼの」の不易な本質を言い当てていることを発見したからであると考えられる。「光をさまる」という言い方は『源氏物語』に初めて出現した修辞であり、その後文学表現にとりこまれることはなかったようである。そもそも「をさむ（治む・修む・収む・納む）」の自動詞形の「をさまる」の語そのものも、『万葉集』『竹取物語』『伊勢物語』『古今集』『土佐日記』『蜻蛉日記』など『源氏物語』以前の文学作品に用例を見出すことがなく[5]心や涙やふるまい、または風・雨・雪といった自然現象を表現するのに用いられるようになったのは『源氏物語』以後のことであった。広田二郎氏は、この他にも「『源氏物語』に特徴的なことば遣いと認められる」語[6]として「さすらへ」「むつましきかぎり」「思ひ立ちて」「さりがたき」「わりなけれ」「数を尽くして」「不用の」「這ひ出で」「たとたどし」「あやしの」「心とどむ」「思ひめぐらす」「尋ねありく」「消え入る」「さればこそ」「しれもの」「住みなし」「あやしきまで」「落ち入る」「さしかたむ」「時のうつるまで」「耳驚したる」「身をはふらかし」「いひおどす」「とりあへぬ」「あやしの小家」「わたり給ふ」「尋ね逢ふ」などの『奥の細道』中の用語を挙げ、それが『源氏物語』での言語体験から選びとられたものと判断できる根拠を精細に例示している。また、現代の諸注は「旅立ち」の一文の冒頭は、木下長嘯子《ちょうしょうし》の『挙白集』所収「山家記」の「ろう〳〵とかすみわたれる山の遠近、（中略）あけぼのの空はいたく霞みて、有明の月少し残れるほど」の一文に倣《なら》ったものとしており、「花の梢」は歌語「またいつかは」の句は、西行が旅立ちの折に詠んだ「かしこまる幣《しで》に涙のかかるかな　またいつかはと思ふ心に」によった表現とみているように、ほぼ全文が古典からの引用の織物ということになる。この一文を批評して、尾形仂氏が「日本文学の伝統的世界における別れの各場面場面もしくは詩人たちの心ごころが、二重写し的に、何枚も何枚も重ね合わされている[7]」と述べているように、芭蕉の言葉の背後からは、詩語を「磁場」とした古人の「風雅の誠」の交響が聞えてくるのである。

二　共生の時空を現成する言葉

芭蕉の句や文には、古典語や漢語の他に、当然のことながら日常語や方言の中からも選び取られている。言葉を広く選び、推敲を重ねて文辞を練りあげたところに、芭蕉の句や文が結実したわけであるが、芭蕉は自らの文才を示すために名文を書き上げ、後世に残したのではない。恵まれた繊細な言語感覚と言葉を選び出す言語能力は天賦の才だとしか言いようがないが、芭蕉はその才質を文人社会で評価されることを期待したわけではなかった。そのことは、自らの発意で本を刊行したのが『貝おほひ』の一冊のみで、他は門弟による編集・板行にゆだねていた一事からも証しうることである。芭蕉の表現が目指したものは、「見るところ」を「花」に変成し「思ふところ」を「月」と化してしまう言葉の「磁場」を構築することであった。ここでいう「花」「月」とは、先入見や既成観念を捨て去った心にきざす、「ものの本情」の世界を意味する語である。この「本情」の世界は、伝統文学についての高度な教養を身につけなければ理解し得ないようなものではなく、「誠にうすものの風に破れやす」(『笈の小文』) きナイーブな感性を磨くところに感得しうるものである。『三冊子』が伝える芭蕉の教えによれば、「つねに風雅の誠をせめたど」る (享和再刻板本) ことを諭すに当って「自然《じねん》に出づる情」と「心の色」の「うるはし」さを大切にし、「外に言葉を工《たく》む」ことや「私意のなす作意」を否定していることは、このことを証している。

日常的現実を構成する諸原則を頭から無視することは許されないが、高度に組織化され、制度化された現代にあっては、学問も芸術も現代の知の制度に立脚せざるを得ないために、ともすれば学界制度にからめとられた文学研究は、知的情報の集積と、微に入り細を穿つ考証が作品の読みの正しさを保証する基本であるかのように思いがちである。特に『奥の細道』のように冒頭の一句からして、李白の「春夜桃李園に宴するの序」の詩句を踏まえているように、以下『撰集抄』『山家集』『西行物語』『源氏物語』『枕草子』『平家物語』『太平記』『源平盛衰記』『東関紀行』『土佐日記』『歌枕名寄』『類字名所和歌集』『新古今集』『古今集』他の勅撰和歌集、謡曲などの日本文学の伝統や『蒙求』『古文真宝』『論語』『荘子』『聯珠詩格』『和漢朗詠集』『禅林句集』『杜律集解』『錦繡段』『寒山詩』『詩経』などの漢文学の伝統によってはぐくまれた用語・故事・措辞を摂取して表現世界は構築されているが、古典の豊かな教養を前提とした文章では決してない。芭蕉は、日常語・俗語・方言・古典語を価値的に差別するような言語観はもっていなかったが、一つ一つの言葉の不易な力と「心の色」の「うるはし」さや「自然に出づる情」の深切さと対応する要因は重視したと思われる。堀切実氏は、文学作品を読むということは「文学的に構築された一種の夢中の空間に入り込むこと」であり、その価値は「そうした文学空間の世界に読み手を引き込んでゆく力の強さ」にあると述べ、「『おくのほそ道』についていえば、その四百字詰原稿用紙にしてわずか三十数枚の極小の言語空間が、豊かな旅の空間を—いわば極大の言語空間を構築し得ているというところに、その文学的意味が追究されるべきであろう[8]」と述べているが、氏の言葉にのせていうなら、芭蕉が古典語を選びとった基準は「風雅の世界に心を引き込んでゆく力の強さ」にあったと考えるべきであろう。芭蕉は自ら読み手として古典に接した時に、言葉の力に開眼し、力ある言葉と出会い得た喜びにひたり、その言葉の声に聞き入ったに違いない。「風雅に古人の心を探」る（『三冊子』）ということは、言葉が枠どるものを介して、人の命に根ざした「風雅の誠」を共有することが可能となる不思議に心をゆだねることであった。そうした力を備えた言葉であるなら、日常語、俗語、古典語といった区分けはどうでもよかったのであるが、言葉の力を最良の状態でひき出すためには、当然にふさわしい措辞が必要となる。芭蕉が結果的に名文を仕立てあげてしまったのは、自己の文才を発揮するためではなく、言葉の命を尊重し、言葉を敬愛し、言葉の力にうながされて、命に宿された魂の深い喜びに触れ得た感動を自らに確かめるためだったのである。「あけぼのの空」の句は『源氏物語』『新古今集』『山家集』の文学伝統に思いをいたすよりは、ほの暗い夜明け前に起きて、時々刻々と変容する空に眺め入った体験を持ったことのある者であるなら、誰しもが深い夜空の一角にきざした曙光が空一面に拡がってゆく光りの動きに大宇宙の鼓動を聞く思いをまず第一想起するに違いない。「朧々として」の漢語は、語意を詮索しなくても、その語の響きが光のゆらぎを連想させるので、人は「あけぼのの空朧々として」の句を朗誦しただけでも、人の世の俗臭と騒音にまみれた心の闇の世界に射し入る光のゆらぎにさそわれて、俗世を離別する旅の想いをかき立てられるのではなかろうか。「月は有明にて光をさまれるものから」の一文は、すでに述べたように『源氏物語』「帚木」に見える措辞を裁ち入れたものであるが、こうした表現を介して空蟬の君への断ちがたい慕情と未練を象徴するような有明の月を連想する必要は全くないと言ってもよい。芭蕉は夜明けの空に見られる闇と光の宇宙的なドラマの帰結を「光をさまれるものから」の句が最も適切に示し得ていることを見抜いたからこそ、この句を用いたのである。芭蕉の表現には、このような「朧々として」「光をさまれるものから」といった動きや変化を想わせる語が配置されることによって読者の心を生々流転の「造化」の世界に思いをいたさせる「磁場」が用意されているのである。「花の梢」の語は、勅撰集の範囲では『詞花集』に見える白河院の歌が最も早い例で、西行の場合は「梢の花」の語が五首、「花の梢」の語は二首の歌に見られるが『新古今集』には「梢の花」の語は一首にしか用いられてないので、この語が一般化したのは、室町初期の古典主義の文化情況のなかに於てであったらしい。「梢の花」の用語が現実的具象性を印象づけるに対し、「花の梢」の語は観念的抽象性を帯びた語ということができる。「上野・谷中の花」は、江戸の花の名所を挙げたわけであるが、『奥の細道』の旅は、多くの学者が「歌枕探訪の旅」と規定しているように、名所・旧蹟・歌枕の地を多く取り上げた方法から見れば当然の選択ということができる。芭蕉がこうした地名を選んだのは、そこに心を留めた古人をも含めた多くの人々の共有空間であったからと考える。旅の事実を改変して「草加」の地名を選んだのも、地名を口にした時の響きの美しさやなだらかさと共に、多くの人に親しまれているなつかしさが基準となったからであろう。こうして「上野・谷中の花の梢」の句には、現実には政治権力の中心地として「名利の地」であった江戸の空間を「花」を中心に存生の喜びをわかち合う、人々のなつかしい共生の場に変容させてしまう働きが伴うのである。

「花の梢」に続く「またいつかはと」の句は、西行が仁安二年（一一六七）の十月、四国行脚に出立しようとした際に賀茂の社に詣でた折に詠んだ「かしこまる幣《しで》に涙のかかるかな　またいつかはと思ふあはれに」の歌の四句目を裁ち入れたものである。この句も本歌に依存することなく自立しているので、あえて西行歌を引きあいに出さなくても、『奥の細道』の作品中の措辞として十分に受けとめることができる。芭蕉が『奥の細道』の中で言葉としては主として古典の中から最も不易な言語を選び、地名としては名所や歌枕を取り上げながらも、人物としては全く無名の仏五左衛門（日光）・かさね（那須）・世をいとう僧（須賀川）・画工加右衛門（仙台）・左吉（酒田）・遊女（市振）・久米之助（山中）・等裁（福井）等を取り上げて筆を費しているのは、そこに深い次元での普遍的な価値世界を見ていたからである。

注（1）潁原退蔵・尾形仂訳注『新訂おくの細道』（角川文庫　昭和四十二年）による。
（2）広田二郎著『芭蕉と古典―元禄時代―』（明治書院　昭和六十二年）六〇八頁。同『芭蕉―その詩における伝統と創造』（有精堂出版　昭和五十一年）二四七～二五一頁、二九四～三一四頁。
（3）『三冊子』の引用は、すべて『校本芭蕉全集　第七巻』（角川書店　昭和四十一年）に依り、表記を改めた。

(4) 井筒俊彦著『意識と本質　精神的東洋を索めて』(岩波書店　昭和五十八年)五七～五八頁。
(5)『日本書紀』(日本古典文学大系)雄略天皇　二十三年八月の「煙火萬里、百姓又安」の句を「けぶりとほし。おほみたからをさまりやすくして」と訓じているので、平和になる意としては古く用いられていたらしい。
(6) 広田二郎著『芭蕉と古典─元禄時代─』五八四～六七一頁。
(7) 頴原退蔵・尾形仂訳注『新訂おくの細道』六八頁。
(8) 堀切実著『俳道　芭蕉から芭蕉へ』(富士見書房　平成二年)五一頁。

第十三章　不易流行

不易とは

芭蕉自身は、文章に「不易」と言う語をついに用いなかったようである。しかし、『奥の細道』の旅のあと、元禄二年の冬から元禄四年にかけての関西滞留中に、京師・湖南・伊賀の門弟に折にふれて不易流行なる成語によって文芸観を語ったらしいことは、『去来抄』や『三冊子』の記述から信じてよいと考えられる。そして定説としても、この旅行の道中、羽黒で呂丸らに語った芭蕉の言葉を書き留めた『聞書七日草』に「天地流行の俳諧」「風俗流行の俳諧」という言葉が見えるところから、『奥の細道』の旅の体験の成熟が「不易流行」という「宋学に裏づけられた荘子的世界、あるいは『荘子』に媒介された宋学の知識」に基づく言葉（小西甚一「芭蕉と寓言説」（二）『日本学士院紀要』第十八巻第三号）によって、思想としての結実を見るに至ったと解してよいようである。しかしながら、芭蕉の不易流行説の本質は、不易・流行という言葉をめぐる宋代易学の思想を受けついだところにあったのでなく、詩意識の原型ともいうべき言葉によるメタモルフォーゼを実現する生命意識の自覚の深化にあったと考える。そこで本稿では、不易流行説をめぐる去来・其角・許六らの解釈論の違いにはふれないで、芭蕉の直接の文章を手がかりに問題を新しい観点からとりあげてみることにした。

現実離脱者の眼

詩をつくるということは、日常化し慣習化したコンテキストによって伝達機能を担う道具へと転落させられた言葉に自己表出の励起によって新しい生命を賦活することであると思う。そして、言葉によるメタモルフォーゼの彼方に、根源的な生命の予感を聞きつけ、存在の有用性のかりそめさが見えてくるなかで、現実離脱者の幸福をかちとることである。芭蕉がとなえた不易を、芭蕉の直接の表現に翻訳するなら、「造化」であり「物の実《まこと》」であることは、定説となっているところであるが、不易としての「造化」や「物の実」はついに対象として把握できる問題ではなかったのである。というのは、それが言葉の有用性を空無化するところに始まるメタモルフォーゼの彼方に、存在の不可視性として予感される世界であったからである。不易について小宮豊隆氏は

> 芭蕉にとつて不易は、攫むべきものであって、攫まれたものではなかつた。換言すれば、時所を籠めてあらゆる芸術を貫道する一つのものがあると認識する事とその一つのものを自分が所有してゐると意識する事とは別な事であつた。（『芭蕉の研究』不易流行説について）

と述べているが、不易は所詮「物の見えたる光」（『三冊子』）でしかないのである。では一体、「物が見え」る、もしくは「物の実をしる」ということは、どういうことなのだろうか。

　この問題を考えるにあたって俳論によらずに、まず芭蕉の文章に拠り所を求めてみよう。

千里に旅立て、道粮《みちかて》をつゝまず、三更月下無何に入と云けむ、むかしの人の杖にすがりて、貞享甲子《きのえね》秋八月、江上の破屋をいづる程、風の声そゞろ寒げ也。

野ざらしを心に風のしむ身哉

（『野ざらし紀行』）

百骸九竅《きうけう》の中に物有。かりに名付て風羅坊といふ。誠にうすもののかぜに破れやすからん事をいふにやあらむ。

（『笈の小文』）

予もいづれの年よりか、片雲の風にさそはれて、漂泊の思ひやまず、

（『奥の細道』）

名月のよそほひにとて、先ばせをゝ移ス。其葉七尺あまり、或は半吹折て鳳鳥《ほうてう》尾をいたましめ、青扇破《やぶれ》て風を悲しむ。適《たま》〻花さけども、はなやかならず。茎太けれども、おのに当《（を）》らず。彼山中不才類木にたぐへて、其性尊し。僧懐素《くわいそ》はこれに筆をはしらしめ、張横渠《ちやうわうきよ》は新葉をみて修学の力とせしとなり。予其二つをとらず。唯《ただ》このかげに遊て、風雨に破れ安きを愛するのみ。

（『芭蕉を移《うつす》詞《ことば》』）

まだ他にも例をあげることは可能なのだが、風が身にしみ、風に破れやすい存在を仮構し、そこに自己存在のメタモルフォーゼを希求することの意味するものは何であろうか。しかも、その風は自己存在を乗せて終わりなき旅へといざなうものであり、そして風雨に身をさらすことが願われるような風は何を意味するのであろうか。

詩人の生き方についてエミール・シュタイガーは「彼には内と外の新たな一致という恩寵を期待することが残されているばかりである。（中略）これは、世間的に有用な一切の事柄に対するはなはだしい無能を代償として恩寵の恵みを買いとるという怖るべき生き方であり、またこの地上にはそれを癒す薬草もないような、日

常生活に血を流した傷を代償として、一体化の幸福を買いとるという、途方もない生き方なのである」（高橋英夫訳『詩学の根本概念』）と記しているように、「世間的に有用な一切の事柄に対するはなはだしい無能を代償と」する以外に買いとることの不可能な「恩寵の恵み」を、芭蕉は「物の実《まこと》」もしくは「風雅の誠」（『三冊子』）と呼び、「物の実をしる事」をよろこぶために、「世間的に有用な一切の事柄」の放棄と離別を生き方の基本としたのであった。「千里に旅立て、路粮をつゝまず」とは、歴史上の人物芭蕉の貞享《じょうきょう》元年八月のある日の旅立ちの叙述というよりは、自己自身のために作者芭蕉が仮構した現世離脱のための魂の通路としての文体であったのである。そして現世離脱の極限に予感された世界が「野ざらし」という現世的な意味や価値の限定を拒絶する死の彼方の異次元の時空だったのである。風が身にしみ、風の声が耳もとをかすめるのは、異次元の時空からの予感に心をまかせようとする孤独者のおののきの表白として私には読めるのである。現世離脱者の異次元への旅立ちは、「むかしの人の杖にすがりて」という「死者との共生感」（江藤淳「文学史に関するノート（一）」『文学界』昭和四〇・六）によって、「日本語がつくりあげて来た文化の堆積」として現存する「死者たちの世界」（前引書）に回帰してゆくことであったと考えられる。芭蕉の不易には、こうした「死者との共生感」のなかに予感される非現実なるものの濃密な実在が意味されていたと思う。そして不易とは、現世離脱者の視線のみがとらえうる無の連続性の認識でもあったのである。

言葉が切り開く虚構の視点

小冊子『ちくま』第八号に「私の好きな短歌一つ」と題して、井上靖氏がつぎの歌を挙げ

いのちありて
帰還の途次に
仰ぎたる
あはれ夕暮の
富士を忘れず

言うまでもなく、敗戦の祖国に生還して夕暮の富士を仰いだのは、この歌の作者ひとりでない。いのちあって帰還したたくさんの人たちが、同じ感動で夕暮の富士を仰いだ筈である。(中略)私がこの歌を好きなのは、私も亦、大陸から帰還し、同じ感動で富士を仰いだ一人であって、その時の感動をこの作者が替って歌ってくれているからであろう。

と、自分の体験にひきつけて歌を鑑賞しているが、特定のある日ある時の感動が、つねに新しい感動としてよみがえることの秘密は、「その時の感動」のなかにすでに日付を持つ歴史の時間を超えるなにものかがあったからである。しかも、そうした「その時の感動」を単純過去として忘却のかなたへ拡散せしめないなかだちとして、実はこの歌のことばがあったわけである。それにしても、帰還の途次に夕暮れの富士を仰いだ体験を持たない者、いや富士山さえも見たことがない者にこの歌がある種の感動をよびおこすのはなぜなのだろうか。直接的な体験の共有が理由とならないことは自明である。私は、そこにあるものは「ことば」が可能とした体験の変換と、「ことば」が切り開く虚構としての視線の共有でしかないと考える。

山の近くに住んだことのない人も、何かの折に、地平のかなたからさす茜色の逆光を背景に、山が深い藍色のシルエットのように空に浮き出し、ひどく実在感を稀薄にする一瞬を体験することがあるはずである。そうした瞬間、つまり白昼の山々の確固とした実在感がうすれて、やがてすべてが夕闇のなかに溶解し、ものが実在としての輪郭を喪うあわいに、私たちは夢想と現実の見わけがたい世界へ入りこむことがある。そうした体験のなかで、地方の名もなき山が、理想の山富士にメタモルフォーゼすることはいとも容易なことである。かくて「夕暮の富士」の体験は、言葉と共に遍在しうるに至るのである。しかし前記の歌は「いのちありて仰ぎたる」富士といった虚構の視線によってとらえられることによって二重に意味化されるのであるが、最後の「忘れず」という言葉によって再び現実意識の方に意味の流れを呼びもどされて終わっているのである。

「いのちありて」という言葉は、西行の「年たけてまた越ゆべしと思ひきや命なりけり小夜の中山」の歌を連想させずにはおかない。それは現在を「思ひきや」といった過去の視点からとらえることによって、現在を余命に虚構化する言葉であった。そうすることによって、現在を過去の延長、もしくは未来への経過点としてしか考えない日常の時間を中断し、その裂け目から「命なりけり」といった実存そのものの世界に立ち合うことを可能にしているのが、西行の歌の言語世界であったと言える。こうして「いのちありて」という言葉は「いのちなき」死の彼方からの視線で現在を虚構化するところに意味があったのであり、歌に即して言えば、それは生還を期していなかった者にとっての余命とも言うべきものであった。この歌において言葉を共有するということは、同じような体験を想い出すことではなく、こうした言葉が切り開く虚構としての言語世界を想像力において経験することだったのである。

根源的なフィクションとしての言葉

芭蕉と関係のない歌にながながとかかずらわった理由は、前記の歌が「忘れず」として再び生者の現実に立ちかえった地点を欠落した文章を芭蕉が書いていることを問題にする前提のためである。「命ありて」という言葉は、芭蕉もまた『野ざらし紀行』のなかで用いているのである。

　長月の初、古郷に帰りて、北堂の萱草《けんさう》も霜枯果《はて》て、今は跡だになし。何事も昔に替りて、はらからの鬢白く眉皺寄《より》て、只命有てとのみ云て言葉はなきに、このかみの守袋をほどきて、母の白髪をがめよ、浦島の子が玉手箱、汝がまゆもやゝ老たりと、しばらくなきて、

　　手にとらば消んなみだぞあつき秋の霜

　私たちが普通に意識するところでは、言葉を事実の世界に翻訳して理解するのが正しい方法であると考えているようである。『野ざらし紀行』のこの部分も、松尾家において結ばれた母子兄弟の骨肉の情を表現した文と解し、そこに芭蕉の亡母に対する悲傷の真情を汲みとることが鑑賞の常道とされている。しかし、この文体形成の推力は、「子としての真情」といった美化された通念にあるのでなく、母への語りかけの不能を前にした詩人としての祈念にあったと考えられる。

　この芭蕉の文や句に亡母への想い出や哀悼が直接の生の言葉で語られることがないのは、俳文というスタイルの規制による結果ではなく、伝統的な修辞法によって装われたいかにももっともらしい情緒を言葉によってつむぎ出すような地点に芭蕉が居なかったことの証明である。亡母と己れとのどうにもならない空隙を虚偽意識（装われた正統性）で埋めることを拒む者に、慣習化したたてまえによって整序された意味ありげな文章が書けるわけがなかった。この文章が直接に亡母のことに触れないで「北堂の萱草も霜枯果て、今は跡だになし」と、わすれぐさのことから筆を起こされているのも、修辞法としての比喩の技法によったということではない。故郷の土地で実際に見た植物は、単なる雑草であったに違いなく、註文どおり、萱草が植えられていた

と考えられないのは当然である。また萱草を単に『詩経』以来の故事を引用して母に譬えたという説明ですすこともできないのである。

正徹は

人が吉野山はいづれの国ぞと尋ね侍らば、只花にはよしの山、もみぢには立田を読むことゝ思ひ付きて、読み侍る計りにて、伊勢の国やらん、日向の国やらんしらずとこたへ侍るべき也。いづれの国と云ふ才覚は覚えて用なき也。(『正徹物語』)

と述べているが、芭蕉にとっても、母のいますところに生えた草はすべて萱草でしかありえなかったのである。ではなぜそうなるのであろうか。それは芭蕉において、地上的な植物分類に依拠する区分概念としての萱草が始めから問題になっていないからである。それでは芭蕉にあるものは故事による知識かと言えば、それもまた違うのである。霜枯れ果てた草がそのまま萱草なのであって、植物としての萱草があったわけではないことは前述したとおりであるが、その萱草も「今は跡だになし」と再び打ち消されてしまうのである。平易に説明すれば、萱草は語り手によってこの部分に招来されながら、また語り手によって消去されることによって、観念としての萱草も物としての萱草も共に否定されているのである。それはまさに現世においては絶対にまみえることのできない母に対する語りかけの希求と絶望そのものの表現であった。こうした文脈のあとをうけて「何事も昔に替りて、はらからの鬢《びん》白く眉皺寄て」と、取り残された者の風化頽落《たいらく》の時間でしかない余生を生きる者の言葉として「只命有てとのみ云て言葉はなきに」と言葉をつまらせたのは何を意味したのだろうか。常識で解釈してしまえば、兄が「どうにか無事で……」と芭蕉の息災をよろこび、お互いに母の死をかみしめて言葉をつまらせたということになるであろうが、私はこの部分を芭蕉の兄松尾半左衛門そして母といった松尾家をめぐる人たちの人情の世界に還元して理解することに賛成できない。芭蕉は始めから事実の世界に従属した表現に全く興味を示してないのであって、その文体の推力も現実性の論理に根ざしているわけではないのである。『野ざらし紀行』の序がすでに「無何」の終末を言葉によって先取りしようとする希求の試みであったことはすでにふれたところであるが、ここにも母にとり残されただけでなく、死からもとり残された残生として自己自身をとらえる視線が仮構されている。そして、「故郷」や「母」といった言葉のメタモルフォーゼの彼方に予感される言葉の根源的なフィクションに至りつこうとする祈念が「書く」という行為によって試みられているのである。

手にとらば消んなみだぞあつき秋の霜

といった句の創作がまさにそれであった。

言葉のメタモルフォーゼが、母の白髪→浦島の子が玉手箱→手にとらば消えん→秋の霜とたどられ、季題の必要性によるとはいえ、その終わりが、遠くから見るときだけうっすらと白く感じられ、陽がのぼると共に消えてしまうひどく実在感の稀薄な「秋の霜」となっていることは、言葉そのものも消滅するよりしかたのない彼方を予感させずにはおかないのである。芭蕉にとって「言語のユートピア」は、自己の道を見定めて以来一貫して、こうしてただ命ありて言葉はなき沈黙の深みに予感される死の世界＝彼岸の彼方からの暗号を感得しようとするところにあったと言えるようである。芭蕉が口にした「物の実」「物の光」とは、すべての存在が均質化する無の世界の連続性を先取りしたところに感得される世界を指したのであり、そしてそれはまた詩人芭蕉にとって、言葉のメタモルフォーゼの彼方に、もはや全く言葉にもならず、目にも見えないものとしてしか予感できない領域であった。しかしながら、この句の「あつきなみだ」は、「母」と呼ぶ彼岸へ到りつくことの不可能性を前にして、薄明のなかに取り残された者の悲傷であり、詩人にとって言葉さえもよそよそしい他者でしかないその空隙を埋めようとするメタモルフォーゼへの祈念の慟哭《どうこく》として私には読めるのである。

寺田透氏は、その著『詩のありか』のなかで

元禄元年、男子を失つたあるひとに送つたといふ、「埋火もきゆやなみだの烹ゆる音」（『曠野』）とともに、芭蕉追善句中の双璧としていいだらう。しかしいづれにも誇張のあることと、自分を死者とも、その死後を守つてゐる人々とも、すでに異縁の世界の住人としてゐる句の基調は、両句揆を一にすると言はねばならぬ。

と「すでに異縁の世界の住人としてゐる句の基調」を指摘しているが、それは決して悟入といった調和的世界ではありえないと考える。しかも、現世を生きる生者でもなければ、もちろん死者でもないという架空の場所にいるということは一体何を意味することだろうか。そうした視座を可能とした根拠が実は、芭蕉にとっては言葉によって予感しうるに至った根源的なフィクションとしての無であったのである。

表現においてのみ実存するもの

芭蕉が現世の機縁から俳諧をたしなむに至ったこと自体には、さして重要性はないと考えるが、こうした機縁が、言葉による想像力の魅力に徹底的にとりつかれた人間をつくり出すに至ったこと、しかもそうした人間によって虚構としての言語世界の彼方に、始源であるがゆえに終末でもある永遠なるものがとらえられていることは重要な問題だと考える。

寛文期の芭蕉は、一般に貞門風の俳諧の時代と言われているが、そこでの句作の魅力は、実用（伝達機能だけをいうのでなく、社会秩序の権威のシンボルとしての言語機能も含む）の言語を消費の言語にくみかえてしまうおもしろさにあったと思われる。したがって、そこでは、伝統的な文体もしくは慣習的な用語法を思いつきによって勝手にねじまげることのおかしさが喜ばれ、その結果現出する非現実的な意味世界の新しさがたのしまれたのであった。そうして芭蕉は、時代の新しい流行に敏感に反応して、謡曲の詞章から流行歌謡の言葉へと興味をうつし、言葉のおもしろさの魅力にとりつかれた者の情熱を、『貝おほひ』の序に、「小歌にも予がこゝろざすところの誠」としるしているのである。芭蕉の文章に「誠」の語が見られるのは、この『貝おほひ』の序が初めである。私はここにすでに後年の「風雅の誠」に通じる問題の端緒を見るのである。芭蕉は「式作法」の権威によって書くのでもなければ、他にまさろうと思って「世に披露」するために書くのでもなく、ただ書いてみたいと思う意欲につき動かされて、「我まゝ気まゝにかきちらした」自由な自己活動に「こゝろざすところの誠」をみとめたのである。こうしたことがやがて、芭蕉の心に、直接的な欲求の対象としてながめられた事物への伝達機能を担わされた言葉の現実性、または社会の支配秩序のあり方を権威によって飾るために強調される言葉の観念性《イデオロギー》を超えた、言葉そのものが属する言葉のオリジンを感知させずにはおかなかった。

小西甚一氏はそれを、

> 天和期の模索を経て貞享期に入ると、芭蕉の俳風は、周知のごとく、非常な転換ぶりを示す。いわゆる蕉風の樹立がそれである。これまでの談林風にくらべ、蕉風がどんな特色をもつかは、すでに論じつくされた観も無くはないほどだが、そのいちばん重要な点は、仮に「語らない表現」とでも名づけたいような行きかたであると思われる。

たとえば、貞享元年（一六八四）の作

　不　破

秋風や藪も畠も不破の関

がそれで、荒涼たる懐古の情をじっと表現の底に沈潜させ、叙述の背後から深い感慨の滲み出るような把握がなされている。（「芭蕉と寓言説」（二）『日本学士院紀要』第十八巻第三号）

と「語らない表現」で説明され、「おもしろく語る技術」としての寓言説からの脱却を認め、そこに、「宋学に裏づけられた荘子的世界」の受容を当時の儒学思想の歴史的状況の実際から精細に問題にされたのであるが、私は宋学の影響もさることながら、芭蕉が西行と杜甫の表現世界を知ったことの意味は見落とせないことだと考える。不破の句にしても芭蕉が不破の関址に立った経験的な現実感がなければ「藪も畠も」という言葉を思いつくことはなかったかもしれないが、それ以上に「こゝろざすところの誠」がなければ藪や畑がたとえ事実でも言葉にならなかったはずである。それがまた芭蕉における「言葉のユートピア」でもあった。「人すまぬ不破の関屋の板びさし荒れにしのちはただ秋の風」（藤原良経『新古今集』）の名歌によって名をとどめる不破の関址が、かつての関屋の面影を何一つとどめることなく藪や畑になっていた現実に触発されたものは、そうした景の表現でもなければ、歌枕の権威の頽落に対する悲しみの抒情でもなく、言葉のメタモルフォーゼのなかで「藪も畠も」そのまま「不破の関」になってしまうこと、つまり日常卑近な藪や畑の現実性と名歌に飾られた歌枕の権威としての観念性とが、山本健吉氏の表現を借りるなら「藪も畠も」と畳みかけて、ここで休止を許さず、ただちに「不破の関」を「呼び起こす」「高調し急迫した詩のリズム」による「聴覚的想像力《オーディトリー・イマジネーション》」（『芭蕉』）の作用で、ともに超えられ、卑近な現実性がそのまま歌枕の超現実性に転化し、歌枕の超時間的な観念性が日常卑近な事実性によって否定されてしまう意味世界が現出するのである。私たちの現実体験は、たとえ不破の関址に身を現に置いたとしても、そこでは記念碑を取りまくなまの現実を肉眼で追うか、教養として修得した知識を反芻《はんすう》してみるかでしかなく、現実と観念は分離したまま知的に了解することで終わるのが普通である。それを芭蕉は、自分がいだき続ける根源的モチーフに言葉を与える契機としてつかんだのは、まさに『三冊子』がしるす「常風雅にゐるものは、おもふ心の色物と成りて、句姿定るものなれば、取物自然にして子細なし」といった時の「心の色」の問題であった。それは現実の契機が生みだす想像力と、詩意識の始源に発するメタモルフォーゼとの幸運な一致によって言葉が選びとられることでもあった。

不破の関の句が、「秋風や」の初句によって句全体を覆うがごとく発想されたのは、山本健吉氏も書いておられるように「九月も末に関址に立った芭蕉は、不破山を吹きおろす秋風がひとしお身にしみた」(『芭蕉』)からでもあろう。しかし身にしみたのは、現実の風だけではなく「人すまぬ不破の関屋の板びさし荒れにしのちはただ秋の風」といった古人の詩の言葉の形で面をかすめる秋風でもあった。そしてさらに重要なことは、この歌を良経に詠ましめ、さらに多くの詩人の心をとらえ続けてきた詩のオリジンとしての「秋の風」である。それはもはや外を吹きすぎる風ではなく、外でもない内でもない始源から吹き起こって詩人の心を終末へと運び去ってしまう風である。

『野ざらし紀行』が、その書き出しからして「江上の破屋をいづる程、風の声そゞろ寒げ也」と風のモチーフで書き出され、さらにそのあと、「露計《つゆばかり》の命待《まつ》まと捨置けむ。小萩がもとの秋の風」と三つばかりなる捨子の命をも運び去る秋風が表現され、そして、「義朝の心に似たり秋の風」を受けて不破の句が置かれるわけであるが、ここに一貫する秋風のモチーフは終末としての死と無関係ではない。それはまた芭蕉だけの問題でなく、良経の歌が「ただ秋の風」と詠まれていることからもわかるように、秋の風は、すべての存在の均質性として予感される終末へのメタモルフォーゼの希求に支えられた言葉だったのである。日常卑近な藪も畑も古典の権威によって永遠の理念と考えられた歌枕不破の関も共に、こうした秋風に吹きさらされることによって、沈黙の言葉の世界へといざなわれ、そこにおいてアンビバレンスなままに一体と化するのである。そしてそれは、芭蕉の句といった表現世界においてのみ、というよりは表現のかなたの沈黙においてのみ可能であったのである。

沈黙の表現

芭蕉が不易流行の説をとなえたと考えられる元禄三年以後は、その作風に、表現のてらいを否定した「普段のことばばかりにて」句をつくる傾向が目立ち、そして、それは時期的に、芭蕉の「〝かるみ〟への志向」(尾形仂『文学』昭和四四・二)と無関係でないことは、いったい何を物語るのであろうか。私は、この「〝かるみ〟への志向」と不易流行説とが同じ時期に重なって自覚化されたところに芭蕉がいたり着こうとする世界が何であったかを考えさせられるのである。

そこには常識的に考えても二つの大きな問題がうかびあがるのである。その第一は、俳諧をもって特殊な表現領域と考えることの否定であり、気のきいた言葉や意図的な表現を否定する思想であった。このことは、前記の尾形氏の論考が、その証拠を多く引用しておられるように、「念入病」を除き、「重くれず、持ってまはらざるやうに、御工案なさるべく候」(元禄三年四月十日付此筋・千川宛書簡)といったことを門弟にすすめているることで明らかである。第二は、第一のことと関係するが、表現を伝統的な観念や日常的な概念の寄せ集めで作り出すことを否定し、事物存在そのものがひき出す想像力を重視したことである。

『不玉宛去来論書』のなかに

膳所ノ洒堂ガ句ニ、

日ノ影ヤゴモクノ上ノ親雀

二三子笑テ曰「此只事也。発句ト云ガタシ。」翁聞レ之《これをききて》曰「二三子ノ此句ヲ笑ハ、イマダ此場ヲ不レ踏《ふまざる》也。」

と語ったと伝えたり、「嵯峨日記」に「古人といへ共不至其地時《そのちにいたらざるとき》は不叶其景《そのけいにかなはず》」と記していることは、こうした問題への芭蕉の立場を語るものと言える。

こうして、当時の芭蕉に、〝かるみ〟を求めることが新しみの内容でもあったので、それが流行の説と重なることは容易に想像しうるが、そうした新しみでもあった「観想を含まぬ平易な叙景表現」(尾形氏論文)が不易の説と関連するのはなぜだろうか。私はそこに表現がいたりつこうとするユートピアとして沈黙が自覚化されていたと考えるのである。芭蕉は不易という言葉で、歴史的存在としての人間が想像力において時所を超え、その彼方に究極としての沈黙を予感していたであろうことを、『笈の小文』の文章によって知りうるのである。しかも、この沈黙の表現ということは、ヤスパースの哲学によって説明する必要はなく、すでにその当時通行していた林注『荘子』にもとづく考え方であったことは、小西甚一氏が実証するところでもあった。その一部を参考までに引用すると

「言はざる中にこそ、おのづから至言は有れ」という林注に対し(荘子本文は「大道不称、大弁大言」)、毛利貞斎は「語話ニ意ヲ不レ加バ至極ノ妙言、心裏ヨリ発ス。無言無説真ノ般若ト云モ此ノ義ナリ」(『荘

子口義大成俚諺鈔』巻五）と釈しており、また「無謂有謂とは、言はざる言なり。有謂無謂とは、言ひて言はざるなり」につき清原宣賢は「林注ノ心ハ、イワヌコソ云ヨ。不言ノ言ゾ。無語ノ内ノ有語ゾ。維摩一黙スル処ガ、其声如レ雷ゾ。一黙シタガ、雷ノ声ヨリ高イゾ」（『荘子鈔』巻一）

といったように、『荘子』に触発されて思想の形で自覚化する契機を与えられていたのである。しかも広田二郎氏が指摘するように、この期の芭蕉は、『荘子』を膳所《ぜぜ》の怒誰らとともに読みあい、その思想と深くかかわっていた時期でもあった（『芭蕉の芸術　その展開と背景』第四章）。こうした時期の芭蕉が、芸術観を思想の言葉で語ろうとした時「不易流行」とか「造化随順」とかいう荘子的世界に根ざす枠づけをしたことは十分うなずけるところである。芭蕉は、時空を超えた沈黙の世界（不易）の予感を語るのに、歴史的・社会的な流行のただなかにしか存在し得ない言葉を拠り所とせざるを得ないことの矛盾のなかに不易流行の説の原型が胚胎したと考える。しかしその不易を、一般に言われるように造化の観念に置きかえ、宇宙の根源的な創造的生命として説明し、そこに「風雅の誠」を考えるといった図式ではどうにも説明できない芭蕉の表現世界の内実との関係はどうなるのであろうか。私はそこに、言葉がきり開く視線の問題があったと考える。

言葉が切り開く視線

芭蕉が、新風への発足の当初、漢詩文の影響を色こく受けたことの事情については、尾形仂氏の「蕉風への展開」（『国語と国文学』昭和三二・四）の論文につきているので、無用の言をつけ加えるにすぎないが、芭蕉が漢詩文の表現世界にみたものは「塵俗を超脱した隠逸の高趣」と考えるよりは、安東次男氏が言うように「杜甫のような乱世の激情を、泰平の世の志として、さらにこの俳諧の世界へと受けつぐ詞心の輪廓」(『芭蕉——その詞と心の文学』)にあったと考える。泰平の世に乱世を見るに至った契機は、たしかに尾形氏が前記論文で指摘したように、天和から元禄へかけて「さまざまな形で露呈されてくる政治的矛盾動揺」であり、さらに「諸国人民窮乏し、府内米価騰貴し、賤民艱困」の現実であったろうが、そうした現実を自己の詩心の核につながる問題として引き受けたその心の底にあったものは何であったろうか。それは杜甫や西行が、まさに乱世に生まれあうことで、杜甫が杜甫たりえ、西行が西行たりえた問題の根源につながる「何物」かであった。そして、この「何物」かは、安東氏の「詞心」という言葉がいみじくも言い当てたように、言葉の虚構が切り開く「心」の世界の実存であった。しかも「心」を「心」たらしめる根源は、存在の終末であるがゆえにまた始源でもある究極からの光であった。そしてそれは、現世の法や道徳、そして組織や習俗、慣習にいたる一切のたてまえのもっともらしさによるかりそめの泰平が、そのような範疇をはみだした力(死・天災地異・戦乱・狂気等)によって押しゆるがせられ、崩壊させられ、廃絶させられる彼方に予感される終末でもあった。そして、そうした終末はまた歴史の始源の輝きでもあった。本来的自己活動としての自由はこうした死と復活の根源的時間のサイクルの中にしか予感しえないものであった。芭蕉がなみなみならぬ関心を木曾義仲・義朝・義経といった志をとげず功なかばにして非業の死を遂げた乱世の英雄にはらったのも、単なる悲劇好みと言ってはすませない問題があったのであり、そして終生「死」を見つめながら、死者の視線を先取りすることで、より深く現実を見つめようとしたこともすべて、終末を生きようとする者の希求にあったのである。しかもその終末は、人間にとって至りつくことの不可能性としてのみ存在するものであるがゆえに、不可能性としての永遠と、至りつこうとする希求においてのみ見えてくる有限性としてのわびとが問題になるのであった。

天和元年の作とされる次のような句と文章が、そうした芭蕉の内面の消息を伝えている。

老杜、茅舎、破風の歌あり。坡翁ふたゝび此句を侘て、屋漏の句作る。其夜の雨をばせを葉にきゝて、独寐の草の戸。

芭蕉野分して盥に雨をきく夜哉　（『伊勢紀行』）

窓含西嶺千秋雪《まどにはふくむせいれいせんしうのゆき》
門泊東海万里船《もんにははくすとうかいばんりのふね》

我其句を識て、其心ヲ見ず。その侘をはかりて、其楽《たのしび》をしらず。唯、老杜にまされる物は、独《ひとり》多病のみ。閑素茅舎《ばうしや》の芭蕉にかくれて、自乞食の翁とよぶ。

櫓声波を打てはらわた氷る夜や涙
貧山の釜霜に鳴声寒シ

買レ水

氷にがく偃鼠が咽をうるほせり

歳暮

暮〱てもちを木玉の侘寐《わびね》哉　（真蹟懐紙）

寒夜辞

深川三またの辺りに草庵を侘て、遠くは士峯の雪をのぞみ、ちかくは万里の船をうかぶ。あさぼらけ漕行船のあとのしら浪に、芦の枯葉の夢とふく風もやゝ暮過るほど、月に坐しては空き樽をかこち、枕によりては薄きふすまを愁ふ。

艪の声波を打て腸氷る夜や涙　（『夢三年』）

一番始めに引用した文は、句の自註のような発想で書かれた文であるがゆえに、盥にきいた雨が、現実意識としての雨でなく、「其世の雨」であり、空の彼方から降りくるものとしての雨であり、蕉雨もしくは芭蕉夜雨の詩語の世界の彼方から降ってくる雨であったことを知りうるのである。それはまさに時空の彼方から降りくる雨であった。しかも杜甫の「茅屋為ル二秋風ノ所トレ破ル歌」が、「嗚呼　何の時か眼前に突兀として此の屋を見ば吾が庵《いおり》は独り破れて凍死を受くとも亦た足れり」と、すべての人間が差別や抑圧のなかでいがみ合うといった状況から解放され「倶《とも》に歓《よろこ》ばしき顔」して生きるユートピアへの熱望でしめくくられていることからもわかるように、野分の風も、風に破られることで予感しえた彼方からの信号であったわけである。私たちが詩人芭蕉と共に共有しうるものは、生活者芭蕉の現実意識の先端でとらえたであろうと想像される深川芭蕉庵の野分の夜の実情の一断片ではなく、まさにこの句の表現の新しさにおいてひらめく、言葉が切り開く視線だったのである。そうしたフィクションとしての言葉——ヤスパース流にいうなら「超越的存在の暗号文字」——によるメタモルフォーゼが至りつく究極は、まさに個々人によってのみ感得されるもので、もはや学問や議論の対象になりえないものであるが、茅舎を閉じこめるように降りそそぐ雨、そして屋根をも通し、盥の水音と化して耳もとに聞こえてくるものは、単に生活意識によってとらえられる現実の断片であるはずがない。しかし、それが何の暗号文字であるかは、芭蕉にとっても不可視の存在でしかないがゆえに、ただ不可視性にじっと耐えぬくよりほかなかった。芭蕉のこの当時しばしば口にした「侘《わび》」とは、草薙正夫氏が指摘したようにまさにこうした「限界状況の意識」と言えると思う（『文学』昭和四四・一一）。それを草薙氏の文によって敷衍するなら、

限界状況の意識は、世界内存在の究極的な有限性や相対性の意識であり、「護られていないこと」の意識

であり、この世界内においては、われわれが絶対的に信頼のできる何ものも存在しないという実存的な絶望感・不安感・孤独感である。

ということになるが、そうした「究極的な有限性や相対性」を自覚せしめたものは、第二の引用文中に、芭蕉自身によって「我其句を識て、其心ヲ見ず」と記されたように、究極へ到ることの不可能性の確認だったのである。そしてその到りつくことの不可能性の前に、芭蕉は到達点のない漂泊に身を投げ入れたのであった。そして、それは『荘子』や「禅」の思想の影響というよりは、言葉の虚構の魅力にとりつかれた者の宿業でもあったのである。芭蕉は、言葉の虚構がつくり出す視線が、事実という日常性の壁の彼方に、異次元の未知の世界を一瞬かいま見せる魅惑にとりつかれたのである。その一瞬は、そこで言葉が生まれ、そこで言葉が消滅するメタモルフォーゼの時間であるがゆえに、つねに一回性の新しさの輝きでもあった。芭蕉の不易流行説の根源には、言葉を生きることの瞬時性、――つまり言葉が知識や観念に変貌してその熱度を失ってしまうか、または事実世界のための伝達の用具に転落させられてしまう言葉の宿運を知るがゆえに、瞬時性において、その沈黙の深さにおいてのみよみがえるもの、言葉が切り開く虚の世界――に対する妄執があったのである。

前に引いた「寒夜辞」が、杜甫の成都での絶句による表現世界の枠に、満誓沙弥や西行の歌、そして李白の詩句を裁ち入れて構成された文であることは、一読して誰の目にもわかるのであるが、こうした文を書くことの根底には、時代と場所を異にする古人の言葉の世界が、観念や知識としてでなく、芭蕉が今、現に生きている世界のただ中によみがえってくる体験においてとらえた古人との共生の喜びがあったのである。そして、こうした死者との共生を可能にする根源に、芭蕉は私的個人を超えたなにものかを予感したのであった。そこから芭蕉の私的個人からの脱皮としての旅が始まり、流行が始まったのである。芭蕉の流行が「私」の否定であったことは『三冊子』が伝える「私意をはなれよといふ」教えによっても明らかである。それは、自己を自己において是とすることの否定であり、自己の創造に執することで、自己を無意識裡にも権威化することの否定であった。「寒夜辞」のような文章創作の根拠は、『三冊子』に土芳がしるした次のような文につきていると思う。

誠を勉るといふは、風雅に古人の心を探り、近くは師の心よく知るべし。其心を知らざれば、たどるに誠のみちなし。その心をしるは、師の詠草の跡を追ひ、よく見知て則わが心のすぢ押直し、こゝに赴いて自得するやうに責る事を、誠をつとむるとは云べし。

「寒夜辞」において「西嶺千秋雪」が「遠くは士峯の雪をのぞみ」となった一ことを取っても、それは修辞上の換骨奪胎という問題ではなく、「士峰の雪」において杜甫の「西嶺千秋雪」を見ると共に、「西嶺千秋雪」をまた「士峰の雪」に見るといった現実と観念のアンビバレンスにおいて、歴史的な時空が超えられてしまう体験の問題だったのである。しかも元になった杜甫の詩句は、窓や門という生活空間の卑近さのなかに「西嶺千秋」「東海万里」といった非日常的な時間空間を取りこめることで、日常と非日常、現実と超現実のアンビバレンスを表現世界に見事に実現しているのである。そうした詩人の力量そのものには脱帽敬服するよりほかなかったのである。「我其句を識て其心ヲ見ず。その佗をはかりて、其楽をしらず。唯、老杜にまされる物は、独《ひとり》多病のみ」と書かずにいられなかったのもそのためである。しかし、芭蕉は杜甫や西行にめぐり合ったことで、言葉の虚構が可能とした現実の彼方、見えているものの彼方への視線を感得したのであった。この間の消息は、『虚栗』の跋文が最もよく語るところでもあった。

李・杜が心酒を嘗て、寒山が法粥を啜る。これに仍《よつて》而其句、見るに遥にして、聞に遠し。侘と風雅のその生《ツネ》にあらぬは、西行の山家をたづねて、人の拾はぬ蝕栗《ムシクヒぐり》也。

「見るに遥にして、聞に遠し」とは、まさに言葉によって切り開いた詩人の視線が見出した世界の奥行きを語る言葉だったのである。「侘も風雅」も、私たちの視線を限界づける功利的・生活的関心をのりこえるところにしか見えてこない世界のことであった。それはまさに自分自身の存在の不必要性に徹することで、事物それ自体の世界へ接近することでもあった。芭蕉の「物皆自得」の世界がそれである。

想像的存在と不易流行

芭蕉が求めた不易は『笈の小文』の序によれば「花」および「造化」と呼ばれるものであった。しかもそれは「見る処花にあらずといふ事なし。おもふ所月にあらずといふ事なし」と説明されているように、誰の目にも可視性として存在する花や月でなく、「おもふ心の色」が「物と成」るところに予感される「物のみえたる光」であった。「見る」ということは、「みえたる光」を感じることであり、物によって逆に自己存在が照らし返されることであったのである。『三冊子』が伝える

師、或方に客に行て食の後、「蠟燭をはや取べし」といへり。夜の更《ふく》る事目に見えて心忙しきと也。かくもの丶見ゆる所、その目・心の趣、俳諧也。

という話が伝える視線も、単に「夜の更る」という時の経過だけにとどまる問題でなかったと考える。いずれ

にせよ蠟燭の火を照明のための道具とみなすことでとどまってしまう日常的な関心としての視線を超えて、そこにふけゆく夜をひしひしと見てしまう目の働きは、西嶺の雪に千年の時を見、門前に泊す舟に万里の空間を見る杜甫の視線と同質のものというべきであろう。こうして「花」や「月」は、『三冊子』の説くところで説明するなら、心の色のうるわしさが物と成って現ずる想像力の世界の問題だったのである。そして「心の色」のうるわしさとは「私意をはなれ」て「物に入」る「その微の顕れ」であった。したがって「微の顕れて情感ずる」という偶然のなかに自己の魂をすべりこませることであった。

芭蕉の徹底した無用者の自覚は、無用のものになりきることでしか見えてこない「花」や「月」の世界の魅惑に身をまかせてしまった詩人の覚悟の表白であり、自励の辞でもあったのである。『奥の細道』の旅立ちにあたって、

去年たび(旅)より魚類肴味口に払捨、一鉢境界乞食の身こそたふとけれとうたひに侘し貴僧の跡もなつかしく、猶ことしのたびはやつし〳〵てこもかぶるべき心がけにて御座候。

と、故郷の人にあてて書いているのも、単に修行ということでなく、俳人として「一芸にすぐるゝもの」の是非の世界をも離脱し、幽境の人となって「無のユートピア」へ旅立つことの覚悟をのべているのである。現世内存在としての自己を最小限におしちぢめ、「一鉢境界乞食の身」になりきるとき、「世のいとなみ」は、まさに乱世そのものの不条理にみちみちた哀れむべき悲しむべき世界にうつるのであった。『笈の小文』にいう「夷狄」「鳥獣」の世界は、現世離脱者の視線がとらえた現世の様相であり、「閉関之説」にふれるように「老の身の行末をむさぼり、米銭の中に魂をくるしめ」「貪欲の魔界に心を怒《いから》し、溝洫《こうきょく》におぼれて」ひたすら自己の現世的利害や名聞に執して生きる世俗人の視線にうつる世界の全体であった。芭蕉はこうした現世のむなし

さを「長安は古来名利の地、空手にして金なきものは行路難しと云けむ人のかしこく覚へ《え》侍る」（『続深川集』）ままに、延宝八年に深川の草庵に居を移し、以来、「利害を破却し、老若をわすれ」た非現実（風雅）の世界の魅惑に身を投じてきたのであるが、『奥の細道』の旅は、風雅さえも魔心ではないかという自覚を強めたようであった。かねてより求めていた「物皆自得」の世界は、「一芸」をたよる「俳人」をも否定し去った者の目にしか姿を示さないことを知った時、芭蕉の心には、俳諧という特殊領域内での是非も超えられてしまったようであった。芭蕉が「不易流行」という宋学による観念で自己の思想を語ろうとした時、一方で「かるみ」をも提唱しはじめていたことは、自己に固執する精神を否定することで、物それ自体、言葉それ自体が、存在の輝きでありうる「物皆自得」の世界を予感しえたことを語っていると考える。その時、俳諧は真に俳諧たりうるに至ったのである。「かるみ」の自覚に達した芭蕉は、ついに西行の「花にそむ心」、花に「あくがるゝ心」の抒情的世界をも超え、美という特殊領域をも超えてしまった自在の境において、自由な自己活動としての俳諧を見出すに至ったのであった。それは、想像力によってつねに己れを無にすることによって、新しい世界の始源を生きることであった。

不易流行説の根元

『俳諧問答』の伝える芭蕉の言葉に、

門弟の中に底をぬくものなし。あら野の時を得たりといへ共、ひさごに底を入れられ、ひさごはさるみのに底有て、古今をへだてらる。底のぬけたる者、新古の差別なし。昨日、今日、又明日と流行して、一日も足をとめず。

と伝えているが、ここにある「新古の差別なし」という無時間の境域が、芭蕉の不易を語るに最もふさわしい説明だと考える。しかもそうした「新古の差別」なき無時間の境域は、「昨日、今日、又明日と流行して、一日も足をとめず」に「底をぬ」く者にのみ許される世界だというのである。つまり、不断に自己を否定し、自らの到達した美に固執することを否定し、つねに新たな創造に生きることが歴史の始源でもあり、歴史の終末でもある無の世界への転入を可能にするというのである。

また『旅寝論』によれば、

許六のいへる「きのふの我に飽」と、誠に善言なり。先師も此事折〳〵物語りし給ひ侍りき。

と伝え、また『初蟬』に

翁の常に「俳諧に古人なし」と申されけるは、偏に古人なしとにはあらず。「先徳多が中にも、宗鑑あり、宗因あり、白炭の忠知あり」なんど慕ひ床しがられ侍りける。「たゞ変化流行する所においては、古人に拘るべき軌則なし」となり。

と伝えられる言葉にも、古人を権威として固定化することで自己を位置づけ、さらに自らに執することで自己を正当化し、自己とのかかわりでのみ事物を一面化する見方を詩人の最大の敵と考えた思想の一端をうかがわせるのである。

そもそも「新しみは俳諧の花也。古きは花なくて木立ものふりたる心地せらる。亡師つねに願ひに痩玉ふも、此新みの匂ひ也」(『三冊子』)というように、俳諧は、日常的な意味の流れを、思いがけない言葉の接合によって破砕し、そのことで私たちの習慣化した世界の現実性をくつがえしてみせる「新しみの匂ひ」(新鮮さの魅力)が生命であったわけである。芭蕉自身も新しみということについては評語や書簡にたびたびふれてきたところでもあった。しかも、この新しみということは、有用性の世界でもそうであるように、人間の夢の先取りであるところにその魅惑の根源がひそむのである。そのとき芭蕉は新しみの追求において何を先取りしようとしたのであろうか。

「厚為宛杉風書簡」に、芭蕉の口伝の心髄として「俳諧は只風雅也。風雅に論は少も無ニ御座《ござなく》一候。我と吟じて、我を楽也」という説を伝えているが、理由不問の風雅の世界とは一体何のことだったのだろうか。そこでは「我と吟じて、我を楽《たのし》」むという全く私的な活動でしかなく、しかも個人的な行為を個人的に楽しむという完全に非社会的な風雅であればあるほど、社会的な無用さに徹すれば徹するほど、それが万人の心を惹きつけないではおかないのはなぜなのだろうか。私はそこに「無のユートピア」を覚えずにはいられないのである。芭蕉の芸術の魅力は「無のユートピア」を、言語世界において予見した詩人であるところにあったと考える。

　すべての特権が廃絶され、すべての人為的な差別が消滅し去って、すべての存在が無の世界の全体性と連続性において均質化する「無のユートピア」の先取りが芭蕉の芸術の究極であったと考える。芭蕉が「やつしやつしてこもかぶるべき心がけ」で一切の身分的な意味づけから離脱し、やがては「風雅もよしや是までにして口をとぢむ」(「栖去之弁」)と俳人であることさえも廃しようとしたことは、こうした「無のユートピア」への自己投帰を語る言葉だったのである。そうした思想の帰結が、『けふの昔』で朱拙が伝える「俳諧は三尺の童子にさせよ」「俳諧は平語のあたらしみを本意にしてあながち古人のことばをもちひず」といった特殊文学者の否定、伝統に依拠した特殊文学語の否定に至ることは当然の帰結と言える。

芭蕉の晩年の名句に

猪もともに吹るゝ野分かな

から鮭も空也の痩も寒の内

というように、存在を連続性と同質性においてとらえる見方を表現する助詞「も」の用いられる例が多く、しかも、これらの句に見るように、現世の不条理をじっと耐えることによって見えてくる彼方の世界の予感を、野分のしずまる死の世界に、そして寒をやりすごしたその向こうの世界に覚えさせるのである。しかし、それは中世的な彼岸思想と同質にとらえることは許されないのである。非日常としての彼岸は時間的な彼方にある世界として存在するのでなく、つねに死ぬことによって、つねによみがえるといった変身においてのみ存在しうるものであった。不易流行の根元にはこうした精神の自由な飛躍としての変身を可能とする「無のユートピア」が望見されていたのである。

芭蕉にとって「死」や「無」は、現代人が考えるような空しさの世界でもなければ、廃墟の世界でもなかった。かえって「貪欲の魔界に心を怒《いから》し、溝洫におぼれ」て生をむさぼらざるを得ない現世こそ荒野にひとしかった。「老の身の行末をむさぼり、米銭の中に魂をくるしめて、物の情《なさけ》をわきまへざる」生き方こそ、生きながら屍となることでしかなかった。こうした現世において本当に深く生きようとするなら、現世において死ぬことによってよみがえるほかなかった。芭蕉の最晩年の句

此秋は何で年よる雲に鳥

秋深き隣は何をする人ぞ

は、老を悲しむ切々の情とか「人の世の底知れぬ寂しさ」を表現した句と解されているが、私は、そこに現世において死を先取りした幽界からの声を聞きつけないわけにはいかないのである。「何で年よる」は、この秋は何でこうも老いが迫るのかといったような老衰への悲歎などではなく、「住果ぬ世の中、行処帰処、何に繫《つな》がれ何に縺《もつ》れむ」という自在な魂への転生を表現した句であり、そうした意味の流れを受けとめればこそ「雲に鳥」という言葉が、自在の魂の遍在する異次元の世界の消息を伝える深みを帯びて人に迫るのである。そこでは、言葉は事実世界に帰結するのでなく、無の沈黙の世界へとつきささり、気のきいた表現という装飾性は全く無用となり、真実も美も問題とならず、言葉の前に立たされた人間存在の問題性をあらわにすることになるのである。芭蕉の句が読む人に謎をなげかけるのは、句の表現が作者芭蕉をも超えていたからである。

芭蕉の不易流行説が、己れを不在にする流行において、ものとしての言葉が根ざす沈黙の領域の無時間性（不易）を予感するところに成り立った時、それはまた「平話の新しみ」の発見となり、「かるみ」の提唱となったことは当然の帰結と考える。前に引いた「秋深き隣は何をする人ぞ」の句にしても、この句において誰も出典研究を行なわないように、その言葉は伝統や思想や美感の方向に拡散しようもなく提出されており、「秋深き」の連用中止の形のあとは、ただ沈黙の世界の拡がりだけが薄明の時空へと人をさそいこむのである。その時、そのあとにくる「隣は何をする人ぞ」の句は、私にはあたかも幽界からの声のように響くのである。死を先取りした人の永遠に目ざめた人の目には、現世のすべてはもはや「幻のすみか」のかりそめを意味するものでしかない。「何をする人ぞ」の「何」は「何で年よる」の「何」ともかさなる言葉で、現世のかりそめを意味する以外の何物でもないと思う。そうした「無のユートピア」からみれば、故人もわれも共に隣人でしかなく、そしてそれはまた現世において死を先取りした無用者の目にしかうかんでこない世界であった。『奥の細道』の旅後「無常迅速」の言葉を愛用し、元禄三年七月十七日、牧童宛書簡に、「諸善諸悪皆生涯の事のミ」と記した芭蕉は、世俗において死ぬことによって、俗談平話の世界に自在に生きる道を見出したのである。不易流行説は、こうした芭蕉によって口にされた言葉であったと考える。

第十四章 風雅の誠・不易流行

一 不易流行論と芭蕉

自分から俳論を書きのこすことをしなかった芭蕉には、当然のことながら、「風雅の誠」や「不易流行」について論じた文章があろうはずがない。もし、しいて芭蕉自身の文章から関連することばを拾うなら、『貝おほひ』（寛文十二年〈一六七二〉）の序に「予がこころざすところの誠」の語が見えることや、杉風編の『常盤屋句合』（延宝八年〈一六八〇〉）跋に「倭歌の風流、代々にあらたまり、俳諧、年々に変じ、月々に新なり」などのことばが目につくが、これらを不易流行論と直接結びつけることはできない。「風雅の誠」については、芭蕉が曲水宛にしたためた書簡「風雅三等の文」（蝶夢が真蹟を模刻し注解を付して『芭蕉翁三等之文』と題して世にひろめた。）が、「不易流行」については、『笈の小文』の冒頭の「西行の和歌における、宗祇の連歌における、雪舟の絵における、利休が茶における、その貫道するものは一なり。しかも風雅におけるもの、造化に従ひて四時を友とす。」の一文が、芭蕉自身のものとして最も関連の深い文章と言える。その他には「柴門の辞」（許六離別の詞）や許六の宗祇・宗鑑・守武の画像に讃した「三聖図賛」が参考になるくらいで、これらの問題にかかわる言説の大部分は、元禄二年（一六八九）の冬から元禄四年（一六九一）にかけての関西滞留中に、京師・湖南・

伊賀の門弟に語った語録によって伝えられるものである。

これらのことを俳論として門弟に説いたのは、『去来抄』に「この年の冬、初めて不易流行の教へを説き給へり。」とあるように、元禄二年（一六八九）の『奥の細道』の旅以後のことであったと考えられている。『奥の細道』の行脚の途次、芭蕉から聞いたことばを羽黒の呂丸が書き留めたものとされている『聞書七日草』に「天地流行の俳諧」「天地固有の俳諧」「風俗流行の俳諧」の語が見えることや、同じ旅中、金沢の北枝が山中温泉の地で芭蕉の俳諧談を書き留めた『山中問答』の冒頭に「不易の理」「流行の変」の語を用いて俳諧を説いていること、さらに、元禄二年（一六八九）もしくは三年（一六九〇）の十二月下旬の去来宛書簡[1]に芭蕉自身の語として「天地俳諧にして万代不易」の語が見えること、その他『三冊子』や『去来抄』の記述を参照すると「風雅の誠」と「不易流行」の思想は『奥の細道』の旅中に考案され、元禄二年（一六八九）の冬から元禄四年（一六九一）にかけての関西滞留中に、主として京師・湖南・伊賀の門弟に語られたらしい。したがってこの不易流行論が重要な課題であるかのように論ぜられるようになったのは、主としてそれらの地方の門弟の間に於てであった。

そこで、彦根の許六が

俳諧に不易・流行といふ事あり。この二体の外はなし。近年、不易・流行に自縛して、真の俳諧血脈の筋を取り失ふ。あるひは不易がよし、または流行すぐれたりなど言ふやからもあれども、かつて甲乙はなし。（中略）あながちに不易・流行を貴とするものにはあらず。（『篇突』）

と述べたのに対し、不易流行説を熱心に説く去来があらわれたり、「師の風雅に万代不易あり。一時の変化あり。この二つに究まり、その本一つなり。その一といふは風雅の誠なり」（『三冊子』）とまで力説する伊賀の土芳がいたりするのである。とくに芭蕉から親しく句の添削指導を受け、俳諧の権威として芭蕉を仰ぐ湖南の門弟は、芭蕉の新しい作風に見倣うことで〝流行〟の基準を会得しようとしていたが、師の遷化にあい、芭蕉亡き後の新風の流行に拠り所を見うしなった為に、「ただ不易の風の句を楽しまん」（『旅寝論』）といった考え方をも生み、許六に「近年、湖南・京師の門弟、不易・流行の二つに迷ひ、さび・しほりにくらまされて、真の俳諧をとりうしなひたるといはんか。」（『俳諧問答』贈落柿舎去来書）と批評されるほど不易流行論が門弟の間で問題視され、ついに『去来抄』や『三冊子』に芭蕉俳論の重要問題に位置づけられるに至った。

二　奥の細道の旅との関連

芭蕉は『奥の細道』の旅中で不易流行論を考えるに至ったとするなら、その直後の契機は旅の体験に根ざすものがあったと考えられる。この問題に関しては、既に先学の論(2)があるが、私はその第一は『山中問答』にみえる「人倫の本情」という倫理と文芸とのかかわりを改めて問いなおす契機が、この旅の体験にひそんでいたためと考える。『奥の細道』の旅は、それまでの芭蕉の旅のように文化の先進地域である東海道や京畿へ向かっての旅ではなく、土地の人自らが「遠境」と自覚している〝奥〟の地へ向っての旅であった。それまで芭蕉が雅交を重ねてきた人々は、江戸や畿内に住み、漢詩・和歌・物語をはじめとする和漢の古典籍に関する教養を身につけた知識層であった。または、交通の要衝に発達した商業都市名古屋・大垣・大津に住み、人の往来や物の流通を介して新しい文化情報（流行）に恵まれた人達であった。それが『奥の細道』の旅にあっては、文化の伝統の重みを体した人々との交流の場を求めることや、新しい文化の〝流行〟にふれる機会を望むことは、はじめから断念されていたに違いない。それにもかかわらず「羇旅辺土の行脚」を思いたったのは、芭蕉の心の奥に期するものがあったからに違いない。この辺境の地への漂泊が、芭蕉にもたらしたものが、伝統と流行の問いなおしの体験であった。

細道の旅において、無教養な〝奥〟の地に住む人達の心に宿ることば以前の〝まごころ〟に触れたことが、文化に関する知的教養よりも「けふの変化を自在にし、世上に和し人情に達す」る（『山中問答』）倫理を俳諧の中心主題に据える思想をはぐくんだ。表現技巧の練達よりも「人情に達す」る倫理を重くみる思想がこの旅を通して成熟したことが、この旅の後に「しほり」「ほそみ」「かるみ」の美を説く重要な契機となったと思われる。また、文（ことば）の芸よりも倫理の普遍性を根本とみる立場が「天地流行の俳諧」（『聞書七日草』）とか「風雅の誠」といった観念に結実したと考える。

第二に、歌枕の地に恵まれた〝みちのく〟の旅が、伝統（歴史）と直接的な経験世界との断絶についての自覚をあらたにしたことがあげられる。芭蕉は、この旅を通して伝統的な観念（不易）と想いおこす想像力の働き（流行）との生きたかかわりについての考察を深めたに違いない。例えば、都人の文化観念のなかに確かな位置づけをもつ「花かつみ」も、現実の安積の地では、

「いづれの草を花かつみとはいふぞ」と人々に尋ね侍れども、さらに知る人なし。沼を尋ね、人に問ひ、「かつみかつみ」と尋ねありきて、日は山の端にかかりぬ。（『奥の細道』）

という有様であり、「しのぶもぢ摺の石」をわざわざ「信夫の里」に尋ねゆくと、

はるか山陰の小里に、石半ば土に埋もれてあり。里の童の来たりて教へける、「昔はこの山の上に侍りしを、往来《ゆきき》の人の麦草を荒してこの石を試み侍るをにくみて、この谷につき落とせば、石の面下ざまに伏したり」と言ふ。さもあるべきことにや。（同上）

という現実を直視するほかなかった。

このように存在の現実相はすべて「頽廃空虚の叢」と化し去っても何の不思議もないほど相対的・有限的な存在であるにもかかわらず、植えつがれた新しい松（武隈の松）を通して「千歳の形」を偲び、能因法師の心を思い出す生きた体験が可能となる詩の始源（不易なるもの）の自覚をもたらしたことが、不易流行論の形をとって語り出される契機の一つになったと考えられる。

第三には、中央の流行文化の影響を受けることの少なかった地方小都市の俳人を相手に俳諧を指導しようとした時、表現の新しみを中央での流行（はやり）と切り離した別個の観点に立ってとらえる必要を感じたに違いない。つまり、地方の俳人が、中央の流行（はやり）に対して余りに関心を持ちすぎる傾向があるのに対し、ことさら不易（芸術の普遍性）を強調する必要があったと推察されるのである。『聞書七日草』で

遠境は情なきものにて、折ふしごと世上の流行も、よそにのみ見てや止みなんと仕り候ふのみにて（以下略）

と、遠境に住む者がどうしても中央の流行に遅れをとるばかりでなく、流行についての正当な理解が得られない歎きを訴えるのに対し、「とかく尊きは、花に啼く鶯、水にすむ蛙にて候ふべく候ふ」[3]と答えているのも地方俳人に対し、不易を新しい観点から強調する必要があったことを物語っている。また『山中問答』の冒頭に、まず、

蕉門正風の俳道に志あらん人は、世上の得失是非に迷はず、烏鷺馬鹿の言語になづむべからず。天地を右にし、万物山川草木人倫の本情を忘れず、飛花落葉に遊ぶべし。その姿に遊ぶ時は、道古今に通じ不易

の理を失はずして流行の変に渡る。

という文が掲げられ、『聞書七日草』にもまず「天地流行（あまねくゆきわたる）の俳諧」と「思ひ邪なきもの」（誠）が強調されるのも、「遠境」の地にすむ俳人の迷いや疑問に答えるために「不易」を強調した芭蕉の言辞を想像させるに十分である。以上のような課題を『奥の細道』の旅においてつきつけられた体験が契機となって、この旅の途中から意識的に不易流行説が唱えはじめられ、やがて去来や土芳の手で記しとどめられたような形に思想が成熟したのではなかろうか。

三　問題の背景

以上のように、芭蕉の不易流行説は、「風雅の誠」から必然的に導かれた理論であった。「この道にさぐり足して新古ふた道に踏みまよふ」（『奥の細道』）遠境の俳人に、世上の「流行（はやり）」を超えた「天地流行（あまねくゆきわたる）の俳諧」を説くために、芭蕉が、当時の思想の枠組とされていた「朱子学的思考形式を適用」(4)したことから、不易流行説は胚胎したと考えられる。現象の変化と道の不変との関係を理論化してとらえた書は『易』であった。この『易』に見える「変易（かわる）」と「不易（かわらない）」の観念と『中庸』の基本理念である「誠」とを結びつけ、存在の理法を理・気の二元によって説く新しい儒学思想が宋代に成立した。この歴史的変動の理法を説く宋代の儒学（宋学）は、鎌倉時代の帰化禅僧や中国留学禅僧によって日本人の間にひろめられ、室町時代の禅林の教学のなかにとり入れられるに至った。この伝統を受け継いだ徳川幕府が、宋学を代表する朱子学を文治政策の基本に据えたことから、朱子の『周易本義』や『中庸章句』に見る語句の注解が、例えば『中庸章句俚諺鈔』（毛利貞斎）などの啓蒙的解釈書[5]や近世の民間学者「物読み」の口述を介して近世教養人の初歩的な知識となっていたとみることができる。このように「風雅の誠」や不易流行論の背景の第一には、当時の宋学の流布といった状況が考えられるのである。[6]

また、「まことしき文の道」とよばれた漢詩文の教養は、それまで貴族や僧侶の一部（主として禅僧）上層武家のものでしかなかったが、近世に入ると富裕な町人層の間に漢詩文への関心がたかまり、町人の社交として作詩がもてはやされるようになると、啓蒙的な詩の作法書や詩論の書がつぎつぎと刊行されるに至った。こうした漢詩文の流行を背景に俳諧における漢詩文調の流行が、延宝末年から天和・貞享へかけての談林俳壇にみられたわけであるが、[7]宋学の影響のもとに成った『滄浪詩話』や『詩人玉屑』の詩論が、それらの啓蒙書を介してなじまれ、俳論を語る際の拠り所とされていたらしい。これらの詩論書もまた「性情の誠」に発する詩の意義や、天地万物の「流行」と一体化する生き方の「誠」と「風雅の境」との関係を力説しているのである。芭蕉が、ことばを手がかりとして俳諧のあり方に関しての思索を深めようとした時、これらの詩論にみかける用語や発想を契機にとりこんだであろうことは当然の結果と言える。

芭蕉の俳論に影響を及ぼしたものとしては、ほかに中世歌論や連歌論が考えられる。「時世《ときよ》の移り行くにしたがひて、姿もことばもあらたまりゆくさま」と「やまと歌の深き義」を作品によって説きあかした『古来風躰抄』（俊成）以後の歌論書には、史論としての不易流行論の萌芽がみられ、『古今集』の「仮名序」にみる用語の解釈から展開された「心詞論」や「花実論」には、感動の真実と表現の技巧との関係を考究する「誠」論の契機がひそんでいた。また、二条良基の『筑波問答』や、心敬の『ささめごと』などにみられる無常観の美意識（飛花落葉の観念）は、「誠の変化を知る」（『三冊子』）流行論の背景となったと思われる。芭蕉は、そうした歌論や連歌論にみる用語や文体をかりて自己の内面に熟した思想を語ったために、中世的な文芸思想の影響のもとに不易流行論や誠論を説いたように見えるが、その本質は、中世の思想や近世の現実をも超えた普遍性を目ざす思考の営みにあった。

四　命の自覚と風雅の誠

『奥の細道』の旅が、西行・能因といった「風情の人の実をうかがふ」（『笈の小文』）旅であり、歌枕の地を尋ねて「風雅に古人の心を探」（『三冊子』）る旅であったことはいうまでもないが、その一方で、謡曲や浄瑠璃で親しまれている悲劇の武人の故地を尋ね、義経とその忠臣弁慶、佐藤継信・忠信兄弟や義経に殉じた若武者和泉三郎、老将兼房、斎藤別当実盛、義朝、木曾義仲といった武人の運命的な死に深い共感を寄せていることが目をひく。こうしたことは『奥の細道』以前にあっても、『笈の小文』の旅で、一の谷の古戦場に身を置き、『平家物語』によって阿鼻叫喚の修羅地獄の俤《おもかげ》を「さながら心にうか」べ、「千歳のかなしび」をあらたにし、とくに「生年十六歳にして戦場にのぞみ」熊谷直実に首を打たれた敦盛の死をいたんで「その日の哀れ、その時の悲しさ、生死事大、無常迅速、君わするる事なかれ」（元禄元年〈一六八八〉猿雖宛書簡）と書きしるさずにはいられなかったのは、死を賭して生きる武人の生きざまに寄せる熱い想いがあったからであろう。では、風雅を生きる芭蕉はなにゆえにこうした武人の悲劇的な死に深い関心を寄せたのだろうか。私は、そこに人間存在の不条理性を見つめる芭蕉のまなざしを強く感じないわけにはいかない。

宇宙自然の法則を「誠」と規定し、その「誠」を倫理に適用し、「誠は天の道なり。之を誠にするは人の道なり。」（『中庸』）とする朱子学の「誠」を風雅の道に転用したのが、芭蕉の「風雅の誠」であるかのように一般には考えられているが、芭蕉は道学者のように楽天的な思想をもっていたとは考えられない。『野ざらし紀行』において、富士川のほとりに捨てられ、死を待つだけの時間しか与えられてない子が「あはれげに泣く」姿を叙し、「ただこれ天にして、汝が性《さが》のつたなきを泣け。」とだけ述べているのは、運命的存在の不条理性に対する絶望に近い一種の虚無観が見てとれるのである。こうした不条理性の認識は、芭蕉の旅と思索の生活のなかで深まりを見せ「水上の泡きえん日までの命」（元禄二年〈一六八九〉正月頃の宛先不明の書簡）の自覚を生んだ。芭蕉が自身の生をも「幻の栖」と観じつつ、しかもその「幻」にすぎない生を限りなく愛惜し、「一夜の無常、一庵の涙も忘れがたう覚え」（同上書簡）るところに「風雅の誠」を見るとするなら、それは朱子学の「誠」と、その位相を異にするといわねばならない。朱子学における「誠」の思想を参考までに、藤原惺窩の『千代茂登草《ちよもとぐさ》』[8]によって掲げると

誠とは、偽りなきをいふ。これ天の本体なり。春夏秋冬土用などの、毎年に毛頭、次第の乱れぬも誠なり。人間は人間を生み、梅は梅、桜は桜の花を咲かするも誠なり。天のなすほどのわざに偽りは少しもなし。かるがゆゑに天の本体を誠といふ。わが心天より分かれくるによりて、人も偽りなければ、自然に天道にかなふ。

というように、本体としての「誠」が考えられているのである。このような朱子学的世界像の「誠」に対し、芭蕉の「誠」は、中世的な無常観もしくは禅的な「無」の思想に媒介された思想であり、矛盾や不条理をつつみこみ、固有性や独自性においてとらえた存在の様相そのものということができる。

五　「細き一筋」の誠

芭蕉の「誠」は、宋学が説く「誠」と無縁なものとは言えないが、「おのれが心をせめて、物の実《まこと》をしる」（「許六を送る詞」）という時の「まこと」は、「次第の乱れぬ」「天の本体」などという観念とは次元を異にするものと言わねばならない。宿運によって死を強いられた武人の命のはかなさに思いをいたし「その日の哀れ、その時の悲しさ」に涙する芭蕉の心の目は、すべての存在をのみこみ、消し去っていく無常の時間の流れと虚無の空間の深みの彼方へと注がれていたと考えられる。「飛花落葉」にも似た「無常迅速」の世に生をうけ、「水上の泡きえん日までの命」をせわしく生きることによって、一刻としてとどまることのない「活けるもの」を「見とめ、聞きとめ」ることが風雅であるとするなら、「乾坤の変」を「風雅のたね」（『三冊子』）とし、それを「不変のすがた」としてとらえることを芭蕉は「風雅の誠」とよんだのではなかろうか。『三冊子』で、土芳は次のように述べている。

　動ける物は変なり。時として留めざればとどまらず。止るといふは見とめ聞きとむるなり。飛花落葉の散り乱るるも、その中にして見とめ、聞きとめざれば、おさまると、その活きたる物消えて跡なし。

芭蕉の「誠」は、「飛花落葉」の無常のただなかに身を置いて、固有な時間の固有な実在の様相を如実にとらえることであった。しかも、そうした認識を可能にする根拠が、単なる一個人の「私」にあるのではなく、「乾坤の変」そのものによってもたらされた経験の全体性そのものにあるとするなら、そこでは「私意」が可能な限り捨て去られなくてはならなかった。芭蕉が「浮雲無住の境界」を理想とし、「羇旅辺土の行脚」に出ることによって「一鉢境界乞食の身」に「やつしやつして菰かぶるべき心がけ」（元禄二年〈一六八九〉正月頃の宛先不明書簡）を忘れないようにしたのは、すべて「私意」を去る工夫であったと言える。

自らをたのむ心を捨て、世俗の名聞にとらわれず、ひたすら「無芸無能」に徹し世間の是非善悪・毀誉褒貶を度外視した現実離脱者の境界（浮雲無住の境界）を生きることを芭蕉が、ひたすら願ったのは、「乾坤の変」とともに生きる風雅を楽しむためであった。

『奥の細道』の旅立ちにあたって「そぞろ神のものにつきて心をくるはせ、道祖神のまねきにあひて取るものの手につか」ないという心さわぎを叙しているのは、そうした「漂泊の思ひ」そのものが、自己の生を生たらしめている「造化」のはたらきかけと観じられたからである。一輪の小さな草の花にも、また名もない人の素朴な生きざまのなかにも、そこに「造化」の力は及んでいるのであり、万物との出会いにおいて感得する一念一動そのものもまた、単なる自己の主観ではなく、「造化」の働きが現実化した一つの様相と観じたのである。そうした「造化」のはたらきにまかせきることを「誠」とよぶなら、世俗の利害関係や是非善悪の固定観念にとらわれた自己主張的な生は「虚妄」なものというほかない。芭蕉が「米銭の中に魂をくるしめて、物の情をわきまへざる」生き方よりも、色欲の迷いに身を持ちくずす生き方を肯定し、「色は君子の悪《にく》む所にして、仏も五戒のはじめに置けりといへども、さすがに捨てがたき情のあやにくに、あはれなるかたがた多かるべし。」と「閉関之説」で述べているのは、「捨てがたき情のあやにくさ」のうちに「誠」を見出したからだと思う。この「情のあやにくさ」の「あはれなるかたがた」の「細き一筋をたど」る事が、「風雅の誠」の基本であった。

六　作者の誠より出づる句

芭蕉の不易流行論を考えるための最も重要なテキストは、いうまでもなく、『三冊子』にある次の文章である。

師の風雅に万代不易あり。一時の変化あり。この二つに究まり、その本一つなり。その一つといふは風雅の誠なり。不易を知らざれば実《まこと》に知れるにあらず。不易といふは、新古によらず、変化流行にもかかはらず、誠によく立ちたる姿なり。代々の歌人の歌をみるに、代々その変化あり。また、新古にもわたらず、今見る所むかし見しに変らず、あはれなる歌多し。これまづ不易と心得べし。また、千変万化する物は自然の理なり。変化にうつらざれば、風あらたまらず、これに押しうつらずといふは、一旦の流行に口《こう》質《しつ》時を得たるばかりにて、その誠を責《せ》めざるゆゑなり。せめず心をこらさざる者、誠の変化を知るといふ事なし。ただ人にあやかりてゆくのみなり。

この文章をそのまま芭蕉のことばとするにはいささか問題があるようである。同じ教えを去来は、次のように書きとめている。

句に千歳不易の姿あり。一時流行の姿あり。これを両端に教へ給へども、その本一なり。一なるは、ともに風雅の誠をとればなり。不易の句を知らざれば本たちがたく、流行の句を学びざれば風あらたまらず。よく不易を知る人は、往々にしてうつらずといふことなし。たまたま一時の流行に秀でたるものは、

ただおのれが口質の時に逢ふのみにて、他日流行の場にいたりて、一歩もあゆむことあたはず（『俳諧問答』贈晋氏其角書）

『三冊子』の土芳は、「不易」なるものを、「変化流行」を超越したものとしてとらえているのに対し、去来は、「不易の句」「流行の句」といった具体的な風体論の形で対比的に説いてみせる。(9) この去来のとらえ方に対し許六は、「翁在世の時、予つひに流行・不易を分けて案じたる事なし。（中略）かつて流行・不易を貴しとせず。よき句をするをもつて、上手とも名人とも申すまじきや。」（『俳諧問答』贈落柿舎去来書）と論難を加えている。森川許六が湖南・京師の門弟の間で話題となっていた不易流行論に批判的な態度を示すのは、芭蕉入門時が元禄五年（一六九二）で、芭蕉が不易流行論を説きはじめたという元禄二年（一六八九）秋から時を隔てていたばかりでなく、教えを受けた場所が江戸深川の新芭蕉庵であったことも関係するのではなかろうか。芭蕉は、元禄六年（一六九三）の五月に彦根に帰藩する許六に、餞別の文を草して与えている。その文章の後半の部分は、不易・流行の語を用いないで、芭蕉自身のことばで実質的に不易流行論にかかわる思想を述べている。

ただ釈阿・西行のことばのみ、かりそめにいひちらされしあだなるたはぶれごとも、あはれなる所多し。後鳥羽上皇の書かせ給ひしものにも「これらは歌に実ありて、しかも悲しびをそふる」とのたまひ侍りしとかや。さればこの御ことばを力として、その細き一筋をたどり失ふ事なかれ。なほ「古人の跡を求めず、古人の求めたる所を求めよ」と、南山大師の筆の道にも見えたり。（「柴門の辞」）

ここには「一時流行の姿」を問題にする視点は全く欠落している。おそらく、『奥の細道』の旅の後に芭蕉が説いたといわれる不易流行論は、「流行の句」への批判として説いたのではなかろうか。芭蕉は「変化」と

「流行」を区別する視点として「不易」を説いたと思われる。新しい流行に文化的な先進性を自負する近世都市人の風潮は、俳諧の領域でも俳風のめまぐるしい変遷をもたらした。特に点取俳諧の流行は「点取に昼夜を尽くし、勝負をあらそひ、道を見ずして、走り廻る」「風雅のうろたへ者」（『風雅三等之文』）を生んだ。ところが、芭蕉自身もある面では「一時流行」の句に影響を受けながらも、新しい表現を求めて「変化」を求め続けてきたわけである。不易流行説を語っていたと思われる元禄三年（一六九〇）七月十七日付牧童宛書簡のなかで、蕉門の俳風の固定化、形骸化を認め「世間ともに古び候ふにより、少々愚案工夫これあり候ひて心を尽し申し候ふ。」と述べている。『三冊子』によれば、

新しみは俳諧の花なり。古きは花なくて木立ものふりたる心地せらる。亡師つねに願ひに痩せ給ふも、この新しみの匂ひなり。

というほどに「新しみの匂ひ」を求めて、句風の変化を重ねてきたわけである。

芭蕉が不易流行論を説く契機の一つは、地方俳人が、中央都市での「流行の句」を気にするあまり「この道にさぐり足して新古ふた道に踏みまよふ」（『奥の細道』）実情を体験したこと、そして都市俳壇の俳人はまた、点取りに勝負を争う余り、人目をひく「今めかしさ」を競う風潮を見聞し、「流行」と「変化」の基本における相違、そして「新しさ」と「今めかしさ」の違いを明らかにする必要に迫られたところにあったと考える。したがって「流行の句」については、その句風を具体的にとりあげて論じたかもしれないが、「不易の句」の風体については説明しなかったのではなかろうか。『去来抄』によれば、魯町の「不易の句の姿はいかに」という質問に対し、去来は「いまだ一の物数寄なきなり。一時の物ずきなきゆゑに古今にかなへり」と答えたり、『俳諧問答』では、許六の問難に対し、「不易は和歌の正風体と大概似たるべし。」と答えたりしているが、

「不易の句」を風体として説いた芭蕉の語はみられないのである。

芭蕉が説いた不易とは、西行の「あだなるたはぶれごと」ともいえる歌に感じとる「あはれなる所」であり、「歌に実ありてしかも悲しびをそふる」「その細き一筋」であったのではなかろうか。文芸がことばを媒介とする表出である限り、時代とともに変化することばを拠り所にする他ない。したがってその形が時代とともに推し移るのは「自然の理」とも言える。しかもことば自体は習慣化した約束事でしかないので、生きた体験の固有性を語る時も、慣習化した文体によって表現する時は、きわめて平凡な観念を伝えることに終らざるをえない。芭蕉は、俗語が担う通俗的な観念や常識の殻を破ることによって造化に支えられた命の喜びを俗語によって取り出し、人々とその楽しみを共有しようとした時、ことばの扱い方の工夫を要求された。表現の「新しみ」を求めて痩せるほどの工夫を重ねた結果として、その句の風体は「一時の変化」を必然的に結果することになった。表現様式の新古の違いや変化、もしくは、たとえ時代の流行に触発された「変風」であったとしても、それら変化を貫くものが、命の真の自然さに到りつこうとする誠に根ざす表現行為である限り、そうした「一時の変化」の背後に、「風雅の誠」の普遍性にもとづく「万代不易」の本質を見ぬくことが可能となるのである。

七　不易とかるみ

芭蕉の不易流行論が、「風雅の誠」を俳諧を通してあかしするための理論であったとするなら、その具体的な方法が問われねばならない。土芳をそのための方法として「私意」を破る工夫を力説し、芭蕉の学ぶ事はつねにあり。席に臨んで文台と我と間に髪といれず。思ふ事速やかにいひ出でて、ここに至りて迷ふ念なし。文台を引き下ろせば則反古なり。（『三冊子』）

といった言葉や芭蕉が説いたさまざまな比喩を紹介し、「みな巧者の私意を思ひ破らせんとの詞なり。」（『三冊子』）と述べ、「学ぶ事はつねにあり」の具体的な実践方法を「風雅に古人の心を探り、近くは師の心よく知る」ことによって「わが心の筋おし直し、ここに赴いて自得する」ことが「誠をつとむる」道であるとしている。『去来抄』でも

蕉門は景情ともそのある所を吟ず。他流は心中に巧まるると見えたり。

と蕉風の特色を説明している。

人の意表をつく新奇な表現をねらって衆目をひこうとしたり、古典の修辞を巧みにとりこんで高尚な句であるかのように見せかけたりする技巧は「巧者の私意」に出る句作りにすぎない。芭蕉は元禄三年（一六九〇）以降の書簡のなかで「かるみを致す」よう門弟にすすめているのは、「高く心を悟りて俗に帰る」（『三冊子』）教えでもあった。「つねに物をおろそかに」しない誠を勤めることによって、漢詩・和歌・連歌が問題にしなかった所をも余すところなく取りこみ「けふの変化を自在に」する柔軟な開かれた心をたもつことによって「千変万化する物」の命を感得する喜びをたしかめ、「住み果てぬ世の中、行く処、帰る処、何につながれ、何にもつれむ[10]」といった自在な心をもって「世上に和し、人情に達す」（『山中問答』）る道を「誠」とよぶなら、「誠の俳諧」は当然に俗語による句の「かるみ」を結果することになる。気のきいた表現の装飾性をそぎ落とし、伝統的な美意識を無の沈黙の世界に押し沈め、その「時」その「所」で座の人々と共有し得る生きたことばを

探りあて、「気に乗せて」俳諧をする（『三冊子』）ならば、「文台引き下ろせば則ち反古なり」（『三冊子』）といった無からの創造が実現する。「不易」とは、実体的な作風の問題でもなければ対象化された伝統でもなく、その「時」その「所」における俳諧のことばを介して顕わとなる風雅の始源を指していったことばではなかろうか。

注

（1）『俳文芸』（創刊号・昭和四十八年四月）に井本農一氏が翻刻・紹介。

（2）不易流行論と『奥の細道』の旅との関連について考察した論考には、大内初夫「不易流行論の成立」（『国文学』昭和五十四年十月）、井本農一「不易流行論」（『芭蕉の文学の研究』角川書店　昭和五十三年）、赤羽学「不易流行説」（『芭蕉俳諧の精神』清水弘文堂　昭和四十五年）などがある。

（3）『聞書七日草』（『定本芭蕉大成』所収の本文による）の別の箇所では「ここに天地固有の俳諧あり。いたるべし、楽しむべし。花に啼く鶯、水にすむ蛙、いづれか歌をよまざりけるこそ尊とけれや。」とある。

（4）尾形仂著『座の文学』（角川書店　昭和四十八年）一六八頁。

（5）毛利貞斎の『重改中庸章句俚諺鈔』中に見える語句と蕉門の俳論にみる用語の類同性については、赤羽学著『芭蕉俳諧の精神』一二二頁から一二四頁にふれられている。

（6）芭蕉俳論と宋学との関連にふれた論文には岡崎義恵「芭蕉文学の本質」（創元社『芭蕉講座』二　昭和三十一年）、尾形仂「不易流行論の背景」（『俳句』昭和三十三年七月）、小西甚一「芭蕉と寓言説」（『日本学士院紀要』十八巻第二号・第三号、昭和三十五年六月）、仁枝忠「不易流行の典拠」（『芭蕉と中国文学』明善堂書店　昭和三十六年）などがある。

（7）蕉門の俳論と当時刊行されていた詩法入門作法書の類との用語や発想の共通性については、上野洋三「詩の流行と俳諧」（『文学』昭和四十八年十一月）において精細に論ぜられている。

（8）惺窩が母のために書いた本で、写本の形で伝えられ、版行をみたのは天明八年なので、芭蕉が目にする可能性は考えられない。『続々群書類従　第十』三二頁。

（9）不易流行論をめぐる土芳理論と去来理論の相違を問題にし、主として去来理論の史論的性格を論じたものに、乾裕幸「史論としての《不易流行》論」（『国語と国文学』昭和四十九年三月、『ことばの内なる芭蕉』未来社　昭和五十六年　所収）がある。

（10）『校本芭蕉全集　第八巻』（角川書店　昭和三十九年）三三九頁に見える「惣七・宗無宛書簡」。

第十五章　西行と芭蕉

一　その細き一筋

芭蕉が「許六離別の詞（柴門の辞）」で、多くの歌人の中から、俊成（釈阿）と西行の和歌に特に注目し、「たゞ、釈阿・西行のことばのみ、かりそめに言ひちらされしあだなるたはぶれごとも、あはれなる所多し」と述べていることは、芭蕉の文学の質を考える上で重要な観点を提示している。俊成（一一一四―一二〇四）は、仏教を機縁として新しい歌の道を自覚し、中世和歌の先蹤となった歌人であった。俊成は『古来風躰抄』で歌論を述べるに当たって『摩訶止観』の文を引用し、「今、歌の深き道も、空・仮・中の三諦に似たるによりて、通はしてしるし申すなり」と、止観の思想にのっとって、歌の表現の意味をとらえたのである。歌の「心」を空諦に、歌の「詞《ことば》」を仮諦に、歌の「姿」を中諦に当てて表現の思想を把握することにより、言葉の意味作用を一義的に定義する立場を離れて「幽玄」論を提唱し、〝余情の美学〟を樹立した歌人であった。彼は、歌の「心」を空と観じることにより、制度化されてしまった王朝の〝みやび〟の観念から自らの詩心を解き放つ契機を獲得したのである。

このことは、俊成歌論の特色を最も鮮明に語っている「慈鎮和尚自歌合」中の「十禅寺十五番」の判詞（日本古典文学大系『歌合集』）によっても明らかである。

おほかたは、歌はかならずしもをかしき節をいひ、事の理《ことわり》を言ひ切らんとせざれども、もとより詠歌といひて、たゞ読みあげたるにも、うち詠めたるにも、なにとなく艶にも幽玄にもきこゆる事あるなるべし。よき歌になりぬれば、その言葉姿の外に景気の添ひたる様なる事のあるにや。

ここには、歌の心にあたる「をかしき節」もしくは、「事の理」をひとまず括弧にくくって、言葉を読みあげた時の声調（調べ）が呼び覚ます心の動きを重視する考え方が述べられている。この声調重視の立場は、俊成の『古来風躰抄』（『日本歌学大系　第二巻』）でさらに鮮明に、次のように述べられている。

歌はたゞよみあげもし、詠じもしたるに、何となく艶にもあはれにも聞ゆる事のあるなるべし。もとより詠歌といひて、声につきてよくもあしくも聞こゆるものなり。

俊成が、言葉の歴史にまつわるもろ〳〵の理念や伝統に拘束されることなく、「たゞよみあげもし、詠じもしたる」言語体験の現在性を拠り所とし、「声につきてよくもあしくも聞こゆる」和歌の声調の不思議な働きを第一義としたことは、既成観念の網目状の外皮をまとってしまった伝統和歌の形骸化から脱却する方途を示唆することになった。

西行（一一一八―一一八九）もまた、和歌表現の用語や形式にとらわれることなく、「言ひたきままに言ひたる」（『八雲御抄』）歌の声調の「うるはしさ」によって、新古今歌人の心をとらえ、後鳥羽院は、西行に「不可説言語の上手なり」（『後鳥羽院御口伝』）といった賛辞を呈しているほどである。西行自身も「さて歌はいかやうによむべきぞと問ひ申ししかば、和歌はうるはしく詠むべきなり」（『西行上人談抄』）と述べているように、和歌の本質を「三十一音の詩」の調べに見出していた歌人であった。こうした俊成・西行の歌は、同時代の人にも深い影響を与え、「釈阿（俊成）、西行などは、最上の秀歌は、詞も優にやさしき上、心が殊に深く、いはれもあるゆゑに、人の口にある歌、勝計すべからず」と、後鳥羽院が証言しているほどであった。

院政期の、同世代人といってもよいほどの両歌人が、ともに仏教の空観に導かれて、声調重視の和歌観を身につけたことは、「三十一音詩」としての和歌表現に新しい思想家の可能性を自覚化させるに至った。芭蕉が「たゞ、釈阿・西行のことばのみ、かりそめに言ひちらされしあだなるたはぶれごとも、あはれなる所多し」と評価し、この両歌人の詩心のありかに深く思いをいたしたのは、この短詩型文学が持ち得た思想詩の可能性を俳諧にうけ継ごうとしたからであった。芭蕉もまた後鳥羽院の言葉によりながら「『これらは歌に実《まこと》ありて、しかも悲しびをそふる』とのたまひ侍りしとかや。さればこのみ言葉を力として、その細き一筋をたどりうしなふ事なかれ」（「柴門の辞」）と許六にも説き、自らにも言い聞かせるのであつた。「その細き一筋」とは、文脈上では歌の「実《まこと》」を意味しているが、具体的な意味内容はどういうことであろうか。

二　物の実《まこと》をしる事

西行の和歌の「実《まこと》ありて、しかも悲しびをそふる」調べに接し、「歌ごころ」の何物たるかを自覚した近代の歌人に斉藤茂吉がいる。茂吉は、貸本屋で正岡子規の歌集『竹の里歌』を偶然に見出し、作歌に志を持つようになった歌人であるが、歌に興味をいだきはじめるようになったそもそもの機縁は西行の歌にあったようである。中学生の茂吉が、『新古今集』によって西行の歌を知り、やがて『日本歌学全書』の『山家集』を手に入れて西行の歌に親しむようになるのは、西行歌を通していのちの味わいに開眼させられたからである。金儲けと出世の責務を負わされて刻苦勉励する茂吉が、西行の歌に深い慰籍を覚えていたことは、次兄守谷富太郎宛の書簡（明治三四年七月一八日付）に自ら記していることでもあった。さらに、茂吉が本格的な作家活動をはじめた大正元年から『アララギ』誌上に『山家集私鈔』を連載し、西行歌の「あはれ」に注目するようになると、「本年（大正元年）の初めあたりからぽつりぽつりと詠んだ予の歌に此『あはれ』の語のあるのは、西行あたりから感得したのである」と西行歌の影響を自認している。

茂吉が西行や芭蕉の文学から感得したものは、「あはれ」の語に要約された「深所のいのち」の味わいであり、「生活霊性」（茂吉「二たび短歌と象徴」）の自覚であった。このことは、茂吉だけの問題でなく、北村透谷・二葉亭四迷・島崎藤村・蒲原有明・三木露風・芥川龍之介等の近代の文学者に共通するものがあり、西行や芭蕉に代表される隠逸詩人の言葉のリズムに、言葉の意味や概念を超えた存在の霊性そのものに開眼させる力がこもっていることを認めているのである。

西行や芭蕉の文学が、同時代人の心を惹きつけただけでなく、時代を超えて生きつづけてきたのは、かれらの言葉が、意味的単位に分節化された言葉を用いながらも、そのしみじみと沁み徹る言葉の声調を拠り所として、語義による表層意識を超えて、事物との親密な関係性を開示する言葉となり得たところにある。

俊成が、分節化された言葉の意味作用をひとまず括弧にくくり、「をかしき節をいひ、事の理《ことわり》を言ひ切らん」とする歌の表現をしりぞけ、「たゞよみあげもし、詠じもしたるに何となく艶にもあはれにも聞ゆる」言葉との直接的なかかわりを重視したのは、歌における「因縁所生の法」（物事には不変の〈実体〉というようなものがあるわけではなく、あるはたらき〈因〉とある条件〈縁〉との結びつきによって、〈今〉〈ここ〉に、存在するかのように立ち現れる〈仮象〉がすべてであるとする考え方）に、歌の実《まこと》を見たからであった。したがって「仮名《けみやう》」にすぎない歌語に実体的な価値を付与し、言葉の技巧に腐心して一首の歌を仕立てあげることは、迷妄の所業ということになる。

西行もまた、言葉の定義や概念にとらわれることなく歌を詠んだことは、同時代の歌人が広く認めるところであって、西行を理想の歌人とした順徳院は、西行歌の特色を「たゞ詞をかざらずして、ふつふつと言ひたるが聞きよきなり」と述べている。西行は歌を詠む行為を単なる創作とは考えなかったようである。『栂尾明恵上人伝記』に伝えられている西行の言葉を無条件に西行のものとすることには問題があるであろうが、「一首詠み出でては、一躰の仏像を造る思ひをなし」とあることは、西行における歌の意味を改めて考えさせる言葉である。また「よみ出だす所の歌句は、皆これ真言に非ずや」とあるのも、仏教付会の和歌観と単純にみなすわけにはいかない。西行が「和歌はうるはしく詠むべきなり」と考えたのは、立派な作品を創るためではなく、和歌が「真言」であり、「一躰の仏像」だったからである。和歌というリズムを伴った詩的言語の、しみじみと心に沁み徹る声調が、自己主張もしくは、自己を装い隠すために発する日常言語の猥雑なリズムで満たされた日常意識の表層にとどく時、目的意識や欲望に枠どられた自己意識の殻が破れて、「深所のいのち」ともいうべき、最も直接的な実存の様相が立ち現れるのである。そうしたことを実現するためには、日常言語の「うるはしさ」を梃子《てこ》として、日常的現実的事物の様相を詩的言語を通してながめ返す必要があった。西行が、和歌の言葉を「真言」としてとらえたのは、心に沁み徹る詩的言語の声調に作者自らが聞き入る時、事物の表層にはりめぐらしている日常意識の〝ありきたり〟性が破れて、その裂け目から、因縁所生の法ともいうべき、存在の直接性と全体性が直観し得たからである。西行が歌一首詠み出すことは「一躰の仏像」を造る思いであると述べたのは、透入感を伴った歌のリズムをつくり出すことによって、そこに用いられた日常言語が詩的言語に転換する機微において、「物の見えたる光」(『三冊子』)を作品に結晶化することを意味していたのである。

三　物の見えたる光

中世人が理解した仏教の基本は、長明が『方丈記』にしるしているように、「仏の教へ給ふ趣は、事に触れて、執心なかれとなり」ということであった。この「執心なかれ」ということを『大乗起信論』が説くところに従って敷衍すると「言説《ごんせつ》の相を離れ、名字《みやうじ》の相を離れ、心縁の相を離れ」ることであった。仏教の論書は、この「言説の相を離れ」るための言説を述べたものであるが、仏教によれば私達の日常意識は、「無明痴闇《むみやうちあん》の、薫習《くんじゆう》する因縁を以て、妄りに境界を現じて、念著《ねんぢやく》を生ぜしむ」（『往生要集』に引用されている『大般若経』の文）状態にあるということになる。つまり、人は、真理に暗く、道理がわからない心の状態にとどまっているので、もろ〳〵の人為の制度や伝統的観念に心はそまりきってしまった姿に気づくことがなく、そうした既成観念や先入観に従って身の廻りの世界を構築し、自らの妄想が現出した物事に執着してとどまる所を知らないのが常であるという。なかでも人間の意識を枠どっている最も大きな要因が、世界を分節化して見せる「名字」と「言説」にあるので、存在の本来の姿（真如）に心を開こうとするなら、日常意識を覆う「名字・言説の相」を離脱しなくてはならない。そのための修行法が「止観」であり、「禅定」であった。「止観」とは「法性寂然たるを止と名づけ、寂にして常を照らすを観と名づく」（『摩訶止観』）ことであり、「止」の直接の意味は、人間意識を支配する理非・善悪・利害の観念、もしくはそうした観念の基礎となる「名字・言説の相」にとらわれた一切の差別知のはたらきを抑え、とどめることであり、「観」とは、関係存在として現じている諸物の全体性を分別知を離れた智慧をもって直観することである。俊成は、この止観の考え方に学んで「歌の深き道」を理解した時、和歌のことばの全体性ともいうべき声調に、分別知をこえた直観を働かすことによって

「何となく艶にも幽玄にも聞ゆる事」を感得し、「法性寂然」たる空の世界に、存在の寂寥相を見とどけたのであった。

俊成は、西行の「御裳濯河歌合《みもすそがはうたあはせ》」の判詞で西行歌を評して「ともに深きにとりて、右はうちまかせてよろしき歌の躰なり」（七番）「ことば浅きに似て、心ことに深し」（十八番）「心深く、故ありて聞ゆ」（十九番）「ことばを飾らずといへども、あはれことに深し」（二十番）「左の歌は、只ことば（注、なんでもないことば）にして、あはれ深し」（二十三番）といったように、なんでもない言葉でよまれた西行歌の声調が、しみじみとした透入感をよびさまし、空寂の存在相への見わたしを秘めていることを高く評価している。「滅びの光」によって見わたし、存在の「寂寥相」に触れることによって〝たまゆらの命〟のゆらぎを詩的言語の世界に結晶化する営みを作歌と考えた俊成や西行の文学に深く思いをいたした芭蕉が、『三冊子』に伝えられる次のような俳論を述べたであろうことは、十分首肯できるのである。

師のいはく「乾坤の変は風雅の種なり」といへり。静かなるものは不変の姿なり。動けるものは変なり。時として留めざれば、とゞまらず。止むるといふは見とめ聞きとむるなり。飛花落葉の散り乱るるも、その中にして見とめ、聞きとめざれば、おさまると、その活きたるもの消えて跡なし。また句作りに師の詞あり。「物の見えたる光、いまだ心に消えざる中にいひとむべし」。また趣向を句ぶりに振り出すといふ事あり。これみな、その境に入つて物のさめざるうちに取りて姿を究むる教へなり。

（「赤双子」以下、引用は『校本芭蕉全集』による）

この文章は、芭蕉の日頃の教えに基づいて土芳が記述したものであり、すべてを芭蕉の言葉とすることはできないが、その大略は芭蕉の考えとみなしてよいと思う。そうであるとすると、この「静かなるものは不変の姿なり」というときの「静かなるもの」は、仏教でいうところの「寂静」を意味していたと考える。それを存在の深層（「不変の姿」）と見ているわけであるが、そうした無相空寂にして清浄無垢な存在の深層は、人の日常意識の裂け目から辛うじてかいま見ることができるにすぎないことを芭蕉は深く自覚していた。「己れが心をせめて、物の実《まこと》をしる事」（「許六を送る詞」）を説き、「飛花落葉」の「乾坤の変」のただ中に身を置いて、しかもその「変」を、ことばを介して「見とめ、聞きとめざれば」そうした深層への見わたしが成りたたないことを自覚した芭蕉は、思想の方法として「句作り」をとらえる立場を獲得したのである。「その境に入って物のさめざるうちに取りて姿を究むる教へ」とは、そうした思想詩の可能性を語った言葉だったのである。

四　風理と風雅の誠

西行の談話を伊勢の神職にあった荒木田満良（蓮阿）が聞書した歌論書『西行上人談抄』には「風理」の語が見え、次のように述べられている。

さて、歌はいかやうによむべきぞと問ひ申ししかば、和歌はうるはしく詠むべきなり。古今集の風体を本としてよむべし。中にも雑の部を常に見るべし。ただし、古今にも受けられぬ体の歌少々あり。古今の歌なればとて、その体をば詠ずべからず。心にもつきて優におぼえむその風体の風理をよむべしと侍りしに、なほいづれの歌どもをか殊には本とすべきと申ししかば、そらにてはいかが、さるにても少々おぼゆるをとて

春霞たたるやいづこみよしのの吉野の山に雪はふりつつ

この歌、たてるやいづことといふ人もあるを、上人は、たたるやいづこと侍りしなり。

大分長く引用してしまったが、「心にもつきて優におぼえむその風体の風理」を考える上で、和歌の声調の問題が大きくかかわっていることを示すために必要であったからである。伝本によって本文の若干の相違が見られるが、「風理」の語は共通しているので、後に添加された語ではないようである。ところが、この「風理」なる語は、漢語としても日本語としても辞書には採録されていない語であって、他に用例を見かけないので、西行の造語と考えてよいであろう。久保田淳編『西行全集』に収められている神宮文庫本の『西行上人談抄』の注によると「風理は、風雅なる義理といふ心也」とある。「心にもつきて優におぼえむその風体」とは、俊成の言葉の「歌はたゞよみあげもし、詠じもしたるに、何となく艶にもあはれにも聞ゆる事」（『古来風躰抄』）に相当する。「心につく」とは、しみじみと心に沁みて忘れがたい思いにさせられることを意味しているので、「その風体の風理」とは、透入感を伴った声調に支えられて、和歌のことばが、単なる意味作用を超えて、心と事物との親密で切実な関係を開示するに至る不思議を意味していたことになる。事物を指示する言葉を用いながらも、言葉の概念的な意味作用を超えた声調の滲透性に心をゆだねる時、作者・読者の別を問わず、言葉の背後に詩的体験の原形質（＝魂の本質）が立ち現れてくる事実の論理を、西行は「風理」とよんだのである。「春霞たてるやいづこ」の形で伝えられてきた『古今集』の歌を、「たたるやいづこ」とよむことにこだわったことは、語義よりも、歌の調べを重くみる西行の立場を雄弁に語っている。

芭蕉が、その初期においては、謡曲のことばや歌謡のことばの声調のおもしろさに関心を示し、次に漢文訓読の雄勁な語調に表現の新しさを求めたりしたが、晩年には、日常語の調べに着目し「俳諧の益は俗語を正すなり。つねにものをおろそかにすべからず。この事は人の知らぬ所なり。大切の所なり」（『三冊子』）という考えに到達した。前に引用した元禄六（一六九三）年「許六離別の詞」によれば、俗談平話を詩語に転じうることを芭蕉に示唆したものは、西行歌の存在であったと考えられる。とくに芭蕉がそのなかで釈阿（俊成）と西行の名をあげて「かりそめに言ひちらされしあだなるたはぶれごとも、あはれなる所多し」と述べたのは、西行の自歌合「御裳濯河歌合」（寛文七年に板本が刊行された）の俊成の判詞にもとづく所が多かったと思われる。芭蕉が『奥の細道』の旅の途次、元禄二（一六八九）年秋、山中温泉滞在中に北枝に語ったことを書留めた俳論書『山中問答』には、不易流行の説と〝軽み〟への志向を語る文章が収められている。

蕉門正風の俳道に志あらん人は、世上の得失是非に迷はず、烏鷺《うろ》馬鹿の言語になづむべからず。天地を右にし、万物山川草木人倫の本情を忘れず、飛花落葉に遊ぶべし。其姿に遊ぶ時は、道古今に通じ、不易の理を失はずして、流行の変に渡る。しかる時は、志寛大にしてものに障らず。けふの変化を自在にし、世上に和し、人情に達すべし、と、翁申給ひき。（『蕉門俳論俳文集』古典俳文学大系10）

この文章には〝軽み〟の語も〝風雅の誠〟の語も用いられていないが、芭蕉俳論の中心テーマは、この書に出そろっているのである。現在の学界での定説では、不易流行論も〝軽み〟への志向も『奥の細道』の旅中に胚胎し、旅後の元禄三（一六九〇）年以降、芭蕉の門弟の間で俳論の形でまとめられるようになった思想と考えられている。しかし、芭蕉の芸術におけるすべての問題は、俳人を志したその時点ですでにその萌芽が見られるのであって、ことばのリズムに遊ぶことが、ことばの意味や定義を拠り所にして構成された〝現実〟と名づける擬制をのりこえてゆくための武器であることを芭蕉は『貝おほひ』の段階で見ぬいていたのである。一見悪ふざけとも受けとられかねない戯文の評語を添えたこの句合せ集を寛文一二（一六七二）年に故郷の天満宮に奉納するために、「『歌にやはらぐ神心』といへば、小歌にも、予がこころざすところの誠を照らし見給ふらん」と書いた時、「あだなる戯言《たはぶれごと》」のみが宿しうる「細き一筋」の「誠」を芭蕉は自覚していたのである。

延宝八（一六八〇）年の『常盤屋句合《ときはやのくあはせ》』でも、談林俳諧流行期の「世上に和し」た戯文で評語を綴り、跋文を書いているが、そこでも「年々に変じ、月々に新た」な〝流行の変に渡る〟ことを積極的に肯定しながらも、「誠に句々たをやかに、作新しく、見るに幽なり、思ふに玄なり」というように〝不易の理〟を「幽玄」の語によって見定めている。このような例証を次々とあげることは、いたずらに紙幅をふさぐことになるので省くことにするが、その年の冬、江戸市中の生活を捨て深川の草庵に移り住み、自ら芭蕉と号し、仏頂禅師について禅を修めるようになると、「浮雲無住の境界」に身を置き、天地とともに〝流行〟することが、そのまま〝万代不易〟の風雅に心を開く最善の道であることをさとるに至り、西行の文学に「風雅の誠」を見出すに至った。天和三（一六八三）年に其角編の俳諧選集『虚栗《みなしぐり》』に跋文を寄せ、日本の詩人としては西行だけを取りあげ、その侘と風雅にふれたのは、そうした芭蕉の関心の所在を語ったものということができる。芭蕉が俗談平語の〝軽み〟に詩の表現の可能性を求めるようになるのは、「ただ詞を飾らず」「いひたきままにいひたる」（『八雲御抄』）西行の〝ただごと〟の歌が、その調べのうるわしさ（＝意識への滲透力）によって、「万物山川草木人倫の本情」ともいうべき、事物存在との親密な関係をよびさます詩語となりえていることを深く知ったからであろう。

芭蕉が「予がこころざすところの誠」（『貝おほひ』）を説明のことばで人に語るようになるのが『奥の細道』の旅の途次であったということには十分な理由が考えられる。前に引いた『山中問答』のことばは、この旅で芭蕉が初めて会った北枝に語ったことばの書留であり、さらにその記述内容に問題があるため、研究者の間では第二資料とみなされている羽黒の呂丸の『聞書七日草』には「天地流行の俳諧」「風俗流行の俳諧」といったことばが用いられており、「翁曰」として「とかく此道は、花は待つか散るか、月は曇るか晴るるか、なにによらずわがおもふことを、一句に申し述べ候ふまでの俳諧にて、ほかに習ひと申す事これなく候ふや。花を見る鳥を聞く、たとへ一句に結びかね候ふとも、その心づかひその心地、これまた天地流行の俳諧にて、おもひ邪《よこしま》なきものなり」といった言葉が収められている。「万代不易」の「天地流行の俳諧」について、このように芭蕉が説いたであろう可能性は、その後の芭蕉自身の文辞（元禄三年一二月去来宛書簡・「三聖図賛」等）からも信じうるところである。この呂丸もまた、この旅で初めて出会った俳人であった。このように、旅の途次で、多くの初対面の地方俳人に接し、限られた日時で「風雅」についての理解を得る必要から、芭蕉は相手の理解を得るための説明の手順を工夫するようになり、芭蕉俳論の骨格をつくる用語が表立って用いられるようになったと考えられる。芭蕉が西行について自ら述べた最初の文献は『虚栗』の跋であり、そこで用いられたことばは「わび」と「風雅」であった。西行の詩心のありかを「風雅」の語によってとらえた芭蕉が、その後、説明のことばに「天地」もしくは「不易」「流行」の語を用いるようになったため、芭蕉の文芸観は「風雅の誠」「不易流行」「造化随順」「物我一如」などの用語を中心に据えて語られるようになった。

五　風雅におけるもの

西行もそうであったが、芭蕉もまた、生き方の問題をその文学の質の問題と深くからめてとらえた詩人であった。そうした生活倫理の基本的態度は、『三冊子』に伝えられることばによれば「人、是非に立てるすぢ多し。今、その地にあるべからず」ということであり、つねに「乞食行脚の身を忘れ」ないことであった。元禄二（一六八九）年『奥の細道』の旅を前にして、猿雖宛に書かれたとされる書簡に「去年たびより魚類肴味《かうみ》口に払ひ捨て、一鉢境界、乞食の身こそたふとけれと謡ひに侘し貴僧の跡もなつかしく、猶ことしの旅はやつし

〳〵て菰かぶるべき心がけにて御座候」と述べたことは、芭蕉が深川の草庵に隠栖し、「自ら乞食の翁とよぶ」ことをして以来一貫した態度であった。このように芭蕉が〝一鉢乞食の境界〟の心の位相に住することに努めたのは、生活倫理の問題というよりは、「風雅の誠」をさぐる必要条件とみたからである。〝乞食の境界〟の心の位相は、芭蕉にとっては言葉の問題と直結していたのである。『山中問答』のことばを芭蕉の言とみなすなら、「蕉門正風の俳道に志あらん人は、世上の得失是非に迷はず、烏鷺馬鹿の言語になづむべからず」ということが「蕉門正風の俳道」の大事とされていることになる。「烏鷺馬鹿の言語」とは、対象を識別し、名目を付与することによって存在物を抽象化する言語のはたらきを指していったものと考えられる。私たちが一般に〝現実〟と称しているものは、存在を差異化し、抽象化する〝言葉〟（＝烏鷺馬鹿の言語）によって構造化された擬制の総体である。卑近な一例をあげるなら、すべての人が姓名・生年月日・職業・住所によって自己存在の位置づけを行っている社会にあっては、職業名や住所の地名までもが、序列尺度の幻想を伴う言葉となっているので、自己意識のあり方は、存在を差異化し、実体化する言葉のはたらきに拘束され、人や事物とその時、その場における自由な関係を取り結ぶことができないのである。存在の表層は〝名目〟を実体化する言語感を共有する人々の妄想によって覆ひつくされており、日常言語はそのような世俗社会のあり方によってその意味作用が規定されてしまっている。芭蕉が世俗に包囲されてしまった日常のことばを用いて、風雅をさぐろうとした時、最も困難を感じたのは、自己意識の変革という課題であった。『笈の小文』の冒頭に「百骸九竅の中に物あり。かりに名づけて風羅坊といふ。誠にうすものの風に破れやすからん事をいふにやあらむ」というように語り手の自己規定を行うのは、そうした言葉をたよりに自己意識のあり方の再構築を試みるためであった。

世俗社会の全体は、言葉を実体化する妄想を拠り所として構成された虚構の現実にすぎないということを明らかにしたのは、仏教と老荘思想であった。西行は仏教思想に導かれて、「世をそむく」出家を敢行し、「捨て果ててきと思ふわが身」の自己意識を拠り所に事物との関係をとらえ直し、

心なき身にもあはれは知られけり鴫立つ沢の秋の夕ぐれ
花にそむ心のいかで残りけむ捨て果ててきと思ふわが身に
花見ればそのいはれとはなけれども心のうちぞ苦しかりける
風さそふ花の行方は知らねども惜しむ心は身にとまりけり
ゆくへなく月に心のすみ〴〵て果はいかにかならんとすらん
かげ冱《さ》えてまことに月の明き夜は心も空にうかれてぞすむ

といった歌をよみ、花や月によってあらわにされてゆく心のありかをいとおしみ、生かされてある命のあはれを自らにたしかめたのであった。

芭蕉は西行のそのような詩心のありかに共感をよせながらも、主として老荘思想を拠り所に社会離脱をはかり、「自ら乞食の翁とよぶ」無用者の目と心をはぐくむことにより、〝天地有情〟の世界に開眼したのであった。「風雅」とは、基本的には、天地の有情に遊ぶことであって、作品としての「俳諧」は、そうした風雅によってもたらされたものにすぎない。

『聞書七日草』に「花を見る鳥を聞く、たとへ一句に結びかね候ふとても、その心づかひその心地、これまた天地流行の俳諧にて、おもひ邪なきものなり」と伝えられている言葉は、『三冊子』にある「俳諧はなくてもあるべし。ただ、世情に和せず、人情通ぜざれば人とととのはず」のことばと思いあわせると、芭蕉は、「是非の地」ともいうべき日常世界を離脱し、世情に和し、人情に通じる開かれた心を持つことを第一義と考えた

ようである。しかし、「風俗流行」の文芸様式であった俳諧に「いとわかき時よりよこざまにすける事侍りて、しばらく生涯のはかりごと」（米沢家蔵「幻住庵記」）としてしまった者としては、俳諧の道において「風雅」を実現することが第一義となるのが当然であった。

芭蕉は「風俗流行」の俳諧に棹さしながらも、ことばをパロディ化するおかしさをたよりに、日常意識のもとでは結びあうことのないことばを一句のリズムの流れに取り込み、『野ざらし紀行』の旅以後の芭蕉は、これまでの〝風俗流行〟の俳諧（貞門俳諧・談林俳諧）のリズムにこだわることから離れて、伝統的な詩情を伴った季語の共有感覚を素直にとり入れ、なだらかなリズムの流れによって日常的事物をなつかしく言いとる表現方法をとるようになった。

　山路来て何やらゆかしすみれ草
　くたびれて宿かる頃や藤の花
　秋風や藪も畠も不破の関

このように、ことばの新しい表情を引き出すような句をつくった。

　命なりわづかの笠の下涼ミ
　あら何ともなやきのふは過ぎてふくと汁

その後、あえて和語のリズムをたちきる破調の表現を試み、ことばが意識の表層を流れてしまうことをあえてせきとめてみせるような句をよんだ。

芭蕉野分して盥《たらひ》に雨を聞く夜かな
櫓の声波をうつて腸氷ル夜やなみだ
貧山の釜霜に啼く声寒し

しかし、門人が蕉風開眼の句と認めた句は、「古池や蛙飛びこむ水の音」の表現様式であった。初句に切字の「や」を用いることによって、極端に断片化されたことばを提示し、ことばに意識をはりつけ、ことばに聞き入る心をよびさます効果を活かした句作りをし、数々の名句を残した。

行く春や鳥なき魚の目はなみだ
夏草や兵どもが夢のあと
閑かさや岩にしみ入る蟬の声
象潟や雨に西施がねぶの花
荒海や佐渡によこたふ天の河

これらは、芭蕉の作品のなかで、最も広く親しまれている句である。対象にかかわっていく気持ちを表す助詞の「や」を用いて初句の五音節句に深い休止を与え、以下七・五音よりなる体言で止められる句との間に断切を設ける表現は、十七音短詩の省略表現の可能性を最大限に生かしうる普遍的な様式と多くの人に受けとられるようになった。そもそも、日本語による韻律は、二音節単位の語形を生かした反覆リズムを基本とし、それに一音節語をはさむことで声調に微妙な変化を与え、五音句もしくは七音句に枠どることが最善の方法とされていた。このうるわしく整えられた声調の直接的なひびきが、詩語のイメージ喚起力を豊かならしめていたのであるが、中世の歌人定家（一一六二―一二四一）は、歌のリズムの流れを句切れ表現によって、断ち切り、線状によみ下す読み方を意図的にこわすことによって、イメージの重層化をはかる表現様式を確立した。

芭蕉は、西行の歌から詩心のありかを、定家の歌からことばにつきまとう慣習化したコンテキストを断ち切る表現法を学びとることによって、近代の俳人大須賀乙字（一八八一―一九二〇）が「二句一章」の方法と呼んだ俳句表現の基本形をさぐりあてたのであった。断切を含む表現は必ずしも切字の「や」を伴うわけではないが、声調の透入感に支えられたイメージの交響を芭蕉は「行きて帰る心の味ひ」（『三冊子』）と述べている。この「心の味ひ」とは、「喪に居る者ハ悲しみをあるじとし、酒を飲む者ハ楽しみをあるじ」（『嵯峨日記』）とする生の味わいとも通じ、また「さびしさをあるじ」とする「心の味ひ」とも重なるものであった。西行も芭蕉も、日常語のコンテキストからは見えてこない存在の寂寥相を、詩的表現の可能性を生かすことによって開示した詩人であった。両者が世捨人に徹する生き方を選んだのは、言葉にまつわる日常性の垢をぬぐい去り、言葉と存在との直接的な関係を見出すための必須の要件であった。西行や芭蕉が求めた「風雅」に生きるためには、現世離脱者の目と心を言葉の領域で養う必要があったのである。

第十六章　花月の心——西行と芭蕉を貫くもの——

一

芭蕉は『笈の小文』の冒頭で『荘子』の語句にもとづいて、自らの存在規定を最小の極限に求め、「百骸九竅の中に物有り」と記している。「百骸」とは、人体を構成するすべての骨を意味し、「九竅」とは、二つの眼孔、二つの耳穴、二つの鼻孔、一つの口腔と大小便の排泄口を指している。この語は、生きものとして存在するための必要不可欠な条件を要約したものであるが、身体を内部から支える「百骸」と、身体を外部世界へ開く窓や戸口の役割をはたす「九竅」といった即物的なイメージを伴う語句を組合わせた点が意味深い。「百骸九竅」の生きものは、「物」を宿すことによって必要にして十分な条件をみたす人間になる。「物」については、広田二郎氏の説[1]によれば、「造化（真宰）の作用が、人間の意識でとらえられるように現実化したもの」であり、「人間の意識、心情をも含めた、物的精神的な、あらゆる存在するものをさし、そして、そのあらゆる存在するものを存在せしめている宇宙の実体的生命の現象的顕現」ということになる。しかし、「造化の作用」もしくは「宇宙の生命の顕現」とは、言葉で説明しうるほど明確な輪郭をもった事柄ではない。芭蕉は〝物〟を宿した「百骸九竅」の存在を定義を伴った言葉で説明することをさけ、「かりに名付けて風羅坊と」したのである。『笈の小文』では、この名付けの意味を説明して「誠にうすものの風に破れやすからん事をいふにやあらむ」としるしている。

芭蕉が、この「風羅坊」を自称に用いるようになったのは、元禄二年の『奥の細道』の旅からであった。(2) たしかに、自らの心の位相を「誠にうすものの風に破れやすからん事」に置くことを期したのは、西行の旅の跡を慕って辺境の地「奥羽長途の行脚」を思い立ったことと深くかかわっていたと思われる。芭蕉が脳裡に描いていた西行像は、おそらく「捨て聖」の面目であったろう。執筆年次は不明であるが、「西行像讃」に、西行作と伝えられていた「捨てはてて身はなき物とおもへどもゆきのふる日はさむくこそあれ」の歌を引き、「花の降る日はうかれこそすれ」の句文をもって唱和していること、それに旅立ちにあたって「なほ今年の旅はやつしやつして菰かぶるべき心がけにて御坐候ふ(3)」としるしていることなどからも明らかである。芭蕉が西行・宗祇といった中世遁世詩人の系譜につらなろうとしたことは、宗教や倫理上の問題からの選択ではなく、本物の〝詩人〟(「生得の歌人」)の求めたところをさぐるためであった。芭蕉が『笈の小文』の冒頭に『老子』『荘子』に見える語句をかりて「百骸九竅の中に物有り」と自己規定したのは、宇宙の全存在の様相が、まさに「物」を媒介として〝詩的世界〟を現成していることを自らに確かめるためであった。「物」の語を、端的に現代語に言い換えるなら〝詩魂(4)〟ということになる。詩的感動とは、単なる個人の感情ではなく、命が宿してしまった「うすもの」のように破れやすい「物」が、〝天地有情〟の風にさらされて幽かな響きをたてることであった。そのような「詩魂」の響きは、人の世の言葉をただちに伴うことはありえない。しかし、「物」のきざしが、人の意識を介して自らを実現しようとするなら、何らかの形をとらざるを得ない。芸術のさまざまのジャンルはそうして生まれるわけであるが、言葉による表現領域に詩意識を実現するためには、言葉にまつわるコード意識を一たん断ち切る必要があったのである。「捨てはてて身はなきものと」思うことは、一義的には、日常の生活世界を成り立たせている言葉のコードを捨てることを意味していたに違いない。「風に破れやす」い「うすもの」とは、伝統の形式や習俗の観念に拘束された俗情の強固さの対極にある「もの」であり、言葉のレベルでいうなら、制度化された言語コードを身にまとった状況を脱して、沈黙の裸形に身を置くことではなかろうか。

芭蕉が「風羅坊」の号を用いるようになったのは元禄二年からであるが、「うすものの風に破れやすからん事」を理想とするようになったのは、芭蕉が深川に身を隠した天和年間からであった。この間の経緯については、尾形仂氏がつとに「蕉風への展開」(5)の論文で取りあげたところであり、「座の文学」のなかでは「芭蕉野分して盥に雨を聞夜哉」の句をめぐり『破蕉』の詩情」について次のように述べている。

初めは其角の試みた〝蕉雨閑情〟の詩伝統のパロディに対する一変奏として提起された「独寝の艸の戸」の「破蕉」の〝侘び〟の詩情は、蕉風の詩境を代表するものとなる。翌貞享元年秋の「野ざらし」の旅の途次、伊勢の雷枝が芭蕉の「芋洗ふ女西行ならば歌よまむ」の句に和し「宿まいらせんさいぎやうならば秋暮《あきのくれ》」と迎えたのに対して、

はせをとこたふ風の破《やれ》がさ　　蕉

とこたえたのも、かれが江戸蕉門の座を基盤とする交響を通して、かの『虚栗』の跋にも標榜した、和歌伝統の中における西行の〝侘び〟に匹敵する詩情を、「破蕉」の上に確信するに至った結果にほかなるまい。

「はせを（芭蕉・破蕉）」が「風雨に破れ安きを愛する」〝侘び〟の詩情に心をいたすようになったのは、芭蕉自ら『虚栗』の跋に「侘びと風雅のその生《つね》にあらぬは、西行の山家をたづね」と記しているところからも明ら

かなように、西行の歌に導かれてのことであった。

二

芭蕉が西行の歌に学んだものははたして何であったろうか。この問に対する答えは『笈の小文』の一文にすでに用意されているのである。その要諦は「見る処、花にあらずといふ事」なき物の見方であり、「思ふ所、月にあらずといふ事」なき物の感じ方であった。ものを〝花〟において見、心を〝月〟にするとは一体どういうことだろうか。芭蕉が「西行の和歌」にふれて「花」と「月」を出してきたことは、連句における花月重視の観念の影響もあるだろうが、花と月とを生涯の主題とした西行の和歌が念頭にあってのことも考えられる。

西行の自撰になる小家集『山家心中集』では、四季歌をもって編集する部分に、花の歌三十六首、月の歌三十六首を当てて他をすべて捨てており、西行晩年の自歌合「御裳濯河歌合」では、三十六番中、はじめの十番は、左歌が花の歌、右歌が月の歌である。また、「宮河歌合」三十六番の中では、五番から十番までが左右とも花の歌、十一番から十六番までが左右とも月の歌である。あえていうなら、西行の歌の主題は、花と月と恋と山里（旅）につきるといっても過言ではない。しかも、それらの歌は、花や月の情景を対象化してとらえたものではなく、ひたすらに花と月に魅了される心の動きを歌によって語ろうとするものであった。このことは一体何を意味したのだろうか。

おそらく西行が「花」に見出したものは、「花」をして「花」たらしめている「物」の機微の不可思議さではなかったろうか。西行にとっての歌とは「百骸九竅の中」にある「物」が、例えば、桜の花に感応するとき、恍惚・陶酔・愛着・惜別といったさまざまな情念を人の心にかき立て、それが命の喜びともなる不思議さに驚く心の動きを言葉のリズムにのせて対象化したものであった。西行が花や月の歌において、自らの心情にあくまでも固執したのは、そこに月や花の根源を見たからである。

花の歌あまたよみけるに

よし野山こずゑの花を見し日より心は身にもそはずなりにき

あくがるる心はさても山ざくら散りなむ後や身にかへるべき

花見ればそのいはれとはなけれども心のうちぞくるしかりける　　（『山家集』）

これらの歌は、よし野の花の美しさをたたえたものではない。芭蕉の文章のパロディで説明するなら「吉野神の物につきて心をくるはせ、花神のまねきにあひて、取もの手につかず」といった心の情況を言葉の枠どりの彼方に感得させる歌となっている。「こずゑの花を見し日」とは、花を視覚の像として眺めたという問題ではなく、「こずゑ」という一隅の「花」が、「物につきて」人の日常「心をくるはせ」「見る処、花にあらずといふ事なし」という詩的世界の現成《げんじょう》を体験させられたことを語る句なのである。「風雅」とは、美辞麗句による虚飾や虚構美ではなく、さまざまな秩序意識や先入観念の網の目にとらわれている日常心の裂け目から射し込んでくる「物の光」（『三冊子』）が、人の心に感受させる実在界なのである。そして、「よし野山」は、地平上に広がる日常空間の位置を指示したことばではなく、〝聖地〟吉野の観念を媒介にして、世俗に拘束された心を「花」の世界に解き放つ「原郷世界」[6]をかいま見させる場に名づけた言葉であった。『正徹物語』の「よしのはいづれの国ぞと、人尋ね侍らば、たゞ花にはよし野、紅葉には龍田をよむことゝ思ひ侍りてよむばかりにて、伊勢やらん、日向やらんしらずと答ふべきなり」とある一文は、「よし野」が猥雑な俗世と無縁な想像力の場所であり、花が純粋に花であり得る場所であったことを語ったことばではなかろうか。

西行の花の歌には、都の花の名所であった「白川の花」をよんだものがある。

白川の梢を見てぞなぐさむるよし野の山に通ふ心を

（『山家集』『山家心中集』）

白川の梢をながめていながら、吉野山の花を思うことによって心を慰めるということは何を語っているであろうか。花は吉野にかぎるといった世俗的な比較を持ちこんだ発想から歌がうまれたとは考えられない。この歌は「白川」と「吉野」を、地上の同一平面で対比したのではなく、京の白川の桜の花を見て、原郷世界としての「吉野山」の面影を浮上させる心の機微を語りかけたものなのである。

「花」とは、夢の形である。存在する花を縁として人は「花」を自覚させられるわけであるが、人は、夢想の裡に宿した「花」の面影を、対象化された事物の背後に求めてやまない。宮廷の「栄花」を「みやび」というなら、鳥羽院の北面に仕えた西行は、非日常の空間である「宮廷」の場に身を置くことによって「みやび」の「花」を体験したに違いない。『山家集』に収められている「百首歌」中の「述懐」十首の冒頭歌に、

いざさらば盛り思ふも程もあらじ藐姑《はこ》射が峯の花に睦《むつ》れし

という歌がある。「藐姑射が峯の花」とは、具体的には鳥羽院の仙洞御所に咲く花を意味する。院御所の花に馴れ親しんだ体験を「睦れし」と過去の形で思いやったのは、身は院御所にありながらも、心は深山の花に通わしていたからである。この歌に続いて、

山深く心はかねて送りてき身こそうき世を出でやらねども

とあるのが、前の歌の「いざさらば」の語意を語っている。この歌の「山」が「吉野」と重なることは、松屋

本『山家集』に見える「思ひを述ぶる心五首人々よみけるに」と題する歌のはじめの二首と重ね合わせるとそのようによみとれるのである。

さてもあらじいま見よ心思ひとりて我身は身かと我もうかれむ
いざ心花をたづぬといひなして吉野の奥へ深く入りなむ

第一の歌は、久保田淳氏が指摘しているように、(7)

世にあらじと思ひたちけるころ、東山にて人々寄霞述懐といふ事をよめる
そらになる心は春のかすみにて世にあらじともおもひたつかな

の歌の「世にあらじ」と前の歌の「さてもあらじ」とが相似しているのである。

歌人西行の誕生には、十代の末に院の北面に仕えた宮廷体験が重要な契機となっていたのではなかろうか。(8)善美をつくした宮廷の行儀を身近に見聞し、晴れがましさのなかに身を置いた時、「五妙境界（五官の対象である色・声・香・味・触の五つが美しく浄らかで勝れている境遇）」の浄土の幻影を感じとったに違いない。人の心が宿している詩情の根源に、「欣求《ごんぐ》浄土」の夢の推力があるとするならば、そうした夢のはたらきは「花」と「心」との全き出会いがもたらした因縁成就のたまものと考えるべきではなかろうか。

鋭敏で柔軟な感受性に恵まれた二十歳前後の青年西行が、宮廷の栄花の花陰に身をつらね、「藐姑射の山（仙人が住むという理想郷）」の「花に睦れ」た体験を持ったということは、桜の花陰に世俗の栄辱を超脱した至福の浄土を予感したに違いない。西行が生涯にわたって懐いていた「花」に「あくがれ」「うかれ」る心は、そのまま「欣求浄土」の想いに通いあうものであった。

しかし、現実の宮廷は、院政期の盛時を過ぎ、栄花の裏には、権力をめぐる対立やさまざまな欲望にまつわる確執が深い陰を投げかけていた。西行は、王朝のみやびの陰の部分をも深く認識するようになったとき、「みやび」の第一義的なありようを求めて、聖地吉野の花の下に身を置くことを願うに至ったと考えられる。西行の想像世界には、宮廷で伝聞した白河院政最盛時の「白河の花の宴」の面影が印象深く刻みこまれていたようであった。

なみもなく風をさめし白川の君のをりもや花は散りけむ

「白川の君」とは、白河院のことであるが、院は西行が十二歳であった大治四年（一一二九）に崩じているので、その治世の代を西行が知るはずがない。しかし、宮廷には、白河院政の時代を「浪もなく風をさめし」理想の聖代とみる見方が一般化しており、その古き良き時代の盛儀として、保安五年（一一二四）閏二月十二日に行われた「白川花見の御幸《みゆき》」の折の善美を極めた遊宴の様が折あるごとに想い起こされていたのである。前に引いた歌の「白川の君のをりもや花は散りけむ」と発想した背景には、「白河の花の御幸」のことが人々の語りぐさになっていた事実があった。『古今著聞集』(9)巻十四「遊覧二十二」には、この日の盛儀の様が記されており、『今鏡』(10)には「世にたぐひなき事には侍りしか」とある。この日の概要を『百錬抄』(11)によって記すと

十二日。両院（著者注、白河院・鳥羽院）法勝寺ニ臨幸。春花ヲ覧ル。太政大臣（雅実）、摂政（忠通）以下騎馬ニテ前駈ス。内裏・中宮ノ女房、車ヲ連ネテ追従ス。男女ノ装束錦繡金銀ヲ裁ツ。白河南殿ニ於テ和歌ヲ講ゼラル。内大臣（源有仁）、序ヲ献ズ。

とあるように、随身や女房の行粧《ぎょうそう》の華麗さが花の美しさを一層引き立てたのであった。法勝寺は、院政期に建てられた六勝寺中最大の寺で、承暦元年（一〇七七）に金堂の落慶供養が行われた白河天皇の勅願寺であった。境内には、講堂・阿弥陀堂・法華堂・薬師堂など多数の堂舎が甍をつらね、なかでも池の中島に建てられた八角九重の塔がその輪奐の美を水に映している様は、極楽浄土の面影をこの地上にうつしとどめたものと思われていた。この法勝寺の境内に咲き満ちる花の景観は、これを見る人の心を「感趣極りな」き（『中右記』）思いにひきこむのであった。『今鏡』の作者は、この「花のみゆき」の日の花の美しさを次のように書きとどめている。

御寺《みてら》の花、雪の朝《あした》などのやうに咲きつらなりたるうへに、わざとかねて外のをも散らして、庭にしかれたりけるにや、牛の爪も隠れ、車の跡もいるほどに、花積りたるに、梢の花も雪のさかりに降るやうにぞ侍りけるとぞ伝へうけたまはりしだに、思ひやられ侍りき。まして見給へりけむ人こそ思ひやられ侍れ。

こうして、管絃の御遊と和歌会を伴ったこの日の「花の宴」は、王朝文化のみやびの精華として後々まで語り伝えられたのであった。

王朝の栄華の夢に枠どられた絢爛華麗な「花の宴」の情景は、西行もまた「伝へうけたまはりし人」の一人として脳裡によみがえらせていたのである。

上西門院の女房、法勝寺の花見侍りけるに、雨の降りてくれにければ、かへられにけり。又の日、兵衛の局のもとへ、花の御幸思ひ出でさせ給ふらんとおぼえて、かくなん申さまほしかりしとて、つかはしける

見る人に花もむかしを思ひ出でてこひしかるべし雨にしほるる

（『山家集』）

この詞書にある「上西門院の女房」とは、待賢門院兵衛・右衛督とも呼ばれた、神祇伯源顕仲の女である。姉の待賢門院堀河とともに西行と親交のあった女性で、年齢は西行より十五歳前後年上であったと思われる。白河の「花の御幸」の折は、待賢門院の女房の一人として参加し、その折の詠作「よろづ代のためしと見ゆる花の色をうつしとどめよ白川の水」の一首が『金葉集』に撰入され、この一首をもって勅撰歌人に名をつらねている歌人であったので、兵衛にとっては、白川の法勝寺の花は殊さらに想い出深いものがあったに違いない。こうした兵衛局もまじる上西門院の女房の一行が、法勝寺へ花見に出かけ、あいにくの雨にたたられ早々に引きあげたことを聞き知った西行は、兵衛局の心情を思いやって歌を贈ったのである。

西行が想い描く「花」の面影には、時代の表層からは失われゆこうとする王朝の「みやび」が宿っていたのである。しかし、「花のみゆき」のように、儀礼の演出によって現実化された「みやび」は、たちまちのうちに時の流れに消え去り、「思ひ出」だけが「みやび心」の種となって残るだけであった。極楽浄土の夢の形を現実化したような法勝寺の堂塔もやがて平家滅亡の元暦二年（一一八五）七月の大地震により、八角九重の塔以下大半の堂宇が倒壊し、さらに百数十年後には火災により、堂舎のすべてが灰燼に帰してしまったのである。法勝寺の輪奐の美に映発された桜花の美しさは、都人の心に「感趣無《シ》レ極《リ》」（『中右記』）といった深い感動をよびさましたのであるが、花も寺もそれを見る人の心にひとときの夢の形を刻印して滅し去ってしまった。

西行は、花の歌を好んでよみ、花を美の構図にまとめることなく、花神の「まねきにあひて、取もの手につかず」といった「あくがれ心」の様相をくり返し歌によんでいる。それはあたかも、花が時々の春を咲きかわりつつ、「花」への新たな渇望をいやし続けるのと似ている。命の本質が「花」への夢にあるとすれば、西行は歌の形に頼りながら「命」の様相を見きわめようとしたに違いない。芭蕉が西行の歌に格別の関心をよせた理由の大半は、この点にあったと考えられる。『野ざらし紀行』に収められている、

水口《みなくち》にて、二十年を経て故人に逢ふ

命二つの中に生きたる桜かな

この句は、先学のすべてが指摘しているように西行の「年たけてまた越ゆべしと思ひきや命なりけり佐夜の中山」の歌の残響をいかした句である。この句の要は、〃命の中に生きてある桜〃という、桜と人とを〃命〃の交響の場でとらえた点にある。西行の花の歌が「花」の歌であるとともに、命の中核をなす「心」をとらえた歌であったことに深く学んだ芭蕉であったればこそ「命二つの」といった感慨と「桜」とを結びあわす発想が可能となったのである。

命とは「花」への夢によって生かされるものであるとするなら、この世の物事は、夢の形を映現する時にのみ〃命〃を帯びて立ちあらわれることになる。そうした〃命〃の共鳴の場で有情化された時空が「詩」の場所である。西行は、そうした「詩」の場所を仏教的な枠組みによってとらえたので、詩意識の根源に、「仏性」のはたらきを見ていたのである。「悉有仏性」という仏教の第一義を表す句を、道元は「悉有は仏性なり」と訓じて、存在と仏性を二元にわかつとらえ方を否定した。これと同じように、西行は、歌の伝統のなかにありながら「花」と「心」を二元にわかつ発想を斥け、「花」も「心」も宇宙の命をわかつ、「不二（二つのものの対立がないこと）」なるものととらえたのである。この「不二」もしくは「一如」の思想こそが、西行と芭蕉を「貫道する物」の根幹であった。芭蕉は、そうした考え方を「見る処花にあらずといふ事なし。思ふ所月にあらずといふ事なし」と表明したのである。

三

西行の自歌合である「御裳濯河歌合」の巻頭には、次のように花と月の歌がつがえられている。

一番
左
岩戸あけし天つみことのそのかみに桜をたれか植ゑはじめけむ
右
神路山月さやかなる誓ひにてあめの下をば照らすなりけり

一番から十番までは、月と花の歌がしめるわけであるが、両歌とも『山家集』には見えず、『異本山家集』の名で呼ばれていた『西行上人集』に収められている歌である。右の「神路山」の歌は『新古今集』第十九神祇歌の部にも見える。正保三年刊の版本『西行物語[12]』には両歌とも収められ、次のように記されている。

神路山の、あらしおろせば、峯の紅葉は御裳濯川の波にしき、錦をさらすかと疑はれ、御垣の松を見やれば、千とせの緑、梢にあらはる。同じみ山の月なれば、いかに木の葉がくれもなんと思ふ。ことに月の光も澄みのぼりければ、

神路山月さやかなる誓ひにてあめの下をば照らすなりけり

（中略）

花の盛りにもなりければ、神路山のさくら、吉野山にも、はるかに勝れたりければ、神官ども、御裳濯川のほとりに集まりて詠じけるに

岩戸あけしあまつみことのそのかみに桜を誰か植ゑはじめけん

芭蕉は、この『西行物語』を念頭において『野ざらし紀行』の句文をつづっている。

暮れて外宮に詣で侍りけるに、一の華表《とりゐ》の陰ほのくらく、御灯《みあかし》処々に見えて、また上もなき峯の松風身にしむばかり、ふかき心を起こして

みそか月なし千とせの杉を抱くあらし

「また上もなき峯の松風」の修辞は、いうまでもなく、西行の「深く入りて神路の奥をたづぬればまた上もなき峯の松風」の歌に拠っているわけであるが、この歌も『山家集』には見えない作であり（『校本芭蕉全集』の頭注に『山家集』とあるのは誤り）、『西行法師家集』と『西行物語』にのみ収められている歌である。『家集』は延宝年間に板行されていたので、これによる可能性も考えられるが『西行物語』の伊勢参詣の条に、「深く入りて」の歌「神路山月さやかなる」の歌が連続して見え、「あらし」「千とせ」の語を『西行物語』と共有しているところから判断すると、芭蕉は『西行物語』の西行の位置に身を置くことによって「ふかき心を起し」て句を発想したと思われる。

また『笈の小文』には「伊勢山田」と前書して「何の木の花とはしらず匂哉」の句が見え、「真蹟懐紙[13]」によれば、前書に「西行のなみだ」の語が見えるので、西行作と伝えられる「何事のおはしますをば知らねどもかたじけなさを涙こぼるる[14]」の歌にもとづく句であることは明らかであるが、本歌に見えない「木の花」が加

わるのは『西行物語』の「神路山のさくら」への連想がはたらいていたとも考えられないだろうか。

ここでは、「御裳濯河歌合」の二首の歌だけを引いたが、これらの歌は、西行にとっての「花」と「月」が神代という始源に人の思いを誘う存在であったことを力強く語っている。「神路山」もしくは「岩戸あけしあまつみことのそのかみ」とは、現代人が考えるような国家神道の理念にもとづく〝天照皇太神宮〟の神と、その神域を意味する語ではなかった。俊成は、その判詞に「一番の一つがひ、左の歌は、春の桜を思ふあまり、神代のことまでたどり、右歌は、天の下を照らす月をみて、神路山の誓ひを知れるも、ともに深く聞こゆ。持とすべし」と述べている。この「神代のこと」とは、ものがあるがままの姿であらわとなる純一無雑な始原的世界を意味していたのである。中世の神道書に最も多く引かれている神の代表的な託宣の一つに「心神は則ち天地の本基、身体は則ち五行の化生なり。かるがゆゑに元《はじめ》を元として元の初に入り、本を本として本の心に任《よ》せよ」という言葉がある。「百骸九竅」の身体は、五行のはたらきがもたらした現象であり、そのはたらきの根源には、超越的な心（心神）が宿っているというのである。人の浅はかな知恵は、いたずらに森羅万象の表層に気をとられ、欲望にしばられてものの本然を見失いがちなので、世俗に汚れた心を懺悔することによって「本の心」にたちかえることを説くのが中世の神道思想の根幹であった。そうした中世思想を背景に俊成の「神代のことまでたどり」の言説を解するなら、時間の遡源を意味する言葉とすべきではなく、「天地の本基」ともいうべき無垢清浄な「原郷世界」にまで心をよせる西行の心のはたらかせ方を示唆した語と解すべきではなかろうか。盛りの色のままに散ってゆく桜の花の汚れなき白さは「天地の本基」ともいうべき「浄土」の面影を人に予感させずにはおかない。『阿弥陀経』では、極楽浄土を次のように説いている。

舎利弗《しゃりほっ》よ、かの土をなにがゆえに名づけて極楽となすや。その国の衆生、もろもろの苦しみあることなく、ただもろもろの楽しみを受く。ゆえに、極楽と名づく。

天照大神の本地を「大日如来」とも「阿弥陀如来」とも思念した中世人の神のとらえ方からすれば、花がよびさます夢想のうちに、「天つみこと」の始源（そのかみ）に発する想像力や、阿弥陀仏の「無有衆苦《むうしゆうく》　但受諸楽《たんじゆしよらく》」の浄土のはたらきを感得したとしても何ら矛盾はないのである。

中世人の想像力は、可視的な事物の背後に、不可視な神仏の世界をよみとる方向にはたらくのが一般的な傾向といえる。西行もまた、そうした中世人の想像力のはたらかせ方を共有する歌人であった。花や月の存在の彼方に想像力をはたらかせ、「天の下を照らす月をみて」神の誓いを感得したとしても何の不思議もない。西行の釈教歌にはとりわけ月を詠んだ歌が多い。夜の静寂《しじま》の闇を照らす月光は、まさに寂光浄土の彼岸の光景そのものである。西行は月を次のように歌う。

影さえてまことに月の明かき夜は心もそらに浮かれてぞすむ
ともすれば月澄む空にあくがるる心のはてを知るよしもがな
ゆくへなく月に心のすみすみて果てはいかにかならむとすらむ

物が色や輪郭による区別を喪って一様なかたまりと化し、夜の冷気につつまれ静まっている情景は、優勢・強弱・貧富・貴賤・美醜その他さまざまな価値基準に基づく差別にとらわれた、自己主張的な生をいきる昼の光景とは連続していない。〝夜〟の世界には、欲望の主体である自我に拘束された心を、向う側から解き放ち、無差別平等の彼岸を予感させる契機がそなわっているのである。「月」は、そうした「夜」の世界の意味を照らし出す光そのものであった。

西行は、歌において、月や花を風景のひき立て役として対象化してながめることはなかった。西行にとっての月や花は「世にあらじ」とする志を植えつけた導師でもあれば、遁世の志をはげまし、命の不思議をうながせ、詩心の核に宿る仏性に気づかせた善知識でもあった。月の歌に寄せて恋の主題を詠み得たのは、月のなかに「悲心」のはたらきを見たからである。その月の心が西行の身に宿るとき、月のまねきを受け容れてしまった魂は、身にとどまることができずに「そらに浮かれ」そらに「すむ」ほかに道はない。「空にあくがる心のはて」は、当然に欲求的な自我が消滅する死後の世界である。しかし、西行は決して死後の極楽浄土の様を、観念をたよりに想いえがくことはなかった。浄土の面影は、この世での月光体験に限られていたのである。「ゆくへなく月に心のすみすみて」と行方を見定めない発想は、西行の生涯を一貫するものであった。

歌人上田三四二氏は、西行の面目を「一念詠歌、花月唱名の歌聖」の言葉でとらえた。(15)「花月唱名」とは言い得て妙である。西行にとっての歌とは、第一に自らの心への呼びかけであったと思われる。西行の歌は、その用語も発想も単純で平明だ。その上同じ主題の繰り返しでさえある。それはあたかも仏名や題目を唱えることの単純さと繰り返しに通いあうものがある。おそらく西行にとって歌は、遁世の志を繰りかえしたしかめることの証《あかし》であり、あらたな遁世への契機でもあったに違いない。

人は、この世に身を置く限り、現世の拘束を無自覚のうちに受けいれ、無意識のうちに世俗の塵にけがれてしまうものである。絶えず心を責め、俗塵を払い続けていなければ、たちまちのうちに名利の巷に足もとをすくわれ、第一義を見失って、世俗の言葉に流されてしまう。この世俗の言葉の洪水から身を守るためには、歌や題目のように、それ自体で自立し、完結した言葉の力を借りる必要がある。西行が歌にこだわったのは、自己表現を歌に託したからではなく、自立した歌語の力をかりて、あらたな遁世へと心をはげますためだったのである。西行の詞と心に深く学んだ芭蕉もまた、単純で平明な言葉を用い、言葉の力をたよりとして、事物の相貌を風雅の世界に転じうることを楽しんだ詩人であった。「嵯峨日記」の次の記述は、そうした消息をよく物語っている。

廿二日　朝の間雨降《ふる》。けふは人もなく、さびしき儘にむだ書《がき》してあそぶ。其ことば、「喪に居る者は悲《かなしみ》をあるじとし、酒を飲むものは楽《たのしみ》をあるじとす」「さびしさなくはうからまし」と西上人のよみ侍るは、さびしさをあるじなるべし。またよめる、

山里にこはまた誰をよぶこ鳥ひとりすまむと思ひしものを

独住《ひとりすむ》ほどおもしろきはなし。

深い意味での表現者になるためには、まず言葉の世界に聞き入り、言葉が開示する世界に自らおどろく心を見失ってはならない。西行は、歌のなかで「心」の語を多用しているが、それを単純に西行の主観と解しては、西行を見あやまることになる。芭蕉は「其貫道する物は一なり」と言い切っているが、芭蕉の心も西行の心も、命が宿した共有の詩心をわかちもった心であり、その心の声は、やがては日本語の枠を越えて共感者を獲得するにちがいない。その最大の理由は、西行も芭蕉も、言葉のあやを芸とした作者ではなく、「物の心」のまことを言葉によって探りあてた詩人であったからである。

注（1）広田二郎著『芭蕉の芸術―その展開と背景』（有精堂出版　昭和四十三年）
（2）『校本芭蕉全集　第六巻』（角川書店　昭和三十七年）三九五頁。
（3）『校本芭蕉全集　第八巻』（角川書店　昭和三十九年）九二頁。（表記を改める）
（4）広田二郎氏は、前掲書で「そぞろ神の物につきて心をくるはせ」の「物」について「『そゞろ神の』ついた「物」

は、「百骸九竅の中に物有」の「物」である。他の何ものをも放下し去り、ただ「この一筋」にのみつながらなければやまない芭蕉の内に活きる「詩魂」である。」と書いている。

(5) 尾形仂「蕉風への展開」(『俳諧史論考』桜楓社　昭和五十二年)
同「座の文学」(『座の文学』角川書店　昭和四十八年)

(6) 佐藤正英著『隠遁の思想　西行をめぐって』(東京大学出版会　昭和五十二年)

(7) 久保田淳「西行の『うかれ出る心』について」(『新古今歌人の研究』東京大学出版会　昭和四十八年)

(8) 目崎徳衛著『西行の思想史的研究』(吉川弘文館　昭和五十三年)九三頁。

(9) 西尾光一・小林保治校注『古今著聞集下』(新潮社　昭和六十一年)一四四〜五頁。

(10) 竹鼻績著『今鏡(上)全訳注』(講談社学術文庫　昭和五十九年)三三五頁〜三四六頁。

(11) 新訂増補国史大系『百錬抄』(吉川弘文館　昭和五十四年)五五頁。

(12) 桑原博史解題・翻刻『西行物語』(国書刊行会　昭和四十九年)

(13) 岡田利兵衛著『芭蕉の筆蹟』(春秋社　昭和四十三年)図版四七。

(14) この歌は、伊藤嘉夫註『日本古典全書山家集』(朝日新聞社　昭和二十二年)に、「拾遺」の部に下句が「かたじけなさの涙こぼれて」の形で収められ、出典を『西行法師家集』としているが、和歌史研究会編『私家集大成』第三巻(明治書院　昭和四十九年)に収められている『西行法師家集』(李花亭文庫本)には、この歌は見えない。『新編国歌大観』第三巻(角川書店　昭和六十年)の解題によれば、板本の『家集』には、下句が「かたじけなさに涙こぼるる」の形で記載されている由である。

(15) 上田三四二著『西行・実朝・良寛』(角川書店　昭和四十八年)

跋

本書は、平成十一年一月三十日、七十三歳で他界した伊藤博之氏の遺稿の中から、知友・門生相寄り協議の結果、氏が最も敬愛し追究を重ねた西行・芭蕉に関する論考十六篇を精選し一書に編んだものである。氏が昭和四十四年以来平成八年まで勤務した成城大学の旧同僚といういえにしから、図らずも氏より六歳年長の私が氏の遺稿集の巻末に跋文を寄せる回り合わせになったことを思うと、深い哀悼と感慨とを禁じ得ない。

実をいうと氏との交遊は、成城大学で同僚となる以前に、私がまだ東京教育大学に勤務していた昭和三十七、八年ごろ、当時京華高校に在職していた氏が私の芭蕉俳論の演習に参加した折に遡る。すでに、「心敬論」(『文学』昭和三一・三)や「芭蕉と中世の伝統」(『日本文学』昭和三五・三)などの論文を通して氏の令名を承知していた私は大いに恐縮したが、氏が教職の合間を縫ってわざわざ芭蕉の演習に参加したということは、中世文学者・仏教文学者として知られる氏の中に、一方で芭蕉に対する深い関心が早くから根差していたことを示すものであろう。

以来、伊藤氏との研究を介しての交遊は、昭和四十一年に氏が札幌の藤女子大学に転出後も続き、昭和四十四年に成城大学に就任後はいっそう親密の度を加えたが、昭和四十七年の冬、まだ教育大に在職していた私がＮＨＫの放送大学実験番組で十四回にわたり『芭蕉の世界』を放映した際、「隠者文学の系譜」と題するその最終回に、氏にゲストとして出演を依頼し番組全体を締めくくってもらったことがある。その折、第十二回の「俳諧の意味」にゲストとして招いた作家の辻邦生氏（氏もまた昨年七月不帰の客となった）が、伊藤氏が次々回に出演することを知って、「伊藤さんとはぜひ一度会って話をしてみたい。言葉に対する考えかたに僕らの参考になるところが多そうなので」と漏らしたことが今でも忘れがたい。

年次と発表の場とを勘案すると、辻氏はたぶん『芭蕉の本』第七巻（昭和四五・九）所載の「不易流行」（本書第十三章）によって伊藤氏の所論を知ったのであろう。そして辻氏の共感を誘ったのは、「詩をつくるということは、日常化し慣習化したコンテキストによって伝達機能を担う道具へと転落させられた言葉に自己表出の励起によって新しい生命を賦活することである」とか、「時空を超えた沈黙の世界（不易）の予感を語るのに、歴史的・社会的な流行のただなかにしか存在し得ない言葉を拠り所とせざるを得ないことの矛盾の中に不易流行の説の原型が胚胎した」とか、「言葉の虚構がつくり出す視線が、事実という日常性の壁の彼方に、異次元の未知の世界を一瞬かいま見せる魅惑」といった言いかたの中に示されている、詩の言葉に対する伊藤氏のこまやかな省察ではなかったろうか。

そうした詩の言葉の性格と効用（あるいは条件と魔力）についての伊藤氏の考えかたは、本書所収の諸章の中でも最初期に属する第九章「芭蕉における詩の方法」（『文学』昭和四二・三）で「古典詩が、詩として成立するための条件の問題」を追究し、「芭蕉野分して盥に雨を聞夜哉」などの句々の詩脈の細密な分析を通して、「作者の動機や意図は、作品に対してはあくまでも契機であって、作品の言葉は、言語表象の核となることでその周囲に作者の意図を超えた結晶を絶えずつくり出しつつ、可能な限り生長を続けるものである」と立言して以来、伊藤氏の所論を一貫する柱の一つとなっている。ここに見える「作者の意図を超えた結晶」云々は、氏の思索の深化とともに、「異次元の未知の世界」「彼岸の原郷世界」などとさまざまに言い換えられ、「本源的な生命感」「宇宙的生命の脈動」へと収斂してゆく。いずれにしても、そうした詩の言葉に対する考えかたにもとづく氏の考究方法は、言葉を介して体験的事実への還元を図り作者の生活や実感や独創性を探ろうとする俗流国文学者の方法とは、大きく背馳するものであるということができるだろう。

そのことは、西行を対象とした諸論考においても異なるところはない。たとえば「西行における詩心と道心」（本書第三章）では「本質的な表現理念というのは、言葉によって自己を語るのでなく、言葉において自己を超脱し、言葉の背後から聞えてくる声に聞き入るために言葉を用いることである」と言い、西行の「露をめぐる思考と認識を和歌のリズムにのせて確かめた作品」について、「秋の野路をたどった時の体験的な事象に即しながら」「(仏) 法の世界の信号がこちらから求めなくても自ずから心に届く消息を語っているのである」と説く。

惣じて西行をめぐる諸章において、西行歌を構成する言葉が「日常化し慣習化したコンテキスト」から解放されて仏典の用語に変換され、「〝たまゆらの命〟のゆらぎ」や「魂の渇望をいやす寂滅の光」を表現する機能を発揮して、氏の西行論を特徴づけているのは、浄土宗の寺院に生まれ自身僧籍を持つ伊藤氏の仏教に関する素養の深さにもとづくものといっていいだろう。氏の西行論の特色は、「女人が備えている天上的な美質を「月」に置き換えて、高貴な女人の面影を心によみがえらせる想像力の営みが西行の恋であった」、「女人の中に「仏」を見出したことが、西行の恋の原型だったのである」と説く「西行の恋の歌」（本書第四章）や、「空になる心」を「上の空になる」の意に近い一般語のコードから解放して「さまざまな欲望の空しさに気付かせる菩提心」と解し、「〝命〟が宿している「仏性」（菩提心）にうなづく心を主題」とした西行の歌について考察した「心の自覚の深化と中世文学」（本書第六章）などの諸章に最も顕著に示されている。

詩の言葉に対する考えかたと並んで、伊藤氏の所論のもう一つの柱を形成するものは、遁世・捨身についての考えかたである。そうした生きかたについての氏の考えは、本書所収各章の中で最も早く草された第八章「風狂の文学」（『日本文学』昭和四〇・九、のち『隠遁の文学―妄念と覚醒―』昭和五〇・四所収）における「乞食者の境涯に身をやつすことによって、最も根源的な人間存在を探りあてる事が、風狂の精神の基本であった」という指摘や、氏の西行に関する最初の考説ともいうべき第一章「西行における彼岸」（『日本文学』昭和五〇・二）における「西行の遁世は、そうした彼岸の世界からの誘《いざ》ないに身をまかせ、直接的な生の素朴性にたちかえる行為として実現した」という記述に始まり、「西行に於ては、歌を詠むこと自体が隠遁そのものの実現であ」ったといった言表（本書第二章「道心者の抒情」）を経て、「（西行・芭蕉の）両者が世捨人に徹する生き方を選んだのは、言葉にまつわる日常性の垢をぬぐい去り、言葉と存在との関係を見出すための必須の要件であった」（本書第十五章「西行と芭蕉」）という結論に到達する。つまり、〝伊藤詩学〟の中では、詩の言葉の条件と効力は、遁世・捨身という生きかたと、不可分のものとして結びついていたのである。

こうして〝伊藤詩学〟の骨格を探りながら、本書に盛られた西行に関する論考七章、芭蕉に関する論考七章、両者に関する論考二章を見わたしてみるとき、そのいずれもが巻頭論文クラスの堂々たる風格を備えていることに、改めて畏敬の念を禁じ得ない。巻頭論文の資格としては、第一にそのテーマが本質的問題を衝いていて、スケールが大きく、かつその考究結果の影響を及ぼす範囲が広く射程距離の長いこと、第二にその論述の方法が専門領域だけにとどまらぬ文学や思想や歴史に関する広汎な知見に裏づけられたものであることなどが挙げられよう。そして伊藤氏の論考のどれもがそれらの条件にかなっていることは、本書の読者のひとしく認めるところであるに違いない。そのことは、学問の細分化のもとで個々の狭い専門領域に跼蹐し、本質的命題とはほとんどかかわるところのない片々たる事象に対する瑣末な考証をもって学問的厳密さのあかしとしがちな現下国文学界の風潮に対する、大きな反措定と見なすことができる。

伊藤氏は、氏の古稀記念『成城国文学論集』二十五輯（平成九・三）に自ら執筆し寄稿した「年譜」の昭和五十五年の項に、創立以来成城大学の国文学科をささえてきた坂本浩・池田勉・栗山理一・高田瑞穂各教授の相次ぐ定年退任に触れ、「四人の古くからの教授の退任のあとは、アカデミズムの正統的な実証科学の方法を身につけた研究者教授にかわった。学生の卒業論文も「思い」を表現した論から、文献と文体の分析に主眼を置く学術論文へと変った」と述べているが、本書は氏の反撥するアカデミズムの研究の成果と方法を摂取し、言葉の年輪やイメージや韻律と、その導き出す想像力のはたらきの周密な分析の上に立って、氏自身の「思い」を語ったものということができはしないだろうか。

昭和五十三年から平成二年まで成城大学で同僚としてともに過ごした十二年間を含め、前後三十五年余の交遊を通して私の心に刻まれた伊藤氏の印象は、大学教授としての権威や学者としての冷厳さとは無縁の、春風のごときぬくもりと、飄々たる脱俗の雰囲気に包まれていた。人々のいやがる学内のもろもろの雑事を愚直なまでに一身に引き受けて処理し、その底抜けの人の善さと心優しさゆえに学生たちからはいささかの軽易の念を交えた親狎のまなざしで仰ぎ見られつつ、人知れず先人の詩業を尋ねての論文の執筆という言葉の営みに全霊を注ぐ。

私には、伊藤氏の描き重ねた、名聞利養の支配する俗世間を出離することによって言葉の世界の真実に生きた西行・芭蕉の映像の上に、そうした氏の面影が重なって見えてくる。本書をもって氏の「思い」を表現したものとする所以である。

尾形　仂

平成十二年四月

校勘記

以下、本書に収録した論文の初出、および校正にあたって留意したことを簡略に記しておく。

一、各論文は、初出の形を重んじ、全体的な統一を行わなかった。したがって、論文発表が長期に渡るために、引用本文の出典名、依拠した底本、および引用本文等が異なる場合があるが、頻出する出典名・注の形式等を統一したほかは、統一は行わなかった。

ただし、引用書名等は、巻末の索引によって参照しうるように工夫した。

一、明らかな誤字、脱字等はできうるかぎりこれを訂正した。注等によって、著者が引用した本文が確定できる場合は、その本文と対照して、誤り等を正した。

一、各論文中の引用文は、著者が読者の便宜を図って、漢字・仮名等を当て換え、また句読点をふさわしく施してあるので、その形をできるかぎり尊重して本書に反映した。

一、各論文の初出および本書収録の底本を示すと、次の通りである。

第一部　西行の詩学

第一章　西行における彼岸　『日本文学』二四巻二号（昭和五〇年二月）

第二章　道心者の抒情――西行の発想の一側面――　『成城国文学論集』一二輯（昭和五五年一二月）

第三章　西行における詩心と道心　『成城国文学論集』八輯（昭和五一年一月）

第四章　西行の恋の歌　『成城国文学』一二号（平成八年三月）

第五章　西行　『仏教文学講座』四巻（平成七年九月、勉誠社）

第六章　心の自覚の深化と中世文学——西行歌を中心として——　『成城国文学』七号（平成三年三月）

第七章　西行歌の享受者達　『成城国文学論集』一〇輯（昭和五二年二月）

第二部　芭蕉の詩学

第八章　風狂の文学　初出、『日本文学』一四巻九号（昭和四〇年九月）

『隠遁の文学——妄念と覚醒——』（昭和五〇年四月、笠間選書三七）への収録に当たって、章段に小見出しを付けるなど、かなりの改稿を施してある。本書へは、この改稿の本文を収録した。

第九章　芭蕉における詩の方法　初出、『文学』（昭和四二年三月）

日本文学研究資料叢書『芭蕉』（昭和四四年一一月、有精堂出版）に再録。本書は初出の本文によった。

第十章　詩語・芭蕉と漢詩文の世界　『解釈と鑑賞』四一巻三号（昭和五一年三月）

第十一章　「新しみの匂ひ」としてのレトリック　『国語と国文学』六一巻五号（昭和五九年五月）

第十二章　古典と芭蕉——『奥の細道』をめぐって——　『解釈と鑑賞』五八巻五号（平成五年五月）

第十三章　不易流行　『芭蕉の本　第七巻　風雅のまこと』（昭和四五年九月、角川書店）

第十四章　風雅の誠・不易流行　『芭蕉講座』二巻（昭和五七年一一月、有精堂出版）

第十五章　西行と芭蕉　『日本文学講座』九巻（昭和六三年一一月、大修館書店）

第十六章　花月の心――西行と芭蕉を貫くもの――　『成城国文学論集』二〇輯（平成二年三月）

なお、引用本文の校正にあたっては、岡﨑真紀子・沖野久美子両氏の尽力によるところが大きかった。

宮脇真彦

今日の人権意識にてらして、不適切と思われる表現については、時代的背景を考慮し、そのままとした。

（編集部）

後　記

本書の内容については、尾形仂先生の懇篤な跋文に尽きているので、ここでは刊行に至る経緯をしるしておきたい。著者伊藤博之さんは、成城大学退休後の仕事としていくつもの夢や計画をもっておられただろうが、まず西行伝を書きおろすのだといっておられた。伊藤さんとしては初めての試みだったのではなかろうか。大修館書店から刊行されることも決まっていた。しかし、平成十一年一月の長逝によって、それは未完に終ったのである。訃報に接したとき、私は伊藤さんの無念が痛切に感じられ、門外の徒ながら、二十数年間を同じ学園ですごした後輩として、何とか遺志の一部でも実現できないものかと考えた。私はまず成城大学で伊藤さんの教えを受けた石原千秋と宮脇真彦に相談した。二人は伊藤さんが信頼し、研究者としての将来を期待していた卒業生である。両君とも即座にその趣旨に賛同してくれたので、僭越ではあったが、ご遺族にお願いして、遺された西行伝の草稿を見せていただいた。伊藤さんは全体の構想も立て、前半部に相当する百枚前後の原稿を三種類ほど書き残しておられた。それは故人の西行伝への意欲がなみなみでないことをしのばせるものであった。私どもは当初その草稿に既発表の西行論を加えることによって一冊にすることを検討したが、未定稿をそのまま出版するのは、やはりためらわれた。何よりも著者自身が不本意であろう。それよりはむしろ、既発表の論文によって著者の描いていた企図に少しでも近いものを構成する方がいいのではないかと考えるに至ったしだいである。

周知のように伊藤さんは、中世文学を中心として多くのすぐれた業績を残されたが、論文集としては『隠遁の文学―妄念と覚醒―』（笠間書院　昭五〇・四）があるのみで、論考の大部分は本になっていない。故人に論文集をまとめる意志があったかどうか、あったとしてもどのようなかたちが考えられていたか、今となっては確かめるすべもないが、当然何冊かの著作集があってしかるべき人である。

そこで、連歌俳諧史が専門の宮脇君が論文を集めて読み返し、本書の第一次構成案を作ってくれた。それをもとに何度か練りなおして、最終的にはご覧のような配列にした。西行から芭蕉へという系譜は早くから伊藤さんの構想のなかにあったので、芭蕉関係の論も加えるとともに、どの論文にも「詩の言葉」へのこだわりが一貫していることを考慮して、書名も『西行・芭蕉の詩学』とした。今はただこの本が著者の意に大きくそむくものでないことを祈るばかりだが、全体として伊藤さんの研究の本領とその骨格を伝えうるものにはなっているはずである。

跋文をぜひ尾形先生にお願いしたいということになり、私からお願いしたところ、先生は快く聞き届けて下さり、各論文をあらためて丹念に読まれた上で、伊藤さんの学問の特質のみでなく人柄までも彷彿とさせるようないい文章を書いて下さった。泉下の著者が、私どもの論文集の企てを全面的に容認して下さるかどうかは心もとないが、生前その人と学問を心から尊敬しておられた尾形先生の御文で本書の棹尾を飾ることができたことは、きっとよろこんでいただけるものと確信している。

収録した論文の校勘はすべて宮脇君を煩した。後輩の本間正幸君がそれを助けた。また引用文の確認や索引の作成にあたっては、やはり伊藤さんの学生であった岡﨑真紀子・沖野久美子両君の協力を仰いだ。かくいう私は何ほどのお手伝いもできなかったが、伊藤さんが愛された成城大学の卒業生を中心とするチームワークによって、本書が成ったことをよろこび、かつひそかにほこらしくも思うものだ。もとよりそれとても、伊藤博之という存在の徳によるものである。

大修館書店の細川研一氏は、生前の伊藤さんとの約束を誠実に守り、昨今の困難な出版事情のもとで、終始この企画を遂行して下さった。衷心より御礼を申しあげる。

平成十二年五月

東郷克美

書名・作品名索引

さ

た

引用和歌索引

や

わ

引用発句索引

あ

伊藤博之（いとう　ひろゆき）
一九二六年、東京生まれ。一九四八年、東京大学文学部卒業。成城大学名誉教授。中世・近世文学、仏教文学専攻。著書『隠遁の文学』『徒然草入門』『歎異抄三帖和讃』など。一九九九年没。

西行・芭蕉の詩学

初版発行　二〇〇〇年十月十日

著作者　伊藤博之
発行者　鈴木荘夫
発行所　株式会社大修館書店
〒一〇一-八四六六　東京都千代田区神田錦町三-二四
電話　03-3295-6231（販売部）03-3294-2354（編集部）
振替　00190-7-40504
[出版情報]　http://www.taishukan.co.jp

装丁者　山崎　登
印刷所　壮光舎印刷
製本所　三水舎

ISBN4-469-22153-8　Printed in Japan